LE PIÈGE À FOU

Le Matin de la fête triste, essai, Montréal, Québec Amérique, 1985.

Les Médecines douces au Québec, essai, Montréal, Québec Amérique, 1986.

La Clé de fa, roman, Montréal, Québec Amérique, 1988.

Le Maître de jeu, roman, Montréal, Pierre Tisseyre, 1990.

Les Trois Jul, roman, Montréal, Libre Expression, 1993.

L'Homme étoile, roman, Montréal, Libre Expression, 1996.

Eaton de Montréal en coulisses, de 1963 à 1973, Laval, Fondation littéraire Fleur de lys, 2004.

Adam, Ève et..., roman, Montréal, Hurtubise HMH, 2006.

MONIQUE **DE GRAMONT**

LE PIÈGE À FOU

HURTUBISE
HMH

Catalogage avant publication de Bibliothèque et Archives nationales du Québec et Bibliothèque et Archives Canada

Gramont, Monique de

Le piège à fou

(AmÉrica)

ISBN 978-2-89647-094-5

I. Titre. II. Collection: AmÉrica (Montréal, Québec).

PS8563.R345P53 2008   C843'.54   C2008-940856-X
PS9563.R345P53 2008

Les Éditions Hurtubise HMH bénéficient du soutien financier des institutions suivantes pour leurs activités d'édition:

- Conseil des Arts du Canada
- Gouvernement du Canada par l'entremise du Programme d'aide au développement de l'industrie de l'édition (PADIÉ)
- Société de développement des entreprises culturelles du Québec (SODEC)
- Programme de crédit d'impôt pour l'édition de livres du gouvernement du Québec

Maquette de la couverture: Olivier Lasser
Illustration de la couverture: Kinos
Maquette intérieure: Lucie Coulombe
Mise en page: Andréa Joseph [pagexpress@videotron.ca]

Copyright © 2008, Éditions Hurtubise HMH ltée

Éditions Hurtubise HMH ltée   Librairie du Québec / DNM
1815, avenue De Lorimier   30, rue Gay-Lussac
Montréal (Québec) H2K 3W6   75005 Paris FRANCE
                                   www.librairieduquebec.fr
ISBN 978-2-89647-094-5

Dépôt légal: 3e trimestre 2008
Bibliothèque et Archives nationales du Québec
Bibliothèque et Archives du Canada

Imprimé au Canada
www.hurtubisehmh.com

Do shu sei ari
(Garder le cœur calme au centre de l'action)

À Julien Bigras, l'homme qui aimait la folie jusqu'à la folie, et à Jacques Ferron, grand conteur devant l'Éternel, son complice en folie-thérapie et en écriture. Le premier m'a parlé de sa correspondance avec le deuxième, qu'il n'a jamais rencontré autrement que par la magie de leurs échanges épistolaires. Le deuxième m'a éblouie avec ses histoires chargées d'un sens fou. Je les entends tous les deux discuter du piège... et en rajouter.

Premier face à mots

Carroll sursaute et cligne des paupières en voyant le jeune médecin entrer dans la petite salle réservée aux thérapies individuelles, mais il détourne aussitôt le regard. Assis sur une chaise droite, une jambe chevauchant nonchalamment l'un des appuis-bras, un coude appuyé sur une table carrée en bois, il feint la plus totale indifférence, comme si l'homme n'existait pas.

Le praticien salue le garde de sécurité qui lui a ouvert d'un léger hochement de tête et ce dernier s'empresse de refermer la porte flanquée d'une vitre rectangulaire grillagée. Le médecin marque un temps d'arrêt et note le comportement hostile du patient que l'on vient de lui confier. Il s'approche de la chaise libre de l'autre côté de la table, s'assoit et dépose sur le dessus du meuble la chemise de carton rouge qu'il tient dans ses mains.

Son geste est simple, pas du tout ostentatoire. La pièce enregistre le bruit plat que fait le document en atterrissant sur le bois délavé de la table. Ploc. La couleur vive du carton fait tache dans la pièce d'une désolante neutralité. Beiges, les murs. Beige, le sol. Beiges aussi la table, les chaises et le plafonnier.

La voix pacifique du médecin s'élève :

— Bonjour, monsieur Leblond, je suis le docteur Samuel Leduc. Le docteur Robert Simosa, directeur du service, m'a demandé de m'occuper de vous et m'a remis votre dossier. Je tiens à préciser que je ne l'ai pas lu. Je le ferai, éventuellement, à l'issue de notre premier entretien. Je peux vous appeler Carroll ?

Carroll écoute la voix qui s'adresse à lui et ses lèvres esquissent une moue dédaigneuse. Il tourne la tête et ses yeux fixent enfin l'inconnu d'un air narquois. Puis, désignant du doigt la chemise contenant l'histoire de sa vie, il demande avec un soupçon d'incrédulité dans la voix :

— Vous n'avez pas lu mon histoire, *Docuvide* ? Auriez-vous peur des mots que vous allez devoir avaler, peur de leur pouvoir sur vous ? Vous savez, c'est une vraie bible, ce machin. Il y a de tout, là-dedans : du sang, des larmes, du soufre, du fiel, beaucoup de liquide séminal, des péchés immortels, des désirs mortels, des obscénités, des paraboles, des incantations, des poisons, des trous noirs, des prophéties, des ulcères perforés, des bombes au napalm… Bref, de quoi vous flanquer une bonne frousse et une sérieuse migraine, à tout le moins vous faire halluciner ! Au fait, *Docquêteur*, vous êtes quoi au juste ? Un psychologue, un neurologue, un

psychiatre, un proctopsylogue, un maniacothéra-
peute? Vous êtes un disciple de Freud, de Jung, de
Lacan, de Maslow ou de tata Dolto?

Le docteur Leduc rétorque avec douceur:

— Je suis psychiatre et j'ai une formation de
psychosomaticien. En gros, ça veut dire que je ne
travaille pas tout à fait comme la plupart de mes
collègues du Centre de psychiatrie légale. Mon
approche est plus systémique, vous vous en rendrez
vite compte, d'ailleurs.

Les sourcils en toits de pagodes, les yeux ronds,
Carroll s'exclame, d'un ton faussement incrédule,
quasi mondain:

— Systémique! Vous m'en direz tant! Auriez-
vous fait un séjour chez les réducteurs de têtes de
la tribu des Jivaros? C'est ça, hein? Vous avez obtenu
votre doctorat au fond d'une marmite maléfique...
Horreur! Depuis, vous tranchez systématiquement
les têtes de vos patients, vous les faites tremper,
encore palpitantes, dans une mixture dont vous seul
avez la franchise en Amérique du Nord. Une fois les
crânes miniaturisés, vous les poncez avec ardeur
jusqu'à ce qu'ils soient lisses comme les fesses d'un
nourrisson frais sorti du ventre de sa mère!

Je crois comprendre ce qui vous est arrivé...
Vous avez l'étoffe d'un sculpteur, mais vous n'avez
pas écouté votre maman quand elle vous a dit de
faire les beaux-arts. La parole du père, plus pesante,
plus forte, vous a mené aux portes de la faculté de
médecine. Et le résultat, malheureusement, est que

vous en voulez à ma tête ! Les *Toutousdocs* qui vous ont précédé étaient moins gourmands. Ils s'intéressaient seulement à son contenu. Vous, vous voulez tout, contenant et contenu ! Qu'est-ce que je vais faire de vous ?

Samuel Leduc mord légèrement sa lèvre supérieure, pour donner le temps à sa réplique de s'organiser. Très verbomoteur, ce Carroll Leblond. Voilà qui n'est pas pour lui déplaire.

— Ma technique est malheureusement moins spectaculaire, commente-t-il paisiblement.

— Expliquez-vous, docteur ! Vous me troublez énormément, si si si ! Dans les griffes de quel énergumène m'a-t-on mis ! Ah ! Mais quand on vous regarde bien, on le voit pendre de votre trou du cul, votre diplôme ! Sa couleur est très différente de celle d'un étron, classique, j'entends.

Franchement amusé par le comportement extravagant et la poussée de fièvre scatologique de Carroll, le médecin décide de répondre de la façon la plus directe et la plus explicite possible.

— En tant que psychosomaticien, j'ai une approche, je dirais… plus englobante que mes collègues. Pendant les entretiens, les mots que l'on me donne, les images, les comparaisons, les mimiques, les gestes, les non-gestes qui me frappent deviennent mes outils de travail. J'avoue que vous venez de m'en servir une belle brochette ! J'ai déjà de quoi réfléchir pour quelques heures. Vous dégainez vite !

Puis, désignant le petit magnétophone qu'il sort de sa poche et dépose sur la table, juste à côté de la chemise rouge :

— J'aimerais enregistrer nos conversations, si vous y consentez. Ainsi, je pourrai vous réentendre et peser chaque mot que vous allez me donner. Évidemment, les cassettes seront strictement confidentielles et je les détruirai devant vous, si vous y tenez, à la fin de la thérapie.

— Vous voulez enregistrer mes propos et vous n'avez même pas pris la peine d'ouvrir mon dossier pour savoir à qui vous avez affaire ? Ce n'est pas très, très professionnel, ça ! Serait-ce un signe de négligence, de candeur ou… de mépris ? Franchement, je suis inquiet. Je vous regarde, vous êtes dans la trentaine ? Peut-être avons-nous le même âge ? Voyons, qu'est-ce que je dis… de toute manière, je suis mentalement beaucoup plus vieux que vous avec tout ce que j'ai vécu ! Mon esprit a cent vingt ans, peut-être plus. Le guerrier expérimenté que je suis devenu n'a pas tenu un compte très rigoureux des blessures subies lors d'innombrables affrontements, de terribles drames survenus alors que vous tétiez béatement le sein de votre maman ou votre biberon. Vous êtes tout net, tout lisse. Sans cicatrice. On voit que la vie vous a choyé jusqu'ici.

Mais le temps va s'occuper de vous, il va vous abîmer consciencieusement le portrait et ce sera bien fait. Ah ! Le temps ! Heureusement qu'il existe, celui-là. J'aime bien prendre le thé avec lui… de temps en temps. Du thé vert, reconnu pour prolonger la vie, neutraliser les vilaines cellules cancéreuses qui ne songent qu'à foutre la pagaille dans nos entrailles, dissoudre le méchant gras de nos artères… Vous aimez le thé vert, *Bébédoc*?

Le docteur Leduc lisse machinalement le lobe de son oreille droite. Il est conscient que l'homme assis en face de lui joue la comédie, dresse des remparts, enfile des masques, creuse des fossés. Il admire ses talents d'improvisateur et de provocateur, mais il est déterminé à ne se laisser ni manipuler, ni décourager, ni éjecter.

Carroll, comme s'il lisait dans ses pensées, demande sur un ton faussement candide :

— Alors, à quoi allons-nous jouer, vous et moi?

— L'affaire est simple. Pour l'instant, je souhaite vous écouter.

— Vous comptez sur moi pour une visite guidée de ma psyché, hein?

Carroll s'esclaffe et grimace en secouant vigoureusement son index :

— Vous êtes un petit tordu, vous, comment avez-vous dit que vous étiez, déjà? *Masosomaticien? Psychodalmatien? Tacosulpicien?*

Et, poussant un soupir exagérément bruyant :

— Bon d'accord. Hem… vous voulez que je vous excite les glandes cervicales, le zizi, ou les deux en même temps, docteur, bah… pourquoi pas la totale ? Après tout, le sexe n'a pas les moyens de se passer du cerveau et le cerveau sans le sexe, c'est barbant !

Il rit encore et se gratte la joue gauche avec affectation.

— Mais, je dis bien mais, si je refuse de vous parler ? Je ne suis pas sûr que vous ayez le coffre assez solide pour entendre ce que je pourrais avoir le goût de raconter. Mouais… Je crois que vous avez commis une grosse erreur, *Toutoudoc.* Vous auriez vraiment dû feuilleter mon dossier avant de me rendre visite. Vous ne savez pas à qui vous avez affaire, visiblement. Jetez un petit coup d'œil à cette chose, sur la table. Vous constaterez très vite que vos collègues m'ont coté *hard core…*

Allez, un petit effort, mon vieux ! Les feuilles de papier n'ont pas de dents, elles ne vous mordront pas, même si elles sont emprisonnées dans une chemise qui ressemble à une flaque de sang frais. Franchement, on ne vous a pas appris que le rouge est une couleur dangereuse pour les fous, ça nous excite, ça nous rend agressifs ! Ça nous donne des idées de meurtre ! Vous devriez bannir le rouge de cet établissement, *docteur Psycause* !

Un silence avale les secondes… trois, dix, vingt, trente. Le docteur Leduc se tait. Son visage impassible et son attitude placide déroutent Carroll.

— Oh, puis, au fond, il vaut peut-être mieux que vous vous absteniez. Autrement, vous prendriez la poudre d'escampette ! Le type qui vous a désigné pour être mon thérapeute vous a envoyé à l'abattoir, mon cher. Je suis un tigre affamé, amateur de chair psy ! Un petit zèbre comme vous, servi nature sur une chaise, tout frais, tout nu, sans garniture et sans la moindre épice, ça ne se refuse pas ! Je m'en vais vous croquer, docteur *Psychécoutille* et je ne serai pas tenu responsable de votre disparition, puisque je suis fou, très officiellement fou. C'est écrit là-dedans, noir sur blanc !

Le docteur Leduc soutient le regard inquisiteur de son nouveau patient :

— Mettons les choses au clair, Carroll. Les diagnostics, peu importe par qui ils ont été faits, ne m'intéressent pas vraiment. Quant aux étiquettes dont on vous a affublé dans le passé, elles ne peuvent guère me renseigner à propos de ce qui me préoccupe vraiment, de ce que je veux absolument savoir. J'ai peut-être l'apparence d'un zèbre, mais croyez-moi, c'est un déguisement !

Carroll croise les bras en un geste de fermeture totale et le praticien croit discerner une lueur de méfiance dans ses yeux. Le silence s'épaissit, s'érige en barrière de cristal entre les deux hommes qui se dévisagent avec curiosité.

Samuel Leduc soupire :

— Bon. Si vous ne voulez pas me raconter votre histoire, ce n'est pas grave. Je vais rester assis en face de vous, bien tranquille, et je ne dirai rien. J'attendrai. Jusqu'à ce que le temps prévu pour ce premier entretien soit écoulé. Ensuite, je partirai.

Mais je reviendrai demain, et après-demain, et tous les jours de la semaine prochaine aussi. Je suis très patient, je vous préviens, et les heures qui vous sont dévolues dans mon agenda sont sacrées. Vous en faites ce que vous voulez. Vous avez le goût de parler, vous le faites. Vous préférez vous taire, alors vous vous taisez ! Un jour ou l'autre, vous finirez sûrement par accepter de m'adresser la parole. C'est pratiquement inévitable.

— Ah bon ! Je vois… Il s'agit d'un concours d'endurance ? « Je te tiens par la barbichette, tu me tiens par la barbichette, le premier qui parlera aura… mille coups de fouette ! »

Carroll mord dans le « ouette ».

— Ça me plaît, votre petit jeu. Trois, deux, un, c'est parti !

Il se lève et cogne à la vitre. Il fait signe au gardien assis dans le couloir, qui se lève aussitôt et ouvre la porte. Carroll lui réclame un verre d'eau, « des magazines ne datant pas de la guerre de Crimée », précise-t-il. Le gardien interroge le médecin :

— Vous autorisez la demande du patient ?

Le psychiatre hoche la tête en signe de consentement.

L'homme revient avec une pile de *Paris-Match* et une petite bouteille d'eau de source. Carroll lui désigne la table, d'un geste cérémonieux. Le gardien hausse les épaules, y dépose le tout et jette un regard de compassion au médecin avant de sortir.

Le malade que l'on a confié à ce jeune psychiatre, réputé pour ses méthodes peu orthodoxes, est un sacré numéro, bavard, prétentieux et totalement imprévisible. Tous les gardiens le tiennent à l'œil. Le type se croit malin, au-dessus des règlements, mais à Pinel, il n'y a aucun passe-droit. Pourvu que ce praticien ne se laisse pas embobiner par ce fou qui récite des poèmes à tue-tête en italien certains soirs dans sa cellule...

✦

Carroll passe le reste de l'heure à lire et à boire son eau à petites gorgées, en ignorant ostensiblement la présence de son visiteur.

Samuel Leduc en profite pour observer son nouveau patient tout à loisir. Il lui donne une trentaine d'années, pas davantage. Carroll a deviné juste. Ils ont probablement le même âge. Il admire son visage lunaire, assez beau, sa peau claire et mate, ses lèvres charnues, sensuelles, un rien boudeuses, son front lisse comme une agate polie, ses yeux couleur de café noir encadrés d'une paire de cils touffus et légèrement recourbés (des cils de femme, se dit-il), ses sourcils presque blonds, clairsemés, ses oreilles aux lobes un peu courts, ses cheveux châtains mi-longs et savamment dégradés dont il semble prendre grand soin. Il note que le torse est peu développé, que les mains sont très longues, fines, avec des doigts en spatules.

Totalement absorbé par sa lecture, Carroll semble avoir oublié la présence du praticien. Ce dernier finit par prendre un magazine, à son tour.

Dans la pièce, on n'entend plus que le bruit des feuilles passant de l'est à l'ouest avec des soupirs de papier soumis au bon plaisir des doigts qui les manipulent.

L'heure écoulée, le docteur Leduc se lève, dépose doucement le magazine sur le bord de la table et reprend la chemise contenant le dossier psychiatrique du patient.

— Merci pour cet entretien, Carroll. Je reviendrai demain, à la même heure. Bonne fin de journée.

Off the record

Samuel Leduc range son magnétophone. Il n'a rien à écouter, aujourd'hui. Ni rien à écrire dans son carnet de bord. La chemise rouge semble le narguer. Il la repousse à l'extrémité de sa table de travail, se lève et se rend à la fenêtre de son bureau qui donne sur la façade de l'Institut Philippe-Pinel. Pendant un long moment, il observe le va-et-vient du personnel, des visiteurs, des véhicules et de leurs conducteurs et passagers, soigneusement contrôlé par deux gardiens de sécurité. Son regard s'égare dans les boisés, tout près.

Voilà bientôt quatre ans qu'il travaille à l'Institut, spécialisé dans le traitement et la réhabilitation de personnes aux prises avec des troubles psychologiques graves et ayant commis divers actes répréhensibles. Des patients dangereux, atteints de pathologies majeures, des criminels fous, des pervers, des êtres souffrants, perdus, empoisonnés par la colère et le remords, il en a vu défiler.

Depuis un an, il fait partie de l'équipe du service Postcure. On attend de lui qu'il collabore avec ses collègues à la réadaptation des patients incarcérés pour quelques mois, afin qu'ils puissent plus tard être libérés et aptes à mener une vie normale avec, la plupart du temps, le soutien d'un thérapeute ou d'un travailleur social.

Spécialisé dans le suivi individuel intensif, Samuel travaille avec des agents de probation, des psychologues, parfois des avocats. Son approche psychosomatique ne plaît pas à tout le monde, mais on reconnaît qu'il obtient des résultats parfois surprenants avec certains patients étiquetés «cas désespéré».

Dans sa tête, Samuel reconstruit le visage de Carroll, le dernier patient qu'on lui a confié en précisant qu'il s'agissait d'un cas étrange, troublant, complexe, que personne n'était arrivé à comprendre jusqu'ici. Un homme en apparence lucide, visiblement doté d'une intelligence au-dessus de la moyenne et maîtrisant de façon stupéfiante un vocabulaire riche en images, mais hélas! retranché derrière un rideau d'acier trempé. On l'a prévenu : «Le malade est sournois, buté, extravagant. Il refuse de collaborer, il s'amuse à brouiller les cartes et à dresser les unes contre les autres les personnes chargées de son dossier.»

Au cours de la réunion où les praticiens du service ont débattu du cas de Carroll, le chef du service a déclaré que si quelqu'un pouvait réussir là où trois autres psychiatres avaient échoué au cours des deux derniers mois, c'était lui, Samuel.

Lui, avec ses méthodes un peu bizarres et la douce opiniâtreté qui le caractérise. Le juge devant qui le patient était passé avait demandé une expertise assortie d'une recommandation avant de prendre une décision. Le docteur Simosa avait tendu le dossier de Carroll au psychosomaticien. C'était lui qui allait devoir formuler la recommandation et la soumettre aux membres de l'équipe soignante avant de renvoyer le patient devant le juge.

À l'encontre de la plupart de ses pairs, le docteur Leduc n'a jamais abandonné un patient, jamais refilé un dossier difficile à un collègue, jamais baissé les bras, peu importe la complexité des cas qu'on lui a confiés. Le docteur Simosa apprécie sa ténacité et pour que tout soit clair, il avait déclaré, ce jour-là :

— Samuel, je vous confie Carroll pour six semaines. Vous avez carte blanche. Si vous échouez vous aussi, nous devrons recommander son internement pour une période indéterminée, à moins que le juge ne décide de lui infliger une peine de prison, ce qui ne réglerait rien du tout. Mais si vous réussissez, alors nous pourrons envisager de proposer à la Cour une remise en liberté sous condition.

Samuel n'avait pas hésité une seconde.

— J'accepte, monsieur. Mais je voudrais être dégagé d'une partie de ma charge de superviseur des stages. Je vais soumettre le patient à une thérapie intensive, avec entrevue quotidienne.

D'abord une heure d'entretien par jour, et puis dès qu'il y aura contact, deux et même trois, si nécessaire.

— Menez la thérapie comme vous l'entendez, je vous fais confiance, et tenez-moi au courant. Je confierai temporairement vos internes au docteur Matte qui revient de vacances. Bonne chance.

Le docteur Simosa avait jeté un coup d'œil admiratif au jeune médecin. Il avait aimé cette recrue dès son arrivée à l'Institut. Un esprit brillant dans une belle enveloppe de chair saine. Un jeune Robert Redford aux traits adoucis, polis, avec un nez qu'on a le goût de taquiner avec le bout du doigt, mieux, avec les lèvres...

Le docteur Simosa a pris l'habitude d'utiliser son nez et ses yeux pour se consoler de ce que sa bouche et ses mains sont incapables de toucher, de caresser, d'embrasser. Samuel est son idéal masculin, il est fasciné par sa façon de pratiquer la psychiatrie. Il est le seul psychosomaticien du service et même si plusieurs de ses collègues se moquent gentiment de ses méthodes, il garde toute sa confiance à ce jeune praticien doté d'une maturité exceptionnelle, qui sait jouer de ses sens, de son intuition en même temps que de son intelligence.

Se pourrait-il qu'il soit gai? On le voit fréquemment en compagnie de femmes, mais aucune ne semble avoir conquis son cœur. «Quant au corps, mon Dieu, il est sûrement plus heureux que le

mien...», s'était dit le vieil homme, qui paie de ses souffrances, diurnes et nocturnes, pour n'avoir pas osé satisfaire le sien.

Être psychiatre et gai, ça ne fait pas sérieux. À plusieurs reprises, au cours de réunions, de colloques, de congrès, les remarques sarcastiques et parfois même méprisantes lancées par certains de ses collègues à l'endroit de médecins à l'identité douteuse l'ont profondément blessé.

Pour ne pas devenir, comme eux, la cible de moqueries, le docteur Simosa n'a jamais osé afficher son homosexualité et il a accepté le prix à payer pour ce choix fait il y a une trentaine d'années : la solitude la plus totale. La sublimation extrême de ses pulsions et de ses désirs. Parfois, le regret le taraude. Mais il est trop tard pour revenir en arrière.

Pour dérouter les esprits un peu trop curieux, il n'hésite pas à évoquer un mariage heureux, qui s'est terminé abruptement par la mort de sa chérie, atteinte d'une maladie incurable. Depuis, son cœur est dans le coma...

✦

Samuel soupire. Le cas de Carroll l'intéresse au plus haut point. Il ressent un grand plaisir intérieur. Enfin un cas qui sort carrément de l'ordinaire. L'homme est intelligent, mais totalement cinglé selon les collègues qui ont essayé de comprendre son comportement. Il est sûr de réussir à percer les

défenses du soi-disant cinglé. Il doit simplement faire preuve de patience et de clairvoyance.

Lorsqu'il se lève, son regard tombe sur la chemise rouge, qui semble supplier qu'on l'ouvre. Un instant, il tend la main, mais son geste s'arrête. Non, il ne va pas céder à la tentation.

Huit fois sur le métier...

Deuxième rencontre. Carroll, assis devant la table, étale sur sa surface de grandes cartes très colorées. Le docteur Leduc s'approche et constate qu'il s'agit d'un jeu de tarots. Concentré, la nuque ployée, un bout de langue sorti, scrutant gravement les cartes, Carroll ignore souverainement Samuel. Intrigué, ce dernier observe la scène à distance. Son regard capte l'image de l'une des cartes : un homme se bat avec un lion et une longue silhouette humaine tient une lampe à bout de bras.

De temps à autre, tout en retournant une carte, Carroll sifflote. «Fameux comédien, se dit Samuel. Il a décidé que je n'existais pas, mais ça n'a aucune importance. Plus il s'appliquera à ignorer ma présence, plus je prendrai d'espace dans cette pièce. Je suis comme un ballon vide qui aspire lentement l'air ambiant et se gonfle… Que la prochaine carte qu'il retourne lui transmette le message.»

Le praticien observe intensément Carroll. Il se met dans une attitude d'ouverture totale avec sincérité et patience. Il attend son heure, celle où, inévitablement, l'homme sera forcé de parler, de crier ou de l'insulter, bref, d'ouvrir la bouche et de lancer une amarre, si fragile, si ténue soit-elle, dans sa direction.

Samuel Leduc attend. Il repousse toute pensée susceptible de le distraire et il se concentre sur Carroll tout en lui parlant mentalement.

«Meuble la pièce avec ton indifférence, tapisse les murs avec tes respirations, tes sifflotements, tes clignements de paupières. Tu ne peux pas m'effacer. Garde la bouche close, ricane, râle, sue, rote, pisse dans ton pantalon, je m'en fous totalement. Je suis là, au milieu de la pièce, je suis comme la toile tendue d'un tambour prête à vibrer au moindre mot de ta part, au moindre soupir d'exaspération qui t'échappera.

Toc, toc, je suis là, Carroll...»

Troisième rencontre. Lorsque Samuel entre dans la pièce que lui désigne le gardien d'un air blasé, il aperçoit Carroll plongé dans la lecture d'un livre. Impossible d'en connaître le titre, puisqu'une jaquette de papier journal cache la couverture. Il soupçonne Carroll de l'avoir fabriquée en vitesse rien que pour le provoquer, pour lui faire comprendre qu'il ne veut rien donner. «Mes rideaux sont clos. Mes portes et mes fenêtres verrouillées. Ma cheminée totalement bouchée. Essaie donc d'entrer, petit docteur *Lafouine*!»

La lumière, dans la pièce, capte le message:

«Fermé, pour cause d'indifférence.»

Stoïque, Samuel Leduc sort un petit bouquin de la poche de son sarrau, *Les Mères*, de la bédéiste française Claire Bretécher. Il se met à le lire, en émerge deux ou trois fois, pour jeter un regard interrogateur à son patient.

Le jeu se poursuit.

Tu lis, je lis, nous lisons.

Égalité.

Quatrième rencontre. Carroll semble fatigué aujourd'hui. Il éternue, se mouche bruyamment, lance les papiers mouchoirs dans la corbeille et rate la cible, à chaque fois. Bon comédien, mais piètre lanceur.

Le docteur Leduc réprime un sourire. Un virus hante Carroll. Enfin, ils ne sont plus seuls! Le virus contraint son patient à laisser filer quelque chose qu'il est incapable de retenir.

«Mucus, sors des chairs de cet homme, enrobe sa souffrance au passage. Mucus, trace ton chemin à travers les respirations et les halètements de cette victime barricadée dans sa peau. Je guette ta sortie. Et ce qu'elle pourrait bien provoquer.»

Un virus s'éclate dans la pièce.

Intéressant, le rôle du virus.

Cinquième rencontre. Le rhume semble toujours affecter Carroll. Il se mouche beaucoup et tousse.

Aujourd'hui, il n'a ni cartes, ni magazine, ni livre pour l'occuper. Manifestement abattu, le nez rougi, les yeux larmoyants, il semble somnoler réellement entre deux quintes de toux sèche.

Samuel le dévore des yeux, à l'affût de la moindre vibration. Qui est donc cet homme au physique plutôt séduisant, doté d'une intelligence et d'un sens de la répartie *a priori* exceptionnels, et que cache-t-il avec autant d'acharnement ?

Pour la première fois, il est tenté d'ouvrir le dossier de Carroll, qu'il traîne avec lui à chaque entretien. Mais, encore une fois, il résiste à la tentation.

Sixième rencontre. Aujourd'hui, Carroll fait semblant de dormir. En réalité, il observe le médecin à la dérobée, surtout lorsqu'il se mouche. Le papier mouchoir devient un rideau de scène derrière lequel il se camoufle, tous ses sens en alerte. Ses narines sont très irritées par les sécrétions.

Le docteur Leduc dépose une boîte de pastilles au miel et à l'eucalyptus sur la table, mais le patient ne réagit pas.

Le temps paraît venu de changer de tactique avec Carroll, estime le psychiatre. Pour tester sa force de résistance, il se met à lire à haute voix un passage d'un article pris au hasard, dans un exemplaire du *Nouvel Observateur*.

— Écoutez ça, Carroll, vous qui m'avez vanté les vertus du thé vert :

Une nouvelle technique permet désormais de détecter les plaques de graisses qui commencent à boucher les artères coronaires avant qu'elles ne se détachent et provoquent une attaque cardiaque. Une étude montre pour la première fois que l'imagerie par résonance nucléaire magnétique peut fournir des images en haute résolution des artères coronaires chez des personnes en vie. La technique permet de repérer les plaques vulnérables dans les artères bien avant qu'elles ne se libèrent et devrait également permettre un traitement ad hoc *pour éviter une crise cardiaque. Jusqu'à présent, le mouvement des artères...*

Dans un rictus d'agacement, la bouche de Carroll lâche un «Chhhhhut! La ferme, le *cotcotdoc!* Vous me pompez l'air!»

Le praticien se tait et jubile.

Il a parlé!

Des mots sont sortis de la bouche de Carroll, malgré lui.

Bon signe.

La partie va bientôt commencer.

Septième rencontre. Des écouteurs de baladeur vissés aux oreilles, Carroll marque le rythme de la musique avec son pied droit. Jette quelques regards en coulisse. Chantonne. Turlutte. Toussote. Racle le fond de sa gorge. Son rhume semble terminé.

Le docteur Leduc salue son patient avec cordialité, s'assoit et commence à lire le quotidien *Le Devoir.*

Chaque fois qu'il tourne une page, il sent les prunelles de Carroll glisser sur lui comme la lumière d'un phare à la surface de l'eau. Sa patience semble s'effriter au fur et à mesure que les minutes passent. Son regard flamboyant exprime étonnement, colère, exaspération. Samuel retient un sourire de satisfaction. Brusquement, Carroll ôte ses écouteurs et les lance sur la table sans ménagement. Puis les reprend et les inspecte, feignant un quelconque problème technique.

Alors que l'heure s'achève, le praticien prend son temps pour plier soigneusement le journal, et le dépose sur la table avant de quitter la pièce d'un pas nonchalant. D'une voix aussi douce que possible, il dit en montrant le quotidien du doigt:

— Je vous le laisse et je vous suggère la lecture du portrait de Su Dongpo, auteur de milliers de poèmes, homme d'esprit, de pinceau, de lumière, intellectuel engagé de son époque. C'est bien écrit, passionnant, on a l'impression que le journaliste a été, l'espace de quelques heures, habité par l'esprit de celui dont il nous parle. À demain, Carroll!

Le patient ouvre la bouche, mais aucun son n'en sort. Pourtant, il ne peut retenir un soupir qui semble l'étonner.

Samuel fait signe de l'attraper avec la main et il lui lance un joyeux clin d'œil. Il ne sait pas si Carroll a laissé le soupir s'échapper de sa bouche spontanément ou délibérément. Il prend l'offrande et il verra...

Les soupirs sont comme les noix. Il faut en briser la coquille pour découvrir ce qu'ils recèlent. Samuel n'a pas son pareil pour sonder les coquilles. Il savoure déjà sa prise.

Il a capturé un soupir.

La partie est commencée.

Huitième rencontre. Carroll se lève à l'arrivée du médecin et lui fait signe de s'asseoir. Ce dernier s'empresse de satisfaire son patient. Il allonge ses jambes, croise ses bras et demande d'un ton cordial:

— Vous vous sentez mieux, Carroll?

— Mieux que vous, sans aucun doute, *Doclateigne*. Vous paraissez fatigué... Vos nuits doivent être peuplées de cauchemars depuis que vous vous occupez de moi.

Puis, sans transition, d'une voix enjouée:

— J'ai bien réfléchi, *Docurcuma*. Votre entêtement et votre assiduité méritent une récompense. Si, si, vraiment, vous m'épatez. Mais attention! Ne vous méprenez surtout pas. Aujourd'hui, je consens à vous raconter des petites choses, des machins sans conséquence, mais vous devrez démêler tout seul le vrai du faux. J'adore broder, maquiller la vérité, la faire chanter, l'affoler pour qu'elle se débatte, pour qu'elle demande grâce, pour qu'elle se laisse entuber par le mensonge... À vous de repérer les fausses notes.

Carroll se frotte les mains, il paraît joyeux, comme transformé.

— Alors, *Doctêtu*, que voulez-vous savoir en premier? Mon orientation sexuelle? Combien de temps a duré ma phase anale? Mon premier souvenir d'enfance? Ce qui me fait bander? Comment j'aimerais mourir? Si je crois en l'Esprit du mal? Ce qui me met en rogne? Ce qui me dégoûte? Si j'ai eu les oreillons, la scarlatine, le cancer du nombril? Si j'ai des dépendances alimentaires ou affectives? Si j'aime le goût du sang? Si on m'a déjà enculé? Si j'ai déjà enculé?

— À vous de décider, je n'ai pas de préférence, répond sobrement Samuel.

— Bien. Voyons voir.

Désignant le magnétophone posé sur la table:

— Vous pouvez mettre votre petit perroquet en marche. Trois, deux, un, ça tourne... Je ferme les yeux, je plonge la main au cœur de ma phénoménale mémoire, et j'en ramène quelques images que je secoue délicatement pour en faire tomber la poussière. Il n'y a rien de plus sale que la mémoire, j'espère qu'on vous a au moins enseigné ça, à la faculté de médecine, *Pistoudoc*?

La mémoire, c'est comme le sac d'un aspirateur. Elle avale, amasse, entasse, empile, emmêle avec, pour première conséquence, qu'elle devient, au fil des siècles, obèse, indigeste, malodorante, pathogène. La mémoire pue, pollue, intoxique l'humanité, lentement mais sûrement... Et je te raconte le massacre des Saints Innocents. Et je te mets en scène le débarquement de Normandie suivi de l'arrivée du roi Louis en terre sainte. Et je te rebats les oreilles avec les mots du Prophète et les encycliques *urbi et orbi*. Et je te fais assister, odeurs fournies, à l'exécution des sorcières de Salem sur le bûcher. Et je te fais la visite guidée en cinq dimensions du cerveau de Raël. Prière de baisser le son, car les élucubrations du frère de Jésus sont en très, très haute définition... Revenez-nous demain pour la suite de l'exploration de la mémoire du monde et cette nuit, cauchemardez bien ! Retour à ici et maintenant...

Carroll joint les mains, les retourne tout en étirant les bras, à l'horizontale, puis il les écarte et les soulève avant de les ramener et de les croiser sur sa poitrine à la façon d'un moine en méditation.

— Je vois une chambre. Elle est vaste, avec trois fenêtres ouvrantes à la française, à double battant. La lumière y entre à flots, elle se baguenaude sur les murs, elle est douce, tiède, légère, entièrement soumise aux rayons du soleil qui la dore. Des tentures en toile de Jouy, couleur crème brûlée sur fond de Chantilly, encadrent les trois fenêtres.

Je suis assis par terre, au milieu de la pièce. J'ai l'impression d'habiter un coquillage marin ! Je suis bien, tellement bien ! Je flotte, je me dilate ! Je suis dans mon univers, dans mon placenta. Mais, je n'y suis pas seul, hélas ! Je dois partager ce lieu paradisiaque avec ma sœur jumelle, Carina. Je suis pourtant si heureux que je m'accommode assez bien de sa présence, de l'odeur fruitée, un peu surette, de petite femelle qu'elle dégage dès qu'elle bouge, dès qu'elle ouvre la bouche.

— Vous êtes dans la chambre, avec votre jumelle Carina. Quel âge avez-vous tous les deux?

Carroll fixe le docteur Leduc, mécontent.

— Chut! On n'interrompt pas le narrateur, c'est très impoli! La prochaine fois, vous serez puni. Je mordrai les lobes de vos mignonnes oreilles. J'adore la chair humaine! Je suis un fou cannibale.

Carroll se lève, s'approche du médecin, pose ses fesses sur le rebord de la table, se penche vers lui et poursuit son récit en feutrant sa voix. Samuel n'aime pas cette brusque familiarité, mais il se tait et ne bouge pas d'un cil, craignant de rompre le monologue de son étrange patient. Il ferme les yeux pour mieux entendre le récit. Son instinct lui dit qu'il n'a pas à craindre une agression physique. Psychique, peut-être, mais il connaît bien ses forces et ses limites. Et puis le gardien est là, de l'autre côté de la porte. Il lève légèrement la tête vers Carroll pour afficher sa réceptivité, son intérêt et sa confiance.

— Je connais par cœur chaque motif de la tapisserie qui recouvre les murs, elle aussi, en toile de Jouy, et chaque craquelure du plancher de bois franc, teint blanc nacré, comme le glacis d'un millefeuille.

Carroll bondit, contourne Samuel et se place derrière lui, tout près, jusqu'à le frôler. Son souffle chatouille la nuque du psychiatre, toujours immobile.

— Et maintenant, attention, mon petit *Doudou-doc*, je vous livre généreusement, sans réclamer de gage, la première clé à vous mettre tout de suite autour du cou, et j'espère que vous trouverez la serrure, hélas terriblement rouillée !

Un beau matin, je devais avoir six ans, mes honorables parents surgissent dans la chambre. Ils tiennent Carina par la main. Elle portait une jupette blanche et un chandail bleu, je me souviens. Père et mère me regardent et m'annoncent que je vais devoir quitter mon cocon pour emménager dans une chambrette carrée située tout au fond du couloir. Jusque-là, cette pièce servait au rangement. Ben voilà, on allait m'y ranger ! Je crois mourir ! Terrible, le choc, vous n'avez pas idée ! J'ai l'impression qu'une main de géant m'empoigne par la peau du cou, comme si j'étais un chaton, me lance dans le vide, et que ma chute ne s'arrêtera jamais !

Carroll fait un nouveau bond dans l'espace et tout son corps bouge à la façon d'un danseur qui se réchauffe. Puis, s'immobilisant, se raidissant, pointant le menton en direction de Samuel Leduc, il déclare d'une voix changée :

— Il est temps que vous ayez chacun votre chambre, claironnent paman et manpa à l'unisson.

Un clin d'œil de connivence et :

— À les entendre, je suis très chanceux !

Carroll prend une voix de fausset pour imiter sa mère :

— Tu vas pouvoir choisir les couleurs de ta nouvelle chambre, mon chéri. Tu auras des meubles et des accessoires neufs : un lit, des meubles, des tapis, des lampes…

La voix change de registre et devient enfantine :

— Et pourquoi ça serait pas Carina qui déménagerait ?

Nouveau changement de voix.

— Parce que ta sœur est une fille et qu'une fille a besoin de plus d'espace qu'un garçon. Parce que la décoration de la chambre que vous partagez est plutôt féminine et qu'elle ne te convient plus. Et parce que le placard, ici, est plus spacieux. Une petite fille a toujours plus de vêtements qu'un garçon. Nous avons pris la meilleure décision pour vous deux. Vous serez chacun dans vos choses. Tu verras, ce sera bien mieux que maintenant.

Carroll se tord les mains dans un geste de désespoir.

— Qu'est-ce que je pouvais répondre à ça, docteur ? Qu'est-ce que je pouvais faire pour empêcher la tragédie ? Rien ! J'ai fermé les yeux, comme je le fais en ce moment et j'ai refoulé mes larmes, je les ai toutes avalées. Oh ! elles résistaient, elles voulaient prendre la poudre d'escampette et se sauver par mes narines, mais les parois de ma gorge les maintenaient solidement, les aspiraient…

C'était infiniment douloureux, cette prise de larmes, vous n'avez pas idée. Mais c'était aussi, d'une certaine manière, un tantinet jouissif. Je découvrais que j'avais la force qu'il fallait pour les dompter, pour détourner cet impétueux flot liquide et salé. Sans rien laisser voir de mon désarroi, j'ai couru jusqu'à la salle de bains en criant : «Pipi! Pipi!» et je m'y suis enfermé.

C'est là, sur le carrelage de céramique, que je les ai vus pour la première fois.

Carroll, immobile, avale sa salive plusieurs fois avant de continuer son récit d'une voix rauque d'émotion.

— Ils étaient trois. Trois petits bonshommes dépenaillés et sales. Ils se sont approchés de mes pieds, on aurait dit les cousins pauvres du petit bonhomme Pillsbury. Comme ils étaient très petits et très agiles, ils ont escaladé mes jambes en moins de deux, ensuite mon torse, mon cou, mes joues, mes pommettes. De là, ils ont bondi sur mon front, se sont laissés glisser sur l'arête de mon nez, jusqu'à mes narines, et ils sont entrés en moi en déclinant chacun leur nom. Carroll s'incline à trois reprises :

— Je suis Spoc.

— Je suis Toc.

— Et moi, c'est Foc!

Le trio s'est frayé un chemin jusqu'à mon ventre en se chamaillant joyeusement. Ils me chatouil-laient les boyaux, tellement que je me tortillais comme un ver. Une fois arrivés dans les méandres de mes intestins, vous savez ce qu'ils ont fait? Ils se sont dévêtus et ils se sont enculés! Ils sont devenus trois dans un. J'ai tâté mon nombril et j'ai senti une petite boule dure… L'ai très bien sentie, la boule. Ai pesé dessus. Elle a aimé ça. Elle a roucoulé :

«Nous sommes en toi, nous sommes à toi, gentil Carroll, nous sommes ton armée secrète, parée à attaquer qui tu sais à ton signal.»

— J'ai instantanément su à qui ils faisaient allusion, qui était l'ennemi. Et j'ai compris que je passerais le reste de ma vie à le haïr, à le traquer, à le combattre, à lui faire mal jusqu'à ce que, fatigué de la voir souffrir, je décide de m'en débarrasser, d'une manière ou d'une autre.

Évidemment, je ne savais pas quelle dimension allait prendre ma haine. Quand une guerre commence, on ne sait jamais jusqu'où elle nous mènera ni ce qu'elle nous coûtera.

Carroll regarde son interlocuteur et soupire.

— Si, à l'instant précis où je suis sorti pour toujours de ma chambre, les grands yeux bleu layette de Carina ne m'avaient pas regardé passer avec une souveraine indifférence, peut-être que j'aurais demandé à mon armée secrète de faire preuve d'indulgence à son égard, mais… ce regard vide de baie vitrée donnant sur la mer m'a noyé. Cet instant crucial a cimenté ma révolte et signé sa condamnation : *suspens a divini !*

Carroll pose ses mains sur ses hanches, se penche légèrement et ajoute, d'une voix assourdie :

— Comprenez-vous au moins ce que j'essaie de vous expliquer, docteur? En une fraction de seconde, ma jumelle m'a tout pris. Elle m'a dépouillé de mon identité, elle m'a arraché mon univers. Je me suis retrouvé écorché vif, complètement nu, plus nu encore qu'à l'instant de ma naissance, les tripes à l'air et condamné à l'exil dans une pièce de rangement! C'était atroce! Heureusement que Spoc, Toc et Foc sont arrivés. Ils m'ont... ils ont...

— Ils vous ont révélé la très forte animosité que vous ressentiez à l'égard de votre jumelle? De vos parents?

Carroll passe une main sur son front moite.

— Vous ne comprenez pas et j'en suis ravi...

— Je suis là pour comprendre. À vous de m'expliquer, Carroll.

— *Basta!* Ça suffit pour aujourd'hui. Je suis claqué. Allez décoder tout ça, *Docinnocent* aux grands yeux de gazelle consentante. Je vous suggère aussi de plonger le bout de votre petit nez — décidément charmant — dans mon dossier si vous voulez pouvoir me suivre, comprendre la suite et repérer, si vous le pouvez, les pièges que je vais prendre un incommensurable plaisir à vous tendre. On vous a dit que la folie engendrait la folie? Je suis excessivement timbré et ma folie est très, très, très contagieuse. Je vous aurai prévenu.

Sans prononcer un mot, se contentant d'un mince sourire en guise de salut, Samuel se lève et sort de la pièce.

Carroll avise le gardien, toujours assis sur sa chaise, en face de la porte :

— Hé ! Le beau petit docteur *Samu* ne se sent pas bien ! Je lui ai prescrit de l'Ativan, de la mescaline et du millepertuis. Pas de télé et pas d'alcool pour lui, ce soir. Mettez-le vite au lit, avec son nounours Gaspard et sa poupée Barbie. Un biberon de thé vert s'il pleurniche. Et n'oubliez pas de laisser une veilleuse allumée ! C'est un petit froussard incapable de supporter d'être tout seul dans le noir.

Puis, à l'intention de Samuel, il crie :

— Nous nous reverrons demain, à la même heure, pour la suite de la thérapie, mon ami. Soyez à l'heure !

Un bébé trop parfait

Samuel Leduc est né coiffé, dans une maison cossue de Varennes, dont le terrain descend en pente douce vers le majestueux fleuve Saint-Laurent. Sa mère, Virginia, l'a mis au monde avec une déconcertante facilité, après quatre heures de contractions presque indolores, déjouant sans l'avoir voulu l'impressionnante infrastructure de sécurité mise en place pour l'événement par son époux. L'accouchement devait se dérouler au Centre hospitalier Pierre-Boucher où travaillait Victor Leduc, chirurgien général réputé pour la finesse de ses sutures. L'homme avait prévu la présence de trois spécialistes au chevet de son épouse : un cardiologue, un gynécologue-obstétricien spécialisé dans les accouchements à haut risque et un neuropédiatre.

Le docteur Leduc était un médecin prévoyant, minutieux, tatillon, reconnu pour planifier soigneusement la moindre activité relevant de sa responsabilité. Aussi, les neuf mois de la grossesse de son épouse furent ponctués par des examens fréquents :

prises de sang, analyses d'urine et quatre échographies. À la demande du chirurgien, une diététiste de l'hôpital composa des menus sur mesure pour la future mère.

Virginia Leduc, un peu exaspérée par tant d'attention, lui dit un jour, en boutade :

— Victor, tu aurais mieux fait de le porter, ce bébé, ça aurait été plus simple ! À force de me soumettre à tous tes tests et «retests», tu me fais douter de moi. J'ai l'impression d'être un ventre en garde à vue que l'on soupçonne de délinquance !

— Je veux un bébé en parfaite santé, ma chère, et toi aussi, je n'en doute pas.

Bien sûr, le docteur Leduc avait fait jurer à son épouse de lui téléphoner dès les premières contractions. Mais elle n'eut pas le temps de le faire. Les premiers tiraillements lui donnèrent l'impression de crampes. Le brusque raidissement de son ventre la fit même sourire.

Elle s'étendit dans son lit et commença à faire des mots croisés. Quand elle perdit les eaux, une demi-heure plus tard, elle pensa qu'elle devrait peut-être avertir son époux. Puis, elle se dit que rien ne pressait. Des femmes accouchaient plusieurs heures après que leurs eaux aient crevé. Elle s'activa donc à changer les draps mouillés par le liquide amniotique. L'idée de se faire couler un bain chaud surgit alors qu'elle remettait les oreillers et les coussins en place.

Un bain. Rien ne la détendait autant. Elle se glissa dans l'eau en soupirant d'aise. La tête appuyée sur un petit oreiller de ratine, elle ferma les yeux et se mit à chantonner. Une sensation curieuse survint soudain. Comme une pression. Un étirement, de plus en plus prononcé. «Voilà, conclut-elle, là, il n'y a pas à s'y tromper, le travail commence pour de vrai.»

Elle sortit du bain, agrippa son peignoir et poussa un premier petit cri, non pas de douleur mais de surprise. Intriguée, elle glissa une main entre ses jambes, chancela et s'accroupit sous l'effet de la surprise. Elle sentait quelque chose... la tête du bébé!

Il était là et il poussait de plus en plus fort! Paniquée, elle se mit à quatre pattes, franchit péniblement la distance entre elle et le téléphone le plus proche.

Pourtant, au lieu d'appeler son époux, elle fit le 9-1-1. Ensuite, elle appela sa mère pour lui annoncer que le bébé était en route. Toujours à quatre pattes, elle se rendit jusqu'à la porte de la maison et l'entrouvrit.

Sept minutes plus tard, les ambulanciers désignés par le répartiteur d'Urgence-Santé en franchissaient le seuil. Un rapide examen les convainquit que madame Leduc ne s'était pas trompée. Un bébé était pressé de naître! Très pressé! La grand-mère maternelle, Marie-Antonia, arriva à la maison de sa fille juste à temps pour recevoir son petit-fils des mains de l'un des ambulanciers appelés à la rescousse. Elle sourit. Le morceau de membrane amniotique qui ceignait le crâne du nourrisson était un signe indubitable de très grande chance ! jubila-t-elle. L'enfant aurait une vie heureuse et serait préservé de tout accident grave.

Averti par l'un des ambulanciers que sa femme était en train d'accoucher, le père avait failli embou-tir une bonne douzaine de véhicules tant il avait conduit vite depuis l'hôpital jusqu'à son domicile. Son cerveau échafaudait des complications dra-matiques et sanglantes : un cordon ombilical qui jouait à la corde du pendu, un placenta soudé à l'utérus, un vagin éclaté, une veine utéro-ovarienne rompue.

Il était entré chez lui en trombe pour y découvrir une scène touchante : une mère au comble du bon-heur, en pleine forme, tenant dans ses bras un nour-risson tout rose qui semblait observer son nouvel univers d'un œil de petit roi. Une grand-mère en extase devant le spectacle de la nativité qu'il lui était donné de contempler et qui mettait en scène la chair de sa chair. Et deux infirmiers débonnaires, tout joyeux de la tournure des événements, qui finissaient de ranger la pièce où le miracle s'était déroulé.

✦

Comme déterminé à donner raison à sa grand-mère, le bébé, en tout point parfait, avait rapidement fait ses nuits et affiché un heureux caractère. Son père l'examinait régulièrement, maladivement soucieux de sa santé.

Ce qui l'inquiétait, c'était l'aspect placide du poupon. L'enfant ne pleurait presque jamais. Il souriait. Il gazouillait. Il digérait bien. Il éructait et *cacatait* juste ce qu'il faut. Il prenait du poids et grandissait normalement... Il était décidément parfait. C'était ce qu'il avait souhaité, mais trop, c'est trop ! Quelque chose devait clocher, quoi ?

L'inquiétude paternelle avait fini par déteindre sur la mère. Pourquoi son enfant ne braillait-il pas comme le font tous les bébés ? Pourquoi cet air constant de petit Bouddha flottant au-dessus de tout ? Qu'est-ce que ça pouvait bien cacher ?

À chaque visite à l'hôpital, le docteur Fred Tardif, pédiatre, collègue et ami du chirurgien, s'efforçait de rassurer les parents. L'enfant était normal.

— Samuel est un très bon bébé, un nourrisson trois étoiles. Vous avez une sacrée chance, vous savez.

Le père, qui assistait à toutes les consultations, ripostait, sourcils froncés :

— Et si ce comportement nous dissimulait une tare, une maladie ? Peut-être a-t-il manqué d'oxygène à la naissance ? Peut-être est-il complètement idiot ? Parfois, quand il fixe le vide, comme en ce moment, parfaitement détendu, trop, non mais regarde-le, Fred ! Franchement, ces bras ouverts, ce petit sourire béat, débranché du réel, ça donne le frisson. J'ai déjà vu des bébés idiots sourire comme ça, au cours de ma résidence en pédiatrie... Tu peux me croire, je suis sûr que quelque chose cloche. Je me demande s'il nous voit, s'il nous entend, si son cerveau se développe normalement.

Invariablement, le docteur Tardif rétorquait d'un ton réconfortant :

— Ton petit Samuel voit bien et il entend bien. Il n'affiche aucun symptôme suspect. Observe-le en toute objectivé : ses yeux pétillent d'intelligence ! On dirait qu'il nous écoute et qu'il se marre ! Il doit se dire que c'est toi qu'il faudra soigner si ça continue.

✦

Samuel finit par rassurer ses parents en affichant une grande précocité sur le plan cognitif. Son premier mot, « menou », balbutié en désignant de l'index la vieille chatte de sa grand-mère maternelle, avait été rapidement suivi par d'autres.

Progressivement, le père finit par admettre, avec un immense soulagement, que son fils était bel et bien un enfant modèle, celui que tout parent rêve d'avoir.

Oui, il avait fabriqué un bébé trois étoiles. Les fées avaient fait merveille et vu grand, comme n'arrêtait pas de seriner la grand-mère maternelle en adoration devant son petit-fils.

— Elles sont venues en délégations des quatre coins de l'univers, mon cher Victor. Elles se sont penchées en cercle sur ton petit Samuel. Ensemble, elles ont soufflé sur son front et déposé à ses pieds de somptueux présents, décréta la vieille dame.

— Pitié, belle-maman, cessez de me bassiner avec vos histoires de bonne femme et vos maudites fées à la gomme de sapin, grogna le père, agacé.

— Non ! Je sais ce que je dis. Je m'en vais vous apprendre quelque chose, mon cher ami. C'est un rituel, chez les fées, bonnes et mauvaises. Une fois l'an, elles choisissent un bébé et elles en deviennent les marraines. Elles font connaître leur choix en faisant naître le bébé soit coiffé, soit avec une tache brune bien nette, en forme d'étoile, au bas du dos. Et surtout, ne me répondez pas que je radote ! Votre esprit est devenu si rationnel que vous êtes maintenant incapable d'appréhender l'invisible ! Pourtant, ça pourrait vous servir quand vous opérez un malade. Vous, les docteurs, vous êtes tellement convaincus que vous savez tout et que seule la science peut tout expliquer... Et que ce qu'elle ne peut expliquer n'existe tout simplement pas. Non mais, quelle prétention ! Alors, la matière sombre détectée par les astrophysiciens n'existe pas, puisque vous êtes incapables de la définir... Et les rhumes n'existent pas, puisque vous ne savez pas comment les guérir.

À ce discours véhément, le docteur Leduc préférait ne pas répondre. À quoi bon alimenter la colère de sa belle-mère ? La pauvre femme était incapable de faire la distinction entre le réel et l'imaginaire. Elle se complaisait dans un univers peuplé de symboles, d'auras, de vibrations, de cailloux magiques, d'incantations... En un autre siècle, on l'aurait sûrement condamnée au bûcher.

✦

Dans la belle maison de Varennes, les mois défilèrent sans heurt pour tous les membres de la famille Leduc. Le temps glissait, lentement, comme les navires sur le fleuve, que chacun s'amusait à observer avec des jumelles, rien que pour le plaisir d'admirer leur tranquille passage, de découvrir leur nom et les couleurs de leur pavillon.

✦

En grandissant, Samuel continua à ravir son entourage avec ses mimiques et ses moues espiègles, ses pitreries et de savoureuses expressions de son cru : *pâtes tournicotées, pain manoum, eau chute-chute, culdelotte*.

Et, comble de merveille, il était vraiment très beau. On se retournait fréquemment sur son passage.

✦

Un jour, lorsque Virginia Leduc, son fils dans les bras, entra dans un restaurant de la rue Rachel où une cousine de Saint-Lin lui avait donné rendez-vous, Pierre Bourgault, qu'elle avait tout de suite reconnu avec sa tête d'intellectuel et ses cils presque iridescents, l'avait longuement dévisagée. En fait, c'est Samuel qu'il dévorait des yeux, visiblement hypnotisé par cet enfant rayonnant qu'elle portait tout contre elle, comme un prêtre l'ostensoir le jour de la Fête-Dieu.

Pourtant, secrètement, la mère ne pouvait s'empêcher de penser qu'il devait bien y avoir un accroc quelque part. Ce calme olympien que Samuel affichait en permanence, peu importe les circonstances, lui paraissait un peu suspect. Tombait-il? Il grimaçait, laissait échapper un ou deux gémissements, se relevait et c'était tout.

Son comportement envers les autres enfants était exemplaire. Il jouait avec qui voulait de lui, sans jamais s'imposer. Il ne tirait jamais les cheveux, ne flanquait pas de coup de pied, n'enlevait pas les jouets de ses camarades, bref, il était gentil, poli, sociable sans pourtant vouloir attirer l'attention sur sa petite personne.

On lui donnait une assiette, il mangeait docilement sans chipoter. On le couchait, il dormait sans faire d'histoires. On le prenait, il se laissait cajoler, embrasser, mordiller, chatouiller. On l'emmenait en promenade, il était sage, jamais impatient, jamais bouder. Et ce regard lumineux, serein, qui faisait chavirer l'âme...

Pendant six ans, la mère se posa ponctuellement la même question. Pourquoi son fils ne pleurait-il pas? Un dysfonctionnement des glandes lacrymales? Elle se dit que son mari y avait sûrement pensé et que s'il ne lui avait rien dit à ce propos, c'est que tout était normal. Que glandes il avait, tout à fait fonctionnelles, mais un brin paresseuses.

Pourquoi le visage de Samuel exprimait-il toujours la même expression neutre, comme si rien ne l'atteignait, comme si toutes les émotions glissaient sur lui sans jamais l'atteindre? Le problème était peut-être dans son cerveau?

Lorsque les grands-parents maternels de l'enfant-modèle moururent dans l'incendie de leur maison, une ombre, pourtant, passa dans le regard de l'enfant, habituellement au beau fixe. Samuel était triste, enfin! Et il pleura.

Pendant des heures, des larmes en gouttes pressées coulèrent sur ses joues. Le soir, il fallut changer sa taie d'oreiller à deux reprises tant le chagrin était intense.

— Tu voulais qu'il pleure, murmura Virginia à l'oreille de son époux, traumatisée par la réaction totalement inattendue de son fils, eh bien, te voilà exaucé, j'espère. Je crois qu'il se débarrasse de toutes les larmes qu'il aurait dû verser depuis sa naissance.

— Peut-être as-tu raison, maugréa le docteur Leduc, lui aussi bouleversé. Mais je me demande si sa réaction n'est pas excessive. Décidément, le comportement de Samuel échappe à toute logique.

Pendant le service funèbre, du haut de ses douze ans, les yeux rouges d'avoir trop pleuré, l'enfant lut un vibrant témoignage de sa composition pour rendre hommage aux disparus, et pas une seule seconde sa voix ne flancha. Seuls ses yeux irrités d'avoir trop pleuré paraissaient soudain éteints... Après, plus jamais madame Leduc ne revit ce voile de tristesse noyer le regard de son fils bien-aimé. La lumière avait eu vite fait d'avaler l'ombre.

✦

Bien sûr, ses parents l'inscrivirent au Collège Jean-de-Brébeuf. Bien sûr, l'adolescent obtint d'excellentes notes dans toutes les matières. Un seul bémol, il n'aimait pas les sports, à l'exception du ski de fond et de la natation, ce qui lui valut sa première réprimande et sa première suspension.

Un jour de fin de mai, excédé d'être, depuis le début de l'année, traité de mauviette, de moumoune, de pédé, de fils à maman, par deux garçons particulièrement sportifs, Samuel se dirigea soudain vers eux et il leur flanqua son poing au visage, encore et encore, cassant le nez du premier et une dent au deuxième.

La rapidité et la brutalité de l'agression surprirent tout le monde, particulièrement ses professeurs. Lui, que l'on croyait placide, voire un peu mou, était en réalité un tigre endormi qu'il valait mieux ne pas contrarier.

L'incident déplut profondément au docteur Leduc, contraint de réparer les torts causés par son fils en offrant aux parents des victimes de prendre en charge les frais des traitements chirurgicaux et dentaires qui s'imposaient.

Il eut avec son fils une conversation musclée au cours de laquelle il lui exprima sa déception et son indignation. Avait-il donc mis au monde une brute incapable de maîtriser ses émotions? Pour être sûr que pareil événement ne se répéterait pas, le médecin obligea son fils à se soumettre à une thérapie brève avec un psychologue. Éprouver de la colère, c'était normal, certes, mais la passer sur le dos d'innocents, c'était inquiétant.

Abattu, Samuel ne jugea pas utile de faire remarquer à son père que des insultes répétées *ad nauseam* finissent par éroder la patience et libérer la souffrance accumulée. Il se soumit de bon gré à la thérapie imposée et à la punition infligée, au grand dam de sa mère. Pas de vacances au Maine pour lui avec ses parents, mais plutôt un séjour dans un camp dévolu aux sports d'été.

Bien sûr, le docteur Leduc eut une longue conversation avec le psychologue qui avait traité son fils. Ses réflexions le surprirent.

— Votre fils est parvenu à verbaliser ce qu'il a ressenti. Une vague immense a déferlé à l'intérieur de sa tête. Ce n'était pas la première fois qu'il expérimentait cette fantastique montée d'adrénaline. Il semble que, jusqu'à l'incident qui l'a fait agresser deux étudiants, il soit parvenu à repousser les vagues en prenant deux ou trois grandes respirations. Celle qui l'a submergé lors de la malheureuse agression venait de loin, il l'avait sentie venir, persuadé qu'il parviendrait à la neutraliser.

Seulement, il s'est trompé. Il a parlé d'une bombe d'énergie qui a raidi ses poings et l'a littéralement soulevé du sol... Soyez tranquille. La thérapie s'est bien déroulée. Nous avons expérimenté une arme symbolique qui devrait lui permettre de maîtriser les situations par trop difficiles, à l'avenir. Il s'agit d'une boussole. Quand il sent la vague approcher, il doit garder les yeux sur elle, lui ordonner de garder le cap. Je lui ai donné quelques exercices de visualisation à faire en piscine. À notre dernière séance, je l'ai délibérément provoqué en mots et en gestes. Il a fermé les yeux et j'ai pu constater que la boussole lui a obéi.

✦

Un garçon aussi doué que Samuel ne pouvait que faire médecine. Le père aurait préféré que son fils suive ses traces et devienne chirurgien. Mais Samuel, avec beaucoup de tact, lui fit comprendre qu'ouvrir des corps à longueur de journée ne l'enthousiasmait guère. Ce qui, par contre, le fascinait, c'était ce qui se passait dans cette drôle de boîte appelée cerveau. Où se cachaient la folie, les émotions fortes comme la passion amoureuse, la haine, l'euphorie, la tristesse, la violence? Dans quel hémisphère les fantasmes, les hallucinations, la créativité naissaient-ils?

Finalement, le père accepta d'assez bonne grâce que Samuel fasse sa résidence en psychiatrie. Lui était un expert de la chair, et son fils serait un spécialiste de l'esprit.

Désormais, tout comme son épouse, il n'avait plus qu'un désir : que le jeune homme se trouve une gentille fille et leur donne un petit-fils ou une petite-fille à chérir et à gâter.

Mais Samuel ne paraissait guère pressé de prendre épouse. Chaque fois qu'il emmenait une fille souper à la maison de ses parents, le couple se disait que ça y était... Seulement, la fille ne revenait jamais. Une autre la remplaçait, puis une autre, et encore une autre.

— Non, mais, quel tombeur il est, ce Samuel !, s'exclamait chaque fois son père, une fois le jeune couple parti.

La mère ne manquait pas l'occasion de lui faire remarquer que les beaux hommes n'ont pas la partie facile. Les femmes, même si elles sont très attirées, se méfient... Trop beau pour être bon. Trop charmant pour être fidèle. Trop parfait pour ne pas cacher un vice.

— Je reconnais que notre fils est particulièrement attirant, rétorquait la mère. Un suave mélange de virilité avec un reste d'enfance, enchaînait-elle avec une moue attendrie. Des traits délicats mais affirmés, des attaches fines, un corps musclé juste ce qu'il faut...

— Certes, mais des cheveux qu'il porte trop longs à mon gré, dommage, il paraît que les femmes aiment ça!, renchérissait le chirurgien en soupirant.

— Et il a la couleur de tes yeux, tu l'as sûrement remarqué!, s'exclamait joyeusement madame Leduc, qui sont, je le sais pour n'avoir pas pu y résister, ir-ré-sis-ti-bles!

Jolie feuille de route

Samuel Leduc referme le dossier de Carroll. Il lui a fallu près de deux heures pour en prendre connaissance, du début à la fin. Il relit la dernière page consacrée à sa plus récente frasque.

Il y a trois mois, des policiers ont arrêté Carroll à la station Berri-UQAM du métro de Montréal. Armé d'une paire de ciseaux, il poursuivait en gloussant les jeunes femmes portant des cheveux longs et blonds, comme s'il s'était agi là d'un comportement parfaitement normal. Il attrapait ses victimes par leur chevelure et, sans leur donner le temps de comprendre ce qui leur arrivait, sans se laisser démonter par leurs cris perçants et leur résistance, il coupait, coupait, coupait tout ce qu'il pouvait, n'hésitant pas à user de sa force physique pour immobiliser les plus récalcitrantes ou pour menacer les rares personnes tentant de s'interposer entre lui et ses blondes victimes. Trois d'entre elles avaient été légèrement blessées pendant les tentatives de coupe sauvage avant que l'on ne finisse par le maîtriser.

Arrêté, il avait déclaré lors de l'interrogatoire qu'il avait été entraîné contre son gré dans une sale *joke* de blondes. On allait devoir appeler le général Dek Colorant pour en savoir plus. Lui, il ne dirait rien. Là-dessus, il s'était mis à chanter Piaf :

Non, rien de rien, je ne regrette rien. Ni le bien, ni le mal, tout ça m'est bien égal...

Le juge, qui avait entendu la cause et pris connaissance de son dossier, avait ordonné une évaluation psychiatrique avant de prononcer sa sentence. Et c'est ainsi qu'il avait été conduit à l'Institut Philippe-Pinel.

Samuel est fasciné par l'étrange parcours de son nouveau patient. Au cours des six dernières années, Carroll a été arrêté à plusieurs reprises pour des motifs plus ou moins cocasses et sans réelle gravité.

Première arrestation, vandalisme à Québec : en pleine nuit, il a dessiné un ange sur la façade d'un édifice public et a poussé l'arrogance jusqu'à inscrire son nom, son numéro de téléphone et l'empreinte de ses dix doigts au bas de la tunique de la céleste créature.

Deuxième arrestation, trouble de l'ordre public : il a déambulé dans la rue Rachel, à Montréal, à trois heures du matin, avec une cloche et un porte-voix, en imitant les vigiles du Moyen Âge et en clamant :

«Dormez sur vos deux oreilles, bonnes gens, il est trois heures et la ville se porte affreusement mal! On pille, on s'engueule, on se drogue, on viole, on tue! *Ole! Viva la republica de la banana!*»

Troisième arrestation, vagabondage: le jour de Pâques, tout de blanc vêtu, déguisé en pape, il a arpenté la rue Saint-Denis, encore une fois à Montréal, et exhorté les passants au repentir universel en réclamant haut et fort la dîme de la «cruci-fiction» tout en brandissant un gros cochon tirelire.

La quatrième arrestation, pour vol à l'étalage dans un magasin Canadian Tire situé non loin du Marché central de Montréal, avait fait l'objet d'un petit reportage dans *Le Journal de Montréal*. Le journaliste avait raconté qu'un hurluberlu avait subtilisé des clous, des ampoules, une poignée de porte et une boîte de savon à lessive pour en faire une marionnette écologique.

Une fois son larcin accompli, sans se cacher le moins du monde, le détraqué avait enfoncé les deux ampoules sur les côtés de la boîte et les clous sur le dessus. La poignée avait été purement et simplement vissée sur le devant pour donner l'illusion d'une bouche. Une fois la curieuse sculpture terminée, l'homme, la tenant à bout de bras, s'était dirigé vers la sortie, en saluant solennellement la caissière au passage.

La cinquième arrestation avait eu lieu à Québec. Motif: exhibitionnisme dans une église pendant un mariage. Il avait attendu que le couple descende l'allée centrale pour ouvrir son pantalon et viser les nouveaux mariés avec son sexe peint en noir et ceinturé d'un ruban bleu.

Bref, des délits mineurs, des gestes farfelus, puérils, ayant entraîné des amendes assorties de condamnations relativement légères, et quatre évaluations psychiatriques.

Finalement, était survenue l'agression aux ciseaux, plus lourde de conséquences. Les victimes auraient pu être gravement blessées. En outre, il y avait eu atteinte à l'intégrité physique. Les coups de ciseaux avaient littéralement massacré la chevelure de jeunes femmes contraintes d'adopter une coupe courte pour réparer les dégâts capillaires infligés par l'apprenti coiffeur.

Les psychiatres et les psychologues appelés à se prononcer sur la santé mentale de Carroll ont, d'arrestation en arrestation, recommandé de brèves hospitalisations dans les services des urgences psychiatriques d'hôpitaux de Montréal et de Québec, la ville où il est né et a grandi.

Lors de ses arrestations, les policiers ont rapporté que le prévenu affichait un comportement détaché, placide, comme s'il avait été sous l'influence d'une quelconque drogue. Mais les analyses et les prélèvements effectués n'avaient révélé aucune trace de drogue ou d'alcool.

L'itinéraire de Carroll, au fil des anamnèses faites par les cliniciens, n'est pas très détaillé, conclut Samuel. Il a quitté la maison familiale, située boulevard Laurier, à Québec, à l'âge de vingt ans. Il a étudié à l'Université Laval pendant deux ans. Quoi? Il n'en est pas fait mention. Plus étrange, aucun détail sur la vie qu'il a menée entre vingt-deux et vingt-huit ans ne figure au dossier.

Peu de renseignements, également, à la case «Activités professionnelles»: Carroll aurait déclaré être décorateur ensemblier et essayiste. Le praticien qui a inscrit cette information l'a fait suivre d'un gros point d'interrogation. Domicile: 1321, rue Sherbrooke Ouest. Compte en banque bien garni et pas de dette connue. Plusieurs cartes de crédit, mais aucune en souffrance.

Rayon diagnostic, Samuel est étonné par la diversité des opinions émises par ses collègues: psychose, maniaco-dépression, schizophrénie, autisme secondaire, bouffées délirantes, névrose obsessionnelle, personnalités multiples…

À en croire ceux qui l'ont évalué et qui l'ont traité dans le cadre de thérapie de courte durée, à Québec comme à Montréal, Carroll est manipulateur, fabulateur, asocial, compulsif, pervers, sado-masochiste, paranoïaque et capable d'une violence verbale redoutable.

Information intéressante: la sœur jumelle de Carroll, Carina, est psychiatre au Centre hospitalier Robert-Giffard de Québec. Elle a refusé catégoriquement de s'occuper de son frère, lorsque des ambulanciers accompagnés d'un policier l'ont conduit à deux reprises au service des urgences psychiatriques où elle travaille.

Samuel s'esclaffe. Décidément, l'ennemie de Carroll n'a pas choisi n'importe quelle armure professionnelle ! La prochaine fois qu'il ira à Québec, il rendra visite à cette Carina qui semble, *a priori*, être au cœur des problèmes de son patient.

Noir et blanc

Ce matin-là, visiblement, Carroll attend Samuel. Il ne lui laisse même pas le temps de s'asseoir et de mettre le magnétophone en marche qu'il se lance aussitôt dans un long monologue. Sa voix est monocorde et basse. Son débit, d'abord lent, s'accélère au fil des phrases.

— Détail capital, Carina et moi sommes des jumeaux dizygotes. Elle est née la première. J'ai suivi, avec vingt minutes de retard. Je me traînais déjà gentiment les pieds. Elle pesait près de huit livres, et moi tout juste cinq. Je suis assez fier de ces trois livres en moins, ça démontre que je n'étais pas le plus gourmand, le plus arriviste du couple...

Se fiant aux résultats des échographies, mes parents attendaient deux filles qu'ils avaient décidé d'appeler Carina et Carole. Ils étaient ravis parce qu'il n'y avait que des garçons dans leur famille respective.

Vous imaginez leur surprise quand ils ont vu ma bite! Déçus, ils m'ont prénommé Carroll, un nom de fille, un nom amputé de son E final et affligé d'un œdème du RL, sans doute pour me punir de m'être présenté avec une paire de couilles.

Je crois bien que j'ai ressenti profondément, très profondément, leur déception, parce que j'ai été un nourrisson braillard et souffreteux : érythème fessier, rhume, gastro-entérite, bronchite, otite, allergie, j'avais toujours quelque chose qui n'allait pas. Carina, elle, était resplendissante de santé. Pas le moindre bobo.

Sur les photos de notre premier anniversaire, la distribution des rôles est évidente. Carina est le jour, la lumière, la joie, odorante comme une gousse de vanille fraîchement fendue. Moi, je suis la nuit, une ombre floue, une misérable truffe momifiée exhalant une odeur de tristesse assez puissante pour faire tourner de l'œil à qui a le malheur de regarder le cliché.

Très tôt, il fut évident non seulement que Carina était un bel enfant, mais que sa vivacité d'esprit supplantait la mienne, du moins en apparence. Elle était plus attachante que moi, plus drôle que moi, plus délurée que moi, plus, plus, plus, quoi !

Carina était l'enfant rêvé, la fille tant attendue. Moi, j'aurais mieux fait de ne pas être du voyage… J'aimerais assez pouvoir parler au zigoto qui m'a accouplé à Miss Perfection planète Terre.

J'ai lu, je ne sais plus dans quel bouquin, quelque chose là-dessus. Françoise Dolto, la pasionaria des bébés, était convaincue que les enfants choisissent leurs parents. Étrangement, elle n'a rien dit à propos des jumeaux. Deux bébés peuvent-ils réellement choisir les mêmes père et mère? Ça me paraît improbable! Comme quoi, même quand on est une papesse de la psychanalyse, il y a des choses qui nous échappent ou que l'on préfère éviter de grattouiller pour ne pas perdre la tête, ce qui est toujours malencontreux quand on est psy. Cette réflexion est au premier et au deuxième degré... Vous me suivez, *Duckidoc*?

Samuel se contente de hocher la tête.

Bien. Je poursuis ma saga. Carina a pris tout l'espace libre dans le cœur de mes parents. Elle a fait sienne la maison et aussi le grand jardin, derrière la maison. Et la véranda, et le balcon au deuxième étage, et le chien Poxi qui grondait chaque fois que j'essayais de l'approcher — mais je me suis bien vengé! Un jour, je vous raconterai...

Au réveil, chaque matin, la très chère enfant jaillissait de son lit, la crinière tout ébouriffée, le museau comiquement fripé. Elle quittait la pièce en courant et n'y revenait que pour se coucher, me laissant, ô bonheur! seul avec la chambre.

Une fois qu'elle n'était plus là, je pouvais exister, sortir de ma coquille, respirer tout à mon aise sans craindre qu'elle ne me vole ma part d'oxygène et tourner sur moi-même à l'infini jusqu'à ce que, complètement étourdi, je tombe par terre, ivre de bonheur.

J'ai appris très tôt à vivre seul, à me suffire, à me taire. À quoi bon ouvrir la bouche quand on sait que ce qu'on va dire ne sera pas entendu? Pour compenser, je parlais parfois à la chambre et vous savez quoi? Elle me répondait! Les pièces d'une maison sont dotées d'invisibles cordes vocales. Elles ont chacune une voix, mais il faut être très attentif pour les entendre. Vous avez déjà conversé avec une pièce, vous?

Samuel mord sa lèvre inférieure:

— Vous voulez que je réponde?

— Je consens à entendre le son de votre voix à la condition que vous ne me serviez pas la mouture pontifiante dont m'ont gavé tous vos prédécesseurs sur les hallucinations auditives et les acouphènes!

— Comme tout le monde, il m'arrive de parler à voix haute quand je suis seul. Mais, c'est à moi que je parle, pas à la pièce où je suis. Et je me réponds, parfois je m'engueule, je me conte des histoires, je ris de moi... Ça défoule! s'exclame le praticien.

— Qu'est-ce que vous êtes mignon quand vous souriez, *Docrisette*, susurre Carroll en lorgnant Samuel comme le ferait un dragueur dans un bar.

Indifférent au compliment, ce dernier demande:

— Il ne vous est jamais venu à l'esprit que vous avez fait de votre chambre un personnage imaginaire, Carroll? J'en ai eu un, quand j'avais cinq ou six ans... il s'appelait Chopine Toundra. C'était mon confident. Il vivait sous la tente, dans le désert du Sahara, et rêvait de piloter un avion. Une influence du Petit Prince de Saint-Exupéry, sans doute. Que vous racontait votre chambre quand vous étiez seul avec elle?

Carroll fronce les sourcils et frappe dans ses mains, comme un maître de discipline mécontent.

— La consultation est terminée pour aujourd'hui, mon cher. Nous reprendrons le fil de l'histoire demain, si vous êtes sage!

Mots cachés

En empruntant le couloir menant à son bureau, Samuel se demande ce qu'il a pu dire pour troubler Carroll au point de lui faire interrompre son récit. Quels mots a-t-il prononcés, qui l'ont fait brusquement rentrer dans sa coquille? De quoi a-t-il eu peur, tout à coup? Que la chambre se mette soudain à parler par sa bouche?

Une fois bien installé dans sa chaise de travail, il appuie sur le bouton «Veille» de son téléphone pour être sûr de n'être pas dérangé. Ensuite, il met le magnétophone en marche arrière. Espérant trouver des indices, il écoute et réécoute la fin de l'entretien, mais il ne trouve rien de particulier.

Serait-ce simplement parce qu'il a posé une question? Carroll semble préférer poser des questions plutôt qu'y répondre. Il n'aime pas qu'on l'interrompe. Se pourrait-il qu'il ait été déçu que ses propos flatteurs sur son apparence physique tombent dans le vide? Qu'attendait-il en retour? Un autre sourire, un reproche, un compliment? Était-ce une tentative de séduction? Un simple test?

Samuel jette quelques réflexions par écrit. Il est vital, selon lui, de «penser» le patient avant de songer à panser sa douleur :

Carroll est doué d'une mémoire tout à fait remarquable. Et d'une très grande sensibilité. Il a comparé sa chambre à un placenta. Je me demande si... est-ce là la racine du mal qui le ronge ? Je parierais que oui.

Quand je pense à lui, le mot qui me vient intuitivement est AMPUTATION. Pourquoi ?

Détail intéressant : plusieurs noms et adjectifs choisis par lui pour décrire les lieux de son enfance et sa jumelle, avec un grand souci du détail, font référence à la nourriture : crème brûlée, millefeuille, Chantilly, glacis, fruitée, surette...

À ne pas négliger : il semble avoir lu des livres ou des articles de psychologie, de psychanalyse. Sa référence à la psychanalyste française Françoise Dolto en témoigne. Qu'a-t-il «absorbé» au juste ? Des trucs superficiels, du psy de masse enrobé dans du papier rose, des psychotests flanqués d'interprétations folichonnes ? Ou des traités savants qui lui auraient donné des matériaux pour se construire une façade, pour entourer sa psyché d'une barricade solide et tenir ses thérapeutes en échec ? Pour inventer un conte truffé de vrais et de faux souvenirs, de fantasmes et de désirs tressés de telle manière que la vérité et la réalité s'en trouvent bâillonnées ou alors biaisées ?

Qui est donc la jumelle ? Il a évoqué sa beauté, sa vivacité, son charisme, mais encore ? Me la décrira-t-il avec autant de précision que la chambre?

Ah oui! Précieuse, cette comparaison qu'il donne de lui. Une truffe momifiée... Samuel relit ses notes et souligne *une truffe momifiée...*

Puis, il s'amuse à ouvrir les mots donnés par Carroll pour en créer d'autres. *Truffe, hutte, lutte, culte, butte, chute. Muscade: musc, cadet, muselé. Momifiée: môme, fiel, momy, mom...* Tiens, tiens, MOM. Quid *du rapport à la mère? Et où est le père? Dans le musc? Dans le cadet? Dans le muscadet?*

Soudain, la main du docteur Leduc revient au mot *AMPUTATION.*

Le mot clignote.

Qu'est-ce qui a été coupé? Le cordon ombilical? Le lien avec la jumelle? Ou avec la chambre placentaire?

Coup de pompe

Aujourd'hui, Carroll paraît triste. Il a enfilé son chandail à l'envers, une négligence vestimentaire qui ne lui ressemble guère. Sur un ton plaintif, il réclame un café. D'un hochement de tête, Samuel fait signe au gardien qu'il autorise la demande. Au bout de quelques minutes, l'homme revient et dépose un verre de carton sur la table, deux sachets de sucre et deux berlingots de lait.

Carroll prend son temps pour sucrer le breuvage et pour verser le lait avant de se mettre à parler. Son débit et ses gestes sont solennels.

Mentalement, Samuel note tout.

Mine chagrine, images au ralenti d'un esprit errant dans le magma de ses souvenirs.

Il se demande si c'est aujourd'hui qu'il entendra le vrai Carroll s'exprimer.

— J'ai rêvé à ma jumelle, cette nuit, *Dockodac*. Je l'avais embrochée, ointe d'huile d'olive des pieds à la tête, une huile extravierge, cela va de soi. J'avais disposé des branches de romarin dans tous ses orifices corporels. Mais je n'arrivais pas à allumer les bûches soigneusement empilées sous elle. Et elle, pauvre idiote, elle riait de ma maladresse! Non mais, quelle pétasse! Comment pouvait-elle encore rire avec des herbes plein la bouche et transpercée de part en part?

Il prend une grande inspiration et poursuit d'une voix morne :

— Petite, Carina bougeait tout le temps, même dans son sommeil. Il lui arrivait de gazouiller, de rire si fort qu'elle me réveillait. Parfois, je me levais, je m'approchais d'elle, je me penchais au-dessus de son visage. Son front ressemblait à un désert, ses narines à des grottes, ses paupières à des dunes, la racine de ses cheveux à une oasis. Sa bouche... Ah! sa bouche!

J'osais parfois souffler dessus dans l'espoir qu'elle s'ouvre et que je puisse y glisser mes doigts, descendre en elle et explorer son intérieur, la soufflerie des poumons, l'horloge du cœur, le broyeur de l'estomac, le laboratoire du foie, la tuyauterie des intestins, et ce sexe différent du mien, ce sexe qu'il m'aurait fallu posséder pour plaire à mes parents. Si j'avais pu...

Brusquement, Carroll se tait et dévisage le médecin avec acrimonie.

— Eh merde! Je n'ai pas le goût de vous parler, aujourd'hui. Je me sens patraque. Avec toutes ces pilules que je suis obligé d'avaler, j'ai l'impression qu'un essaim d'abeilles africaines me pompent la mémoire pour la revendre à des mercenaires!

Malheureusement pour elles, ce n'est pas du miel qu'elles y trouveront, mais du poison! Un exquis mélange de grande ciguë, de stramoine, d'amanitine et de muscamol.

Après un temps d'arrêt, il s'exclame :

— Alors! Qu'est-ce que vous avez à me fixer comme si j'étais une chèvre attachée au milieu d'un pré? Vous vous prenez pour Monsieur Seguin? Ou pour le loup, peut-être? Ma parole, vous voulez me dévorer! Foutez le camp avant que je vous broie les couilles pour en faire un dépuratif!

Imperturbable, Samuel se lève et sort de la pièce. On le met à la porte et ce n'est sûrement pas pour rien. Le rêve de Carroll a réveillé une grande douleur, trop grande pour être mise en mots, une douleur qui se comporte comme un ouragan, non, comme un volcan. Elle gronde, il l'entend et croit même sentir son souffle empestant le soufre.

Coup de fil

Carroll lui ayant donné brutalement congé, Samuel retourne à son bureau en prenant les escaliers, histoire de faire un peu d'exercice. Une fois la porte close, il réécoute à plusieurs reprises la bande d'hier et celle, bien brève, d'aujourd'hui. Tout en tendant l'oreille, il s'amuse à dessiner un bûcher, des abeilles, un mouton et une bouteille de sirop sur laquelle il écrit : *dépuratif.*

Se parlant à lui-même, il murmure, tout en rédigeant :

Nous avons encore de suaves références culinaires : huile d'olive, romarin. Et quatre intéressants symboles à mettre en banque. Un désert, des dunes, des grottes et un bûcher. Décidément, ce type ne manque pas d'imagination ! Mais j'ai l'impression qu'il fournit autant de faux indices que de vrais. Reste à faire le tri, à sélectionner les bons éléments, à les décoder. Et à extraire aussi le « jus » des mauvais indices, car ça pourrait servir... Je dois aussi mettre en réserve la recette empoisonnée qu'il m'a balancée pour me faire la démonstration de son savoir botanique. Aurait-il aussi des notions de toxicologie, le Carroll?

Bien. Si je veux gagner du temps, je vais devoir me faire aider par l'ennemie. Je dois prendre rendez-vous avec Carina Leblond. Et pourquoi pas mainte-nant, pourquoi attendre?

Samuel consulte son fichier, trouve le numéro du centre hospitalier où travaille la psychiatre, le compose et demande les services des urgences psychiatriques. Une voix masculine lui répond. Il s'identifie et annonce qu'il aimerait parler à la docteure Carina Leblond.

— Vous tombez pile, docteur, elle vient juste de se libérer. Je vous la passe…

— Allô, docteur Leduc… que puis-je pour vous?

La voix, au bout du fil, lui paraît agréable. Il ne détecte ni surprise, ni méfiance, ni contrariété lorsqu'il annonce à la jeune femme qu'il est le nouveau médecin traitant de son jumeau. S'efforçant d'être concis, il suggère à son interlocutrice qu'un entretien lui permettrait de mieux cerner les problèmes de son patient. La réponse de la psychiatre le déçoit:

— Je voudrais, croyez-moi, être en mesure de vous aider, docteur, mais tant et aussi longtemps que Carroll ne voudra pas collaborer, tant qu'il s'entêtera à garder son armure et ses multiples masques, tant qu'il s'adonnera à de minables mises en scène d'ados en crise pour se faire remarquer, je ne peux rien pour lui. Je ne vois pas comment je pourrais vous éclairer. J'ai fait exactement la même réponse à deux de vos collègues qui ont, tout comme vous, pensé que je pourrais les aider.

Samuel croit détecter un soupçon de tristesse dans cette réponse énoncée d'une voix particulièrement douce.

— Et si vous vous contentiez simplement de répondre à mes questions?

Un silence suit, si dense que Samuel se croit obligé de demander :

— Vous êtes toujours là?

— Oui, je réfléchis.

— Je comprends. Prenez tout le temps qu'il vous faut et rappelez-moi dans quelques jours. Je suis prêt à me rendre à Québec, si vous acceptez de me recevoir, histoire de vous déranger le moins possible.

— Très bien, répond la voix de Carina. Je vous téléphonerai d'ici une quinzaine. Au revoir, docteur Leduc.

Samuel repose lentement le combiné. Il faut absolument qu'il rencontre cette femme. Si jamais elle refuse de le recevoir, il se rendra à Québec quand même. Quand elle sera en face de lui, il saura bien trouver les mots qui la feront changer d'avis.

Il lui tarde d'entendre le récit de la jumelle sur la chambre, pour ensuite le comparer avec celui de son étrange patient.

«Nous sommes vendredi… Je lui laisse six jours de réflexion. Le septième, je la relancerai», décide-t-il en inscrivant une note de rappel dans son agenda.

La chambre triste

Lundi matin. Carroll semble avoir retrouvé sa bonne humeur. Il accueille Samuel avec un large sourire.

— Désolé pour vendredi, toubib. Je devais ovuler. Alors, l'hameçon est-il bien accroché? Commencez-vous à sentir l'odeur corporelle de Carina? À frissonner lorsque je prononce son prénom? La chère enfant ne laisse personne indifférent. Absolument personne. C'est une ensorceleuse patentée. Un pot de miel avec des mamelles. Des mamelles à miel! Moi, je n'ai pas de mamelles, mais une faramineuse dose de fiel. Devinez par où elle sort, *stricto sensu*?

Il rit très fort, satisfait de sa répartie.

— J'ignorais que votre sœur était psychiatre.

Carroll hausse comiquement les sourcils:

— Ah! Vous avez enfin lu l'histoire de mes frasques et de mes démêlés avec la justice, la police, les psyjuges et les psychotropes! Et vous n'êtes pas au bout des surprises…

Eh oui, ma juju est *docteteûre*! Pestialisée dans les cerveaux dérangés, surchauffés, coupés en julienne et servis froids sur un lit de nouilles hystériques barbotant dans de l'encre de calmars!

Drôle de hasard, non? Seulement, si vous avez bien lu les rapports de vos petits copains, si vous n'avez pas sauté de lignes, vous savez également que la drôlesse ne veut rien savoir de moi. Elle a peur! J'ai réussi à lui flanquer la trouille et j'en suis vraiment très heureux! De tous les hommes qui croisent son chemin, je suis le seul qu'elle ne peut pas embobiner. C'est en partie pour ça qu'elle me craint et elle a bien raison, car je ne lui veux pas de bien, et ça aussi elle le sent.

— Vous n'aimez pas votre jumelle, j'ai compris, mais est-ce aussi réciproque? Pensez-vous que Carina vous aime ou vous déteste?

Carroll lui décoche un sourire désabusé avant de répondre:

— La divine Carina n'aime personne, hormis elle-même! Elle trace son chemin, poussée par le soleil, portée par les étoiles. Elle ne veut surtout pas que je fasse de l'ombre à sa carrière, à sa réputation, à son cortège d'admirateurs! Être psychiatre et avoir un jumeau fou, avouez que ce n'est pas de chance! Mais, entre vous et moi, être fou et avoir une jumelle psy qui refuse de vous soigner, c'est pas de chance non plus, en apparence, toujours en apparence. Ah! Les apparences... elles me donnent le goût de vous parler chiffons, tiens.

Pour Carina, se vêtir n'est rien d'autre qu'une obligation sociale. Toute petite, elle n'accordait aucune importance aux vêtements. Elle s'habillait comme ça venait. Un haut jaune avec une jupe mauve. Un bas blanc et un rose. Une blouse par-dessus un chandail. Pas l'ombre d'une coquetterie, jamais.

Il y a un bail que je ne l'ai pas vue, mais je donnerais ma main à couper qu'elle n'a pas changé. Le contenu de sa garde-robe ferait probablement grimacer de dégoût le plus taré des stylistes de la planète.

Sa technique est stupéfiante. Chaque matin, elle attrape ce qui lui tombe sous la main. C'est le hasard qui l'habille, quoi! Seulement, savez-vous ce qui est encore plus stupéfiant? Malgré son manque total de goût, elle n'a jamais l'air ridicule. Au contraire! Vous verrez, je suis sûr que vous partagerez mon avis quand vous l'aurez rencontrée.

Parce que… vous allez lui rendre une petite visite, n'est-ce pas? Vous allez fouiner dans mon enfance, racontée et corrigée par elle. Vous allez l'interroger en long et en large, en espérant trouver des pistes, des motifs, qui expliqueraient pourquoi je suis comme je suis, pourquoi je commets des actes… irrationnels, indécents, socialement inacceptables!

Mais laissez-moi vous dire ceci, *Docéboueur*: peu importe ce que vous racontera sœurette, j'aurai imprégné votre raison, votre mémoire, votre imaginaire et vos sens le premier. Il y a un détail que vous ne devez pas oublier. Vous êtes Mon thérapeute. Elle, elle ne pourra jamais être rien d'autre qu'un témoin, un mauvais témoin, diplômé en parjure.

Revenons à nos chiffons et à notre très chère et très sainte mère. Elle adorait nous acheter des vêtements dans des boutiques de prêt-à-porter pour enfants, du genre *Gudule, Coco la bine, Titou*. Carina aimait beaucoup ces sorties. Moi pas.

Les vendeuses nous entouraient, couinaient du bec :

— Des jumeaux, vous dites ? Incroyable ! Ils sont… si différents ! La petite fille est mignonne, adorable, rigolote, exubérante ! Le garçon, par contre, paraît bien fluet, timide, un peu renfrogné.

Et ma mère d'en rajouter, d'un air gourmé :

— N'est-ce pas ? C'est étonnant cette différence de caractère et aussi de taille, vous avez remarqué, évidemment ? On dirait qu'on ne le nourrit pas. Le pauvre enfant a un appétit d'oiseau…

Et de soupirer bruyamment pour manifester son impuissance. Et de poser un regard d'adoration sur ma jumelle pour signifier au public apitoyé que la nourriture ne manquait pas, chez nous. La preuve, cette adorable fillette aux joues roses et aux bras bien dodus, la fierté de la maison !

Soudain, Carroll se lève, ricane, joint les mains et mord ses deux pouces. Il se dandine, se déhanche, en imitant la voix maternelle :

— Oh non! non! Carina, ma chérie, cette salopette n'est pas pour toi, c'est pour les petits garçons, ça.

Et les vendeuses de s'exclamer en caquetant comme des poules :

— Laissez-la donc faire! Ici, les enfants sont rois et maîtres. Qu'elle s'amuse à essayer cette salopette. Elle verra bien dans le miroir que ce n'est pas pour elle.

Ma sœur endossait le vêtement et, évidemment, tout le monde s'extasiait :

— Mais... c'est tout à fait charmant! On dirait un petit lutin!

Le pire, c'est qu'elles avaient raison. On aurait pu affubler Carina d'une poche en jute bouffée aux mites, d'un sac vert ayant subi un séjour dans les égouts du quartier le plus malfamé de Montréal, d'une guenille sale ayant atteint le point de rupture, elle aurait réussi à faire craquer tout le monde, tant tout, absolument tout lui allait. Même les guenilles se soumettaient!

Moi, c'était le contraire. Ma petite taille, mon allure frêle m'obligeaient à porter des trucs pour enfant attardé.

En outre, à cause de ma peau claire, aucune couleur ne me convenait vraiment. Hélas, mère était persuadée que les couleurs toniques pouvaient me donner du teint. La vérité était que les vêtements qu'elle choisissait accentuaient de manière pathétique mon aspect de petit cancéreux en phase terminale.

C'était absolument terrifiant, ces confrontations avec les miroirs! Ainsi, pendant que Carina foutait le bordel dans la place et sautillait partout comme un lapin de garenne à qui on aurait mis du poivre de Cayenne sur le museau, je tentais de me cacher entre deux rangées de porte-cintres pour me faire oublier. Je refusais d'essayer les vêtements qu'on me tendait. Je faisais la gueule, comme disent les Français.

Invariablement, je sortais de là avec des salopettes toujours trop grandes, des trucs trop voyants à mon goût, un brin efféminés, qui ne me convenaient pas du tout et qui faisaient cruellement ressortir le côté falot de ma pauvre petite personne. À ma façon, je fus un enfant martyr, et pas seulement à cause des vêtements...

Samuel est suspendu aux lèvres de son patient. Il a l'impression d'être le spectateur privilégié d'une pièce de théâtre. Il écoute, tous ses sens aux aguets. Il jette un regard furtif sur le magnétophone, pour s'assurer qu'il marche. Le ruban tourne, avale les mots, les intonations changeantes de la voix. Dommage qu'il ne puisse capter les mimiques...

— Carina avait quantité de copines qui adoraient jouer avec elle. Elle était souvent invitée à aller passer des fins de semaine, tantôt chez l'une, tantôt chez l'autre. Parfois, était-ce pour me narguer? ou était-elle sincère? elle demandait:

— Mon frère peut venir?

La réponse était invariablement:

— Non! Pas de garçon! Et puis d'ajouter un commentaire qui me crucifiait: je n'avais pas l'air très gentil, chuchotaient-elles. J'avais sûrement un sale caractère. Ma sœur n'insistait jamais. Elle se contentait de baisser les paupières et de soupirer. Très raffinée, ultra-diplomate la diva!

Bref, s'il n'y avait pas eu les repas auxquels je devais bien assister si je voulais être nourri, je me demande si mes parents n'auraient pas fini par oublier totalement mon existence!

En tout cas, ils savaient où me trouver, moi. Pas comme ma jumelle après qui ils devaient toujours courir:

— Cariiina! Cariiina!

L'ai-je assez entendu, cet appel dégoulinant d'anxiété! Comme si elle avait pu se perdre, être avalée par l'aspirateur central, enlevée par la tondeuse à gazon du voisin, gazée par le réservoir d'un véhicule frustré, clouée sur la porte du garage par une coutellerie terroriste, sodomisée par le cierge de son baptême et le mien réunis pour une bonne et juste cause…

Le docteur Leduc risque une question, en espérant que son patient ne l'avalera pas de travers et ne mettra pas abruptement fin à l'entretien.

— Mais cette chambre que vous aimiez tant, vous l'avez quittée, ou plutôt on vous l'a fait quitter, il me semble?

— Évidemment! Vous ne m'écoutez pas ou quoi? Je vous ai raconté cet épisode qui m'a marqué à jamais. Mais je me suis bien vengé et je me suis follement amusé. Ainsi, le jour où ma mère m'a emmené magasiner pour meubler ma nouvelle chambre, Spoc, Toc et Foc m'ont convaincu d'exprimer ma fureur en *cacatant* dans ma culotte, juste avant le départ. Ah! la tête de ma mère! C'était si amusant de lire le dégoût et l'exaspération sur son visage. Je me suis dit que, grâce à mes nouveaux amis, je venais de faire une sacrée trouvaille, et que j'allais remettre ça dès que l'occasion se présenterait.

Après une douche et un nettoyage en règle de mon postérieur, nous sommes finalement partis. Au magasin, j'ai fait le difficile, le bec pincé, toussotant comme si j'avais eu un début de bronchite, et refusé tout ce que *mater dolorosa* me proposait. J'ai délibérément jeté mon dévolu sur un lit des plus ordinaires, une petite commode en merisier à quatre tiroirs, une table en métal et sa chaise, et un couvre-lit d'un vert uni très déprimé. Ma mère était atterrée. Elle a tout fait pour me faire changer d'idée.

— Que dirais-tu de ce joli coffre? Tu pourrais jouer au pirate... Et cette carpette rouge, peut-être, avec les rideaux et les coussins assortis? Et pourquoi pas cette tapisserie avec des animaux de la jungle? Regarde, comme celle-là, c'est rigolo, ces lions qui se lancent des ballons... ou l'autre, là-bas, avec des oiseaux et des écureuils?

— Non, non, non! ai-je riposté sur un ton farouche en forçant sur la toux et le reniflement.

Je voulais une chambre dépouillée, ratiboisée, sans couleur, une chambre à mon image, triste et esseulée, une chambre sans rien pour attirer le regard, une chambre qui ne voulait absolument pas qu'on la regarde, qui entendait se cacher. Devant mon entêtement, ma mère, lasse et surtout gênée, a fini par céder.

Les meubles ont été livrés quelques jours plus tard. J'ai dit adieu à mon cocon et j'ai emménagé, la mort dans l'âme, dans la pièce qui allait devenir... il n'y a pas de mot pour la décrire... Je suis entré, j'ai fermé la porte. Spoc, Toc et Foc sont sortis de mon ventre, vous devinez par où, et ils ont établi leur quartier général sous mon lit. Chaque fois que je devais quitter ma chambre, eux veillaient, autant sur les lieux que sur ma haine, la nourrissant pour qu'elle grandisse, encore et encore...

Carroll paraît soudain franchement ému. Il penche la tête et poursuit d'une voix éteinte :

Le placard de ma nouvelle chambre étant assez grand, j'y ai rangé tous mes jouets, y compris le gros ours en peluche, copie conforme de celui offert à Carina pour notre premier anniversaire. Ma mère voulait qu'il reste sur mon lit, pour égayer la pièce. J'ai refusé avec obstination. J'ai prétendu que je n'aimais pas les ours, sauf au cinéma. L'animal a pris son trou ! Et madame mère aussi !

Je vous assure... en apparence, cette chambre stupidement carrée sentait la misère solitaire à plein nez ! Un moine n'en aurait pas voulu. Mais moi, je m'y sentais tout à fait à l'aise. C'était exactement ce que je souhaitais.

— Mais, c'est une chambre d'ermite, mon pauvre chéri! a glapi mère, atterrée. Et ce couvre-lit verdâtre, franchement, c'est à vous donner la nausée! Si tu acceptais au moins qu'on mette des coussins de couleurs un peu partout, des bibelots, des photos de toi et de Carina... Je ne te comprends pas, Carroll, tu n'as pas de goût ou tu le fais exprès?

Vous savez ce que je lui ai répondu, *Docchambré*? Je m'en souviens comme si c'était hier:

— C'est vrai, j'ai pas de goût. Je peux pas en avoir. C'est Carina qui a le goût. Tout le goût.

Sautant sur la perche que je venais malencontreusement de lui tendre, ma mère a répondu:

— Tu as peut-être raison. Mais ta sœur pourrait t'aider à décorer ta chambre, si tu veux.

J'ai beuglé:

— Non, je veux pas! Ici, c'est Ma chambre. Je veux pas que Carina entre dans Ma chambre! Elle a la sienne, qu'elle y reste. Je veux pas, je veux pas, je veux pas qu'elle vienne ici, jamais!

La voix de Carroll, haut perchée, plaintive, hystérique, fait frissonner Samuel qui décide de s'adresser à Carroll enfant, à la misérable créature qui se tord les mains devant lui, qui secoue sa tête dans toutes les directions dans l'espoir que l'on mesure bien l'intensité de sa détresse.

— Je comprends... On t'avait enlevé une chambre magnifique que tu croyais toute à toi, pour t'en offrir une autre à la place, qui ne te plaisait pas, dont tu ne voulais pas parce qu'elle t'était étrangère. Mais puisqu'on t'avait obligé au sacrifice, tu ne pouvais souffrir que ta sœur pénètre dans ta nouvelle chambre, tu craignais que tout recommence. À tes yeux, Carina était une voleuse, et tu entendais protéger ton nouvel univers, le triste royaume qui serait désormais le tien et dont elle ne pouvait vouloir parce que tu l'avais rendu sinistre, inhospitalier pour une enfant exubérante comme elle...

Carroll grimace, mécontent. Il se redresse et retrouve instantanément sa voix d'adulte. Il toise le docteur Leduc :

— Pourquoi faut-il que vous vouliez toujours tout interpréter ? Les psys me dégoûtent. Ils s'imaginent qu'on ne voit pas leurs grosses ficelles, leurs pièges à la noix... Allez-vous-en, *Docjacteux*, je vous ai assez vu pour aujourd'hui. Vous ne méritez pas d'entendre la suite. Foutez le camp ! Allez sucer la folie d'un autre malheureux ! Votre baraque en est pleine !

Samuel se retire avec une seule idée en tête. Quitter Pinel sur-le-champ. Il ressent le besoin de s'isoler, de se réfugier dans un lieu rassurant qui représente sa coquille à lui : son appartement.

Avant de partir, il range le dossier de Carroll, il n'en a pas besoin. La cassette de la séance d'aujourd'hui est, par contre, essentielle, elle l'occupera pendant une bonne partie de la soirée.

Comme il atteint la porte de la sortie, il se ravise et revient sur ses pas. Non, il ne peut pas partir sans le dossier de son patient. On ne sait jamais. Une étincelle pourrait jaillir entre deux mots, deux symboles recueillis ou tracés par d'autres...

Vert

L'appartement de Samuel, situé au neuvième étage d'un immeuble moderne de Montréal-Nord, est une ode au style minimaliste. Petit, mais bien éclairé par de larges fenêtres, il comporte trois pièces sobrement meublées. Le jeune médecin a misé sur le confort, la simplicité et le sens pratique.

La chambre comprend un lit de bois laqué avec chevet en cuir naturel de buffle, un miroir en pied, une petite table de nuit en granit noir et trois torchères Luci. Tous les murs sont nus, à l'exception d'une encre du peintre québécois Pierre Faucher accrochée juste au-dessus de sa table de travail, dans le séjour. Il a craqué pour cette œuvre intitulée *Tango fou dans les ténèbres*. Ni bibelots, ni fleurs, ni plantes.

Dans cette pièce, Samuel a choisi de donner libre cours à la lumière. C'est elle, la seule maîtresse des lieux. Il la laisse entrer à flots, en lui épargnant les obstacles des toiles et des rideaux.

Les femmes qui, à l'occasion, passent la nuit chez lui — aucune ne reste plus longtemps que

quarante-huit heures — se plaignent du dépouil-
lement de la chambre et de la dérangeante lumière
de l'aube. S'il le souhaitait, elles mettraient un peu
de couleur, une tapisserie, des bougies, des coussins, une montagne de coussins et surtout des stores
bien opaques aux fenêtres de la chambre.

Il les écoute échafauder leurs idées pour transformer l'appartement et décline poliment leur offre
de service.

Après avoir pris une douche bien chaude, enfilé
un peignoir de ratine, Samuel s'allonge, pieds nus,
sur le Récamier de cuir bistre trônant au milieu du
séjour, en fait, le seul meuble luxueux de l'appartement flanqué d'une table basse sur laquelle il
prend presque tous ses repas, en s'accroupissant à
la japonaise.

Tout en sirotant son porto quotidien, Samuel
écoute la bande de son dernier entretien avec Carroll.
Il le revoit, tel qu'il était pendant son récit. Il est de
plus en plus troublé par son sens du mimétisme,
physique et vocal. Ses métamorphoses sont stupéfiantes. Que cachent-elles? Carroll essaierait-il de
le distraire, de le conduire sur une route secondaire
pour éviter qu'il ne progresse jusqu'au cœur de son
problème? L'entretien qu'il aura avec sa jumelle lui
permettra peut-être de voir un peu plus clair?

Jusqu'ici, il n'a jamais apporté le dossier d'un
patient chez lui. Mais l'histoire énigmatique de
Carroll le passionne trop. Avisant son carnet de
notes sur la table basse, il s'en empare, se laisse

glisser par terre, puis il ébauche des croquis. Une fillette avec un sac vert sur la tête. Un ourson abandonné dans le noir d'un placard. Un petit garçon enroulé dans un couvre-lit vert.

Vert… Il y a tant de sortes de vert. Celui des feuilles, de la pelouse, du petit pois et de sa gousse, de la pomme Granny Smith, de la laitue, de la lime, de la bile, du pus, de la fougère, de l'eucalyptus. Le vert des verts de salle d'op, du sapin, de la pistache, sans oublier celui de l'émeraude, du vert-de-gris sur les vieux cuivres… Et le vert unique des yeux de son père décédé il y a tout juste un an. Un vert trempé dans le bleu, un vert saupoudré de flocons d'or. Un vert dont il a hérité. Combien de fois n'a-t-il pas entendu ses oncles et ses tantes répéter : « Tu as les yeux de ton père, toi ! » Le porto qu'il déguste vient de la cave paternelle. Cent vingt-six bouteilles, dont quelques grands crus qu'il boira sans lui… mais en pensant à lui.

Samuel écrit et souligne deux fois les mots nés spontanément au bout de ses doigts :

Et il y a le vert déprimant, farouche, repoussant de la chambre de Carroll.

Pourquoi, tout à coup, cette couleur joue-t-elle au ping-pong sur ses tempes, pourquoi provoque-t-elle de minuscules éclairs dans son cerveau ?

Vert, oui, vert. Et alors ?

Une réponse jaillit. Les vêtements de Carroll sont presque tous verts. D'un vert qu'il qualifierait de reptilien.

Inconsciemment, Samuel ferme les yeux et touche ses paupières comme s'il voulait se protéger d'une arme le visant.

Il murmure :

«Carroll a sûrement remarqué la couleur de mes yeux.»

Oui, et alors ?

Petite lessive

La mine innocente, les mains derrière le dos, Carroll accueille Samuel avec une question:

— Et si on changeait de rôle, ce matin, ce serait sympa? Depuis plusieurs jours, je fais des plongées à très haut risque dans les abysses de mon enfance, je ramène des trésors à la surface et je vous en fais cadeau sans rien recevoir en échange. Ce n'est pas juste. J'ignore tout de vous, moi! Cela crée un déséquilibre, une situation où je suis désavantagé, j'oserais même dire lésé.

J'essaie de vous imaginer enfant... Parlez-moi de vous, docteur, de vos parents, de vos frères et sœurs — en avez-vous? — de vos jouets, de votre chambre, celle de l'enfant que vous avez été, tout comme moi et, pourquoi pas, celle que vous habitez actuellement. C'est à votre tour de plonger et de vous raconter! Je vais vous écouter sans vous interrompre, moi.

Et je suis mieux équipé que vous. Mon enregistreuse est là (il pose un index entre ses deux yeux), elle fonctionne au son de la voix, sans électricité et sans pile ! En outre, elle est dotée d'un détecteur de mensonges ! Alors, n'essayez pas de m'en passer une... Mes doigts pourraient bien vous flanquer une de ces décharges, vos séduisants yeux verts en deviendraient tout rouges !

— Je ne suis pas ici pour vous parler de moi, Carroll, mais pour vous écouter. Nous sommes en haute mer. Vous êtes le rameur. Au début de la thérapie, je suis monté à bord de votre barque. Mais je ne peux pas prendre votre place et vous céder la mienne en retour. Je suis prêt à vous suivre, où que vous décidiez d'aller, seulement je ne ramerai pas pour vous et je ne vous donnerai aucune direction à prendre.

Carroll ricane et pointe gravement un index vers Samuel.

— Vous avez la trouille, hein ? J'ai lu quantité de traités de psychologie, vous savez. J'en connais un bout. Je suis familier avec votre jargon, vos tests, vos manies, vos tactiques pour nous dévêtir l'ego.

Vous êtes tous des sadiques, vous tétez la moelle de malheureuses créatures comme moi et vous vous délectez. De vraies sangsues ! Et pour décupler votre plaisir, vous faites des réunions... Vous parlez de nous entre vous, comparant nos détresses et nos crises, mesurant avec gravité l'intensité de nos décompensations. Vous nous disséquez, vous hachez nos confidences, vous les faites fondre et vous essayez d'en faire de l'or... Vous vous prenez pour des orpailleurs d'ego.

Ah oui, et j'allais oublier le meilleur, vous êtes prêts à n'importe quoi pour que survienne le fameux transfert... Ah! Le transfert! L'aphrodisiaque du psy!

Carroll prend un air digne, cale ses fesses au fond de la chaise, croise nonchalamment une jambe sur l'autre et caresse doucement son menton:

— Parlez-moi de vous, Sam, libérez l'enfant en vous, laissez-le dire ce qu'il veut, sans bloquer les mots, sans les censurer. Ne retenez pas vos larmes. Pleurer est normal, ça libère les émotions, c'est infiniment salutaire!

Brusquement, il décroise les jambes, tape du pied et sa voix se gonfle sous l'effet d'une réelle colère:

— Tu parles! Qui de nous est le vrai thérapeute, bonhomme? J'en ai soupé de tes hameçons gros comme des grenades! J'en ai marre de cet éternel rapport de domination! Je me contrefiche de ta pitié, de ton désir pervers de m'aider, de goûter à ma souffrance! Tu me fais gerber, mec! Tu penses qu'on navigue en pleine mer? J'ai une nouvelle pour toi: tu es seul dans la barque et moi, je suis le requin qui te tourne autour. Tu sais ce que ça fait, un requin? Ça attaque, ça bouffe et ça ne laisse aucun déchet. Un bon jour, quand le gardien ouvrira la porte de cette salle, il ne te trouvera pas. Je t'aurai avalé et j'aurai le plaisir de te chier après avoir eu celui de te mastiquer!

Samuel pousse un soupir et constate:

— Vous êtes en colère, ce matin.

Carroll singe Samuel :

— Vous êtes en colère, ce matin.

— Voulez-vous que je parte, Carroll, c'est ça que vous souhaitez ?

Carroll répète encore, en adoptant le ton et l'intonation de la voix du médecin :

— Voulez-vous que je parte, Carroll, c'est ça que vous souhaitez ? Triple buse ! Que vous partiez ou que vous restiez, ça ne change rien pour moi. Mais pour vous, si ! Vous êtes venu chercher votre dose de moelle, alors, aussi bien vous la donner. Après, je serai tranquille pour le reste de la journée.

Retournons donc tous les deux dans mon conte de fées pour adultes très avertis, puisque c'est ça qui vous fait jouir :

Au fil des mois, des saisons, des années, la jolie princesse Carina grandissait, devenait de plus en plus ravissante. Elle rayonnait, minaudait, caracolait, museau rose dans le vent, prunelles bleues papillonnantes, chevelure d'or dansante.

Elle prenait toute la place, au soleil et à l'ombre, partout où elle allait. Les gens s'agglutinaient autour d'elle. Petit pot de miel doré ! Ah ! Ces maudits yeux bleu layette qu'elle promenait sur les sujets de son royaume. Elle les faisait tous craquer ! L'épicier, le facteur, le garagiste, le curé de la paroisse, le comptable, le député du comté, le coiffeur, le pharmacien, le livreur de Saint-Hubert Barbecue, le réparateur de machines à laver Maytag, le releveur de compteurs d'Hydro-Québec...

Elle leur faisait danser le tango sur un grain de riz coupé en lamelles ! Et elle récoltait la manne des compliments en hochant humblement la tête. Elle raflait tout !

Allez, bande de connards, frottez-vous au pot de miel, léchez-le tout votre saoul et chantez haut et fort les vertus et le charme de la princesse…

J'étais le seul à rester de glace, à ne pas succomber au petit pot de miel. Spoc, Toc et Foc me protégeaient et me conseillaient. Parce que non seulement je ne voulais pas céder au charme de la divine, mais je rêvais de la faire disparaître ! Pour l'heure, il valait mieux donner l'impression d'être le fou de service, le débile léger de la famille, l'asocial que l'on cache et que l'on tolère parce qu'on ne peut pas faire autrement.

Pour mes huit ans, mon grand-père maternel, qui préférait évidemment ma jumelle à la tache d'huile rance que j'étais, m'a offert un billet de vingt dollars. Je suis allé dans une boutique pour animaux avec lui et j'ai acheté un petit aquarium, du gravier vert et un poisson tout noir que j'ai baptisé Croquemord. Mon père n'était pas très content de mon acquisition.

— Qui va le nourrir, ce pauvre poisson ? Qui va changer l'eau ? Il ne faudra pas longtemps avant que n'émane de ce bocal une odeur putride à vous faire vomir votre dernier repas.

Me désignant du doigt à son beau-père qu'il n'osait pas engueuler de front :

— Il n'est pas très débrouillard, le petit, vous l'avez sûrement remarqué! Pourquoi l'avez-vous laissé faire cet achat?

Quand il parlait de moi, mon père employait, règle générale, la troisième personne. Mon grand-père lui a répliqué que j'avais besoin, justement, d'acquérir le sens des responsabilités, d'apprendre à me débrouiller. Le poisson allait peut-être m'y aider?

Ma mère, voyant son père prendre ma défense, a ajouté:

— Papa a raison, chéri. Un poisson, c'est un très bon choix. Étonnant, de la part de cet enfant, du reste. Soyons logiques: il est plus facile de s'occuper d'un poisson que d'un chien. Pour une fois que Carroll a fait un choix conséquent, en fonction de ses capacités...

Sous-entendu: Carina se débrouille merveilleusement bien avec Poxi, mais Carroll, évidemment, un poisson, c'est limite!

Puisqu'il est question du brave toutou, autant vous raconter tout de suite sa spectaculaire sortie de scène.

Comment faire, dites-moi, pour liquider un animal que vous ne pouvez approcher, qui se méfie très énormément de vous? J'ai posé la question à ma petite armée. Elle a analysé la situation en moins de deux:

— Primo, il vaut mieux que l'extermination se fasse en l'absence de ta jumelle et si possible de ta mère, a-t-elle décrété. Deuzio, il faut que l'on croie à un accident… bête ! Tu dois utiliser une méthode simple et surtout efficace et tu ne dois surtout pas rater ton coup. Nous allons bien observer l'animal au cours des prochains jours. Ce qu'il fait, où il dort, et nous trouverons une idée. Voilà, c'est comme si c'était fait !

Spoc, Toc et Foc ont trouvé. Poxi avait l'habitude de faire la sieste au sous-sol, dans la salle de lavage. Un après-midi, profitant de l'absence de Carina partie magasiner avec ma mère, nous avons suivi l'animal, armé d'un sac de biscuits pour chiens.

Alléché par l'odeur, Poxi, les yeux brillants, a remué la queue de plaisir. J'ai mis le contenu du sac dans la machine à laver et pris soin de laisser la porte de la cuve ouverte. Il s'est d'abord méfié. Hélas ! La gourmandise l'a perdu. Il a fini par sauter, geste que j'attendais avec une excitation que j'avais peine à contenir.

Alors, là, vous devinez la suite, n'est-ce pas ? Clac ! J'ai fermé la porte de la machine, versé une généreuse cuillerée de détersif, choisi le cycle *Very dirty clothes — Hot water*, et je suis tranquillement remonté dans ma chambrette pour colorier des fleurs et des oiseaux sur un fond de ciel bleu. Cuic, cuic, cuic ! Ah ! Que le soleil est chaud et que je suis heureux ! Ma petite armée était très fière de mon exploit…

C'est Maria, la femme de ménage, une Portugaise au gros derrière mou et branlant, baragouinant un français plus que douteux qui a trouvé le petit cadavre impeccablement propre de l'animal, en fin de journée. Elle s'est mise à hurler comme un putois et ma mère a fini par descendre au sous-sol pour voir ce qui se passait.

Passons sur les détails de la scène du crime. Persuadée que cette conne de bonne femme était responsable de l'assassinat du clébard, ma mère l'a congédiée *illico*.

Quant à Carina, en apprenant la mort brutale de son animal de compagnie, elle a pleuré à chaudes larmes. Ça faisait plaisir à voir et à entendre, ces sanglots jaillissant du fond de son petit cœur de femelle blessée.

Ah! J'allais oublier. La chère enfant a organisé des funérailles au jardin.

J'ai participé à la cérémonie, la mine chagrine, en reniflant généreusement pour faire bonne figure. Mon père a offert à ma sœur de lui acheter un autre petit chien. Elle a refusé. J'ai fait l'innocent.

— Pourquoi tu veux pas? Moi, si je perdais mon poisson, je voudrais qu'on me le remplace.

Elle m'a regardé droit dans les yeux et elle a demandé:

— Et si moi je mourais, que ferais-tu? Demanderais-tu une autre jumelle?

Pris au dépourvu, je n'ai pas répondu. Ma mère m'a fait la leçon:

— Carina a raison. Il y a des choses très précieuses qui ne se remplacent pas. On en garde un souvenir impérissable. Et c'est bien qu'il en soit ainsi. Nous allons donc respecter le choix de Carina.

Encore une fois, j'avais l'air d'un crétin. Mais je m'en fichais royalement. J'avais réussi à faire mal à ma sœur, à lui enlever un sujet auquel elle tenait énormément, et ça m'a si fort ému que je me suis mis à pleurer à chaudes larmes. C'étaient des vraies, cette fois. Et mère y a cru ! *Te Deum !*

Père a cru bon d'y mettre son grain de sel :

— Allons, allons, Poxi était un gentil toutou, vous l'aimiez beaucoup tous les deux, mais pleurer ne le ramènera pas. Secoue-toi un peu, Carroll, tu n'es plus un bébé. Demain, pour vous consoler, nous irons au zoo de Granby.

Et cric, crac, croc, le vilain conte est terminé !

Carroll pose un doigt sur sa bouche et s'amuse à souffler dessus en cadence :

— Je vous ai gâté, aujourd'hui, en vous faisant l'aveu de mon premier crime, *Docalouette*. J'espère que vous saurez tenir votre langue. Je n'aimerais pas que vous me dénonciez à la Société protectrice des animaux, elle serait capable de mettre tous les cabots de ses chenils à mes trousses pour me régler mon compte. Or, je déteste les chiens.

Alors, voyez-vous ce qui vient de changer dans votre vie, petite gazelle savante ? Désormais, chaque fois que vous croiserez un petit chien frétillant de la queue, vous verrez l'image de Poxi valsant dans une laveuse, gavé d'un savon spécialisé dans les enzymes et les taches rebelles. Peut-être bien que chaque fois que vous laverez votre linge, vous vous remémorerez le saut joyeux de Poxi dans ce qui allait devenir son cercueil...

Allez méditer là-dessus. Je suis fatigué. Non, lessivé serait le mot juste!

Premier scan

En fin de journée, en écoutant les messages laissés dans sa boîte vocale, Samuel entend la voix veloutée de la docteure Carina Leblond. Elle accepte finalement de le rencontrer, mais pas avant une quinzaine de jours.

Déçu de ce délai, en dépit de la bonne nouvelle, il sort la cassette de son dernier entretien avec Carroll du magnétophone. Il n'a pas le goût d'en faire l'écoute, malgré la richesse du témoignage. Il le fera tôt, demain matin peut-être, juste avant d'aller rendre une autre visite à son patient. Il inscrit la date de l'entretien, décroche son blouson de cuir et range la cassette dans sa poche. Il est pressé de se retrouver chez lui. La sonnerie du téléphone le fait sursauter. Il saisit le combiné.

— Allô…

— Bonjour, je voudrais parler au docteur Samuel…

— C'est moi.

— Je suis Carina Leblond.

— J'ai reconnu votre voix. Quand j'entends une voix une fois, je ne l'oublie pas.

— C'est un compliment indirect?

— Pas du tout, une constatation. J'ai une excellente mémoire auditive. J'espère que vous ne m'appelez pas pour m'annoncer que vous avez changé d'idée!

— Pas du tout, répond la voix avec une pointe d'ironie en prenant la même intonation que celle de Samuel. Il se trouve que je serai à Montréal dans quelques jours. Je vous téléphonerai et nous verrons si nous pouvons trouver un petit moment pour nous rencontrer.

— Même si je suis pris, je ferai l'impossible pour me libérer. Écoutez, pourquoi ne pas me préciser le jour de votre arrivée, ça me permettrait de planifier mon horaire en conséquence.

— J'ai des gens à voir en arrivant à Montréal et je ne connais pas encore leurs disponibilités. Je préfère vous faire signe lorsque je serai sûre d'avoir un moment à vous consacrer.

— Je comprends… Permettez-moi d'insister, pourquoi ne pas me fixer un rendez-vous quand même? Si jamais un empêchement survenait et que vous vous désistiez, je comprendrais.

Après un bref silence, la voix répond, un peu sèche, lui semble-t-il:

— Je vous rappellerai quand je me serai libérée de toutes mes obligations professionnelles. Ce sera plus simple.

✦

Après avoir sacrifié au rituel quotidien douche-peignoir-porto, Samuel fouille dans le petit congélateur du frigo. Ce soir, il a le goût de manger des pâtes au pistou. Il en achète de fort bonnes dans une boutique de la rue Rachel. Il dépose le plat contenant son repas sur le comptoir, pour le faire décongeler, se rend dans le séjour, s'installe confortablement sur le Récamier, pose une couverture sur ses jambes, ouvre son cahier de notes et décapuchonne sa plume. Il lui tarde de jeter quelques observations par écrit. Il tient à le faire avant de souper, pendant qu'elles palpitent encore dans sa mémoire.

Confirmé: Carroll a lu des traités psy. Je m'en doutais! Cela explique pourquoi il connaît si bien notre jargon.

Il utilise des formules latines qui démontrent une grande érudition.

Il a remarqué la couleur de mes yeux...

Il est sorti de ses gonds lorsque j'ai refusé de répondre à ses questions sur mon enfance. Il voudrait bien pouvoir me manipuler...

Il est très fier d'avoir fait mal à sa sœur en tuant le chien Poxi. Il a éprouvé un réel plaisir à l'évocation de ce meurtre et il souhaitait me troubler, déclencher chez moi une réaction de colère, un jugement, un sentiment de déception, voire de mépris.

Carina est au centre de sa vie, de sa souffrance et de sa colère. Elle l'était lorsqu'il était petit. Et elle l'est encore.

Je crois que c'est elle qu'il agressait symbolique-ment, dans le métro, avec sa paire de ciseaux. Il voulait couper ses cheveux dont elle est probablement très fière (une amputation, tiens, tiens...)

Le sens de ce geste? Dans certains pays, on rase la tête des femmes qui ont trahi, pactisé secrètement avec l'ennemi, trompé un mari...

Humiliation publique. Destruction d'une parure féminine. Punition.

Carroll a raconté son enfance de telle manière... Il veut me convaincre (parce qu'il l'est lui-même, ou qu'il joue à l'être?) que la fracture est survenue lorsque ses parents l'ont changé de chambre. Ils lui ont enlevé son placenta, a-t-il affirmé. Et l'incident a déclenché la création d'un trio de petites pestes bien pratiques pour détester, fantasmer, commettre des vilenies sans culpabiliser. Ce n'est pas moi, c'est eux...

Oui, mais... Quid *du sexe de Carroll? Il est né garçon et croit qu'il a déçu ses parents à qui on avait annoncé deux filles. Il reconnaît la forte influence qu'exerce sa sœur sur son entourage. Il fait de son corps, de son charme, de son charisme, une lecture très sensible. Petit pot de miel...*

Il a peur de quoi, le Carroll? Que sa sœur se mêle de ses affaires? Qu'elle joue au psy avec lui, qu'elle fouille sa psyché, qu'elle lui enlève les raisons qu'il se donne de souffrir comme un damné? Mais alors pourquoi l'avoir provoquée en commettant des actes qui ne pouvaient que la contrarier?

Et pourquoi la jumelle a-t-elle refusé de le voir lors de ses deux hospitalisations à Québec ? Pourquoi cette distance personnelle et professionnelle ? Toutes questions à poser à la principale intéressée, en souhaitant qu'elle veuille bien y répondre.

Que s'est-il passé pendant la grossesse de la mère ? Et tout de suite après l'accouchement ? Quelles paroles ont été prononcées le concernant ? Les bébés sont comme des éponges. Ils absorbent les émotions dont les mots sont chargés.

Samuel s'immobilise soudain. Il se lève, avise le boîtier contenant les enregistrements de ses entretiens avec Carroll, au beau milieu de la table. Un bout de phrase lui revient et le tarabuste :

« Si elle ne m'avait pas regardé… » a-t-il murmuré au cours d'une séance.

La suite, c'était quoi ?

Et juste avant ça, c'était quoi, déjà ?

La rencontre

Huit heures. Samuel ouvre la porte de son bureau, entre, jette un bref coup d'œil pour vérifier si la secrétaire du service n'aurait pas laissé de message. Rien. Il vient à peine d'accrocher son blouson que le téléphone sonne. La voix, au bout du fil, est enrouée.

— Sam, vous êtes toujours aussi matinal!

Samuel reconnaît sans peine son interlocuteur, le docteur Robert Simosa.

— Bonjour, vous paraissez essoufflé...

— Écoutez, je suis patraque. Je traîne une vilaine grippe depuis une quinzaine de jours, et j'ai bien peur que les choses se compliquent. Je crois que j'ai un début de bronchite.

— Avez-vous besoin d'aide, docteur? s'informe Samuel avec une légère inquiétude dans la voix. Je peux me rendre chez vous sur-le-champ et vous accompagner à l'hôpital si c'est nécessaire.

— Non, ce n'est pas la peine. Un ami est en route. Il me conduira à une clinique. Mais vous pouvez m'aider d'une autre façon. Je vous avais annoncé, lors de la dernière réunion du service, que je devais assister au quinzième congrès international de médecine psychosomatique. Avec ce qui m'arrive, je ferais mieux de me tenir tranquille. Seulement, l'inscription étant payée, je me demande si vous ne pourriez pas me remplacer. Après tout, c'est vous le psychosomaticien du service. Évidemment, l'événement dure une semaine, mais je ne pense pas qu'il vous faille tout couvrir. Certaines communications sont sûrement plus intéressantes que d'autres. Je vous laisse choisir celles que vous jugerez les plus pertinentes. Qu'en pensez-vous?

Samuel ouvre son agenda et, d'un bref coup d'œil, évalue les rendez-vous de la semaine.

— Je pense pouvoir annuler la plupart de mes activités. J'en ai peu, depuis que je m'occupe de Carroll Leblond.

— Bien. Confiez à un collègue les rendez-vous que vous estimez les plus importants et si vous décidez de prendre congé de votre patient, faites en sorte qu'il en soit informé.

— Je devrai laisser tomber la séance d'aujourd'hui, mais je préfère maintenir celles de jeudi et vendredi. Nous progressons, Carroll et moi, et une trêve pourrait compromettre la bonne marche de la cure.

— Bien. Vous avez sans doute raison. Merci pour votre coup de main. J'espère être de retour rapidement et j'aurai grand plaisir à vous écouter nous faire un rapport synthèse de ce que vous aurez entendu. Ah oui... j'allais oublier. Allez dans mon bureau, vous trouverez le programme du congrès sur ma table de travail. Je me souviens d'avoir...

Une violente quinte de toux empêche le docteur Simosa de terminer sa phrase. Samuel, plein de sollicitude, rassure son patron :

— Oubliez le congrès, docteur, je m'en charge avec plaisir, oubliez-nous tous et, pour l'amour du ciel, allez vous coucher en attendant l'arrivée de votre ami.

— Merci, parvient à articuler la voix sifflante du malade. Je savais que je pouvais compter sur vous. Vous êtes un type bien, Sam, et je suis très heureux que vous acceptiez de me remplacer. Dépêchez-vous de décoller...

✦

Samuel dévale les escaliers en vitesse. Il a demandé à la réception de faire venir un taxi. Devoir affronter la circulation matinale pour se rendre au centre-ville et trouver un stationnement lui ferait perdre un temps précieux. Le véhicule arrive alors qu'il franchit le seuil de Pinel. Une fois assis à côté du chauffeur, il annonce :

— Je vais au Palais des congrès. Je suis légèrement en retard, merci de prendre le plus court chemin.

Le chauffeur hoche la tête.

— Vous allez au congrès des psys, hein ?

— Oui, répond Samuel, pressentant que le chauffeur fait partie de la catégorie des bavards irréductibles.

— Vous devez vous demander comment je suis au courant. Eh ben, c'est simple, chaque semaine, je consulte la liste des congrès, réunions, assemblées qui se tiennent à Montréal. Dans mon métier, il faut se tenir informé! Alors, ce congrès où vous vous rendez, il paraît qu'on va y parler de gens qui ont des gros problèmes dans la tête? Vous avez remarqué que je n'utilise pas le mot fou, j'espère. C'est pas respectueux. Tout le monde peut virer fou un jour ou l'autre. Et puis, entre vous et moi, de nos jours, les vrais fous, les furieux, ne sont pas ceux que l'on soigne! Les vrais cinglés, ils mènent le monde! Ils sont légion en politique, qu'on dit. J'ai lu un bouquin, il y a quelques années, ça s'appelait *Ces fous qui nous gouvernent.* C'était pas rassurant, je vous dis que ça! J'ai une cousine qui travaille dans un ministère, il paraît que son chef de service a...

Tout en prêtant une oreille distraite aux confidences du chauffeur, Samuel consulte le programme du congrès. La conférence d'ouverture, intitulée sobrement «La médecine psychosomatique, aujourd'hui», est donnée par le professeur Louis-Pierre Menoudet, chef du service de médecine interne du Centre hospitalier de Poitiers et membre du conseil d'administration de la Société française de médecine psychosomatique. Pour se mettre au diapason, il

estime que cette communication s'impose. Le
docteur Simosa l'a d'ailleurs soulignée d'un mince
trait rouge.

— ... et ce n'est pas pour me vanter, mais je
peux vous affirmer que la moitié des jeunes,
aujourd'hui, sont déjà à moitié fous. C'est à cause
de toutes ces maudites drogues qu'ils consomment,
évidemment. Elles leur brûlent le cerveau ! Je me
demande bien ce que vous allez faire, vous les psys,
quand les hôpitaux seront devenus trop petits pour
héberger tous ces malheureux *fuckés.* M'enfin...

Vous savez ce que je pense ? L'homme naît légèrement fou et, s'il mène une bonne vie, quand il
meurt, avec un peu de chance, la folie l'a quitté
pour laisser place à la sagesse, mais c'est trop tard
pour qu'il l'utilise. Alors, quand il constate qu'il est
devenu sage dans un monde de fous, ben, il retombe
en enfance !

Pour les femmes, je ne sais pas comment ça se
passe. Ha ! Ha ! Ha ! C'est peut-être le contraire ?

Le chauffeur parle, ergote, rigole, et le jeune
médecin le laisse se vider le cœur. Il a tellement
l'habitude d'écouter.

— Et voilà ! Vous y êtes, au Palais des congrès.
Bonne journée, docteur !

Samuel paie le montant de la course, grimpe
les marches qui mènent à l'entrée principale de
l'immeuble et en franchit le seuil. Un coup d'œil à
sa montre lui indique qu'il a une douzaine de
minutes de retard.

Il se rue au kiosque des inscriptions. Une jeune hôtesse l'accueille, l'écoute expliquer sa situation.

— Je remplace mon patron malade. L'inscription est déjà payée.

La jeune fille hoche la tête, lui demande une pièce d'identité et va consulter une collègue. Il les voit consulter une liste à l'écran d'un ordinateur de dernière génération. Au bout de quelques minutes, l'hôtesse revient et lui tend un porte-document et une cocarde.

— Tout est en ordre, docteur, à un détail près, comme vous êtes en retard, si vous n'y voyez pas d'inconvénient, je vais vous remettre la cocarde préparée à l'intention de votre patron. À la pause, revenez nous voir et nous vous remettrons la vôtre. Dépêchez-vous, la conférence d'ouverture vient tout juste de commencer...

— Pas de problème, approuve Samuel en gratifiant la jeune fille d'un sourire courtois.

En s'engageant dans l'escalier roulant menant aux salles de conférences, une pensée l'effleure : pourvu que la docteure Leblond ne téléphone pas pendant son absence ! Il prendra ses messages à distance régulièrement afin de pouvoir la rappeler, le cas échéant.

La grande salle 517BC, plongée dans la pénombre, est bondée. Sur une grande estrade flanquée de deux écrans géants, un petit homme en complet marine se tient debout, très droit, devant un lutrin et s'adresse à ses pairs. Samuel avise une chaise vide, au dernier rang, au bord de l'allée.

«La médecine psychosomatique, longtemps chasse gardée des psychanalystes, deviendra-t-elle une des spécialités des internistes? L'heure est venue, chers et distingués collègues, de s'interroger sérieusement sur le foisonnement explicatif...»

Samuel écoute, mais, peut-être à cause du timbre de voix du conférencier ou de son débit très rapide, il n'arrive pas à se concentrer. Ses mains s'attardent sur la cocarde plastifiée qui lui confère une identité empruntée.

✦

La conférence d'ouverture ayant duré plus longtemps que prévu, on annonce aux congressistes que la pause santé sera écourtée de dix minutes. Samuel se dit qu'il ira chercher sa cocarde à l'heure du dîner.

Il se retire à l'écart et prend ses messages à distance. Rien. Sa boîte vocale est vide. Il consulte à nouveau le programme et choisit une série de brèves communications dont les thèmes disparates l'intriguent.

La salle 515, où se dérouleront les présentations, plutôt petite, est vite remplie. Le modérateur présente rapidement les conférenciers assis derrière la table et rappelle les titres de leur communication:

«*La médecine psychosomatique a-t-elle sa place dans un service ambulatoire?* sera suivie de *Tu exagères encore, Lolotte!* Nous enchaînerons avec *Petites claques sur la tête et miracles furtifs* et nous terminerons avec *Nazo le skizo, au rancart.* Nous vous prions de garder vos questions pour la fin.»

✦

La dernière communication terminée, le modérateur ouvre la période des questions. Une dizaine de personnes se présentent à l'un des trois micros placés dans les allées.

Alors que le modérateur s'apprête à clore la séance, une jeune femme, assise plusieurs rangées devant Samuel, se rend au micro de l'allée centrale. Elle est grande et sa démarche est athlétique.

— Ma réflexion s'adresse à Bibiane Ribaud, porte-parole de l'Union nationale française des amis et familles des malades psychiques... et ennemie jurée du pauvre Nazo le skizo, ce drôle de pantin dont elle voudrait que l'on interdise la vente dans son pays.

Samuel sursaute. Cette voix, il la reconnaît. Elle ressemble à celle de... Carina Leblond! Il se penche, tend l'oreille en se disant qu'il se trompe sûrement.

— Si je suis votre logique, madame Ribaud, nous devrions militer afin que tous les ours en peluche soient eux aussi retirés du marché, parce qu'ils ridiculisent, de manière insidieuse, les hommes dodus à l'air bourru, sans compter les très poilus... Il faudrait aussi dresser un bûcher géant pour que soient brûlées les poupées Barbie et celles de la nouvelle génération, les très branchées Bratz, qui proposent aux fillettes un schéma corporel irréaliste ! Je crois, docteure, que vous dépensez beaucoup d'énergie en vain. Votre petit singe aux personnalités et aux voix multiples est une gentille peluche. J'avoue que j'aimerais assez avoir un petit Nazo. J'en ferais la mascotte de mon service, histoire de dédramatiser la maladie mentale !

Le modérateur intervient :

— Vous avez oublié de vous nommer, madame…

— C'est vrai. Désolée, je suis Carina Leblond, psychiatre à Québec.

La spécialiste n'attend pas la réponse de la conférencière. Elle regagne sa place, la tête haute, indifférente aux regards peu amènes de quelques congressistes.

Bibiane Ribaud, d'une voix douce, tente de s'expliquer, mais Samuel n'entend pas ses propos. L'image de Carina Leblond, enregistrée alors qu'elle regagnait sa place, neutralise la voix de la psychiatre française. Le premier moment de stupeur passé, il a dévisagé la femme et eu le temps d'encoder son portrait : front dégagé, cheveux blonds tirés vers l'arrière, pas de bijoux, pas de maquillage. Démarche souple et nonchalante de panthère, tailleur gris clair, droit, strict, et col roulé noir. Des chaussures noires à talons plats.

Le modérateur remercie les conférenciers et clôt la séance. Les participants se lèvent. La docteure

Leblond attrape son sac et se dirige vers la sortie. Samuel lui emboîte le pas. C'est l'heure du dîner. Les congressistes arrivent de partout et se dirigent vers l'Agora, salle où seront servis les repas.

Samuel peut suivre aisément la psychiatre, car sa haute silhouette et la couleur de ses cheveux se démarquent dans la foule. Il finit par être derrière elle et son nez capte l'odeur d'un parfum, dont les notes boisées se marient avec bonheur à celles des agrumes.

Une fois à l'intérieur de l'Agora, la femme jette un regard circulaire et avise une table où sont déjà assis deux femmes et deux hommes. Samuel se faufile et s'installe à sa gauche. Les yeux de la psychiatre se posent d'abord sur son voisin de droite, qui s'empresse de se présenter en lui baisant la main avec affection.

— Professeur Pierre-Émile Fauchère, de l'hôpital Ambroise-Paré de Paris. Mes collègues, Nadine Vercors, Jeanne Dalle et François Roquebrune. Rappelez-nous votre nom?

— Carina Leblond, psychiatre au Centre hospitalier Robert-Giffard de Québec.

À cet instant précis, la jumelle de Carroll tourne gracieusement la tête vers Samuel et s'informe:

— Français, vous aussi?

— Non, Montréalais, parvient à articuler Samuel, la bouche sèche.

Les yeux bleus de la psy le scrutent attentivement tandis que ses lèvres s'entrouvrent sous l'effet de la curiosité. Elle se penche légèrement vers lui :

— Docteur Robert Simosa, lit-elle sur sa cocarde. De quel hôpital ?

— Sacré-Cœur. Je suis attaché au Service de médecine psychosomatique de cette institution, répond-il, croyant pertinent de repousser l'instant où il lui faudra bien révéler qui il est, histoire d'observer tout à loisir la jumelle de Carroll.

— Chère docteure Leblond, déclame le professeur Fauchère en posant une main sur celle de Carina, qui tourne aussitôt la tête vers le Français, on peut dire que vous n'avez pas ménagé madame Ribaud !

Samuel se fiche éperdument du dialogue qui s'engage entre la docteure Leblond et le Français. Des mots, des superlatifs, des rires affectés. Il écoute. Son corps reçoit d'agréables vibrations tandis que ses narines se délectent du parfum qui semble émaner de la nuque de sa voisine. Il ouvre les vannes de son esprit et amasse tout ce qu'il peut en fait de butin auditif et olfactif. Il remercie le hasard de lui avoir servi la jumelle de Carroll sur un plateau, pour ainsi dire.

Pendant tout le repas, le professeur Fauchère, de plus en plus volubile, accapare Carina Leblond. Samuel enregistre le ballet enjoué des répliques, ravi de pouvoir étudier tout à son aise le comportement de sa voisine de table.

Ses réparties sont intelligentes, pertinentes, parfois mordantes. Mais elle n'essaie pas de se mettre en valeur pour autant. Elle se contente de justifier son point de vue et elle éblouit les médecins français, tombés carrément sous son charme, y compris les deux femmes.

Samuel constate, non sans un certain amusement, qu'il ne les intéresse pas. Il a l'impression d'être invisible. Carina prend toute la place... Il saisit mieux ce que Carroll voulait dire en parlant de l'attraction irrésistible qu'exerce sa jumelle.

Le dessert et le café avalés, les psys français, hélés par les occupants d'une table voisine, se lèvent avec force salutations à leur endroit. Enfin, Samuel se retrouve seul avec Carina Leblond, bien obligée de lui adresser la parole maintenant qu'ils sont seuls.

— On peut dire que vous n'êtes pas du genre bavard, vous, lui lance-t-elle avec un discret sourire moqueur.

— Les Français ont pris le plancher d'assaut et nous ont offert un excellent divertissement. Pour causer, ils ont causé ! Et ma fois, vous leur avez joliment retourné toutes leurs balles. Une véritable joute oratoire ! J'ai préféré vous écouter tous...

— Avec les Français, il faut rester soi-même, surtout ne pas tenter de les surpasser, mais tenir son bout, c'est ainsi qu'ils nous aiment.

— Mais vous l'avez fait, vous les avez subjugués !

— Vous croyez ?

La jeune femme le regarde fixement et l'expression de son visage est impénétrable. Pourtant, il se passe un phénomène étrange. Samuel se sent littéralement happé par ce regard bleu, trop bleu. Bleu azur? bleu layette? bleu aqua?

Carroll a raison. Sa sœur agit sur les êtres vivants comme un aimant. Il se dit qu'il expérimente enfin l'effet du petit pot de miel! Mais ce n'est pas le moment d'abaisser sa garde! Il doit conserver une attitude détachée, se contenter d'expérimenter l'efficacité de son charme.

Les magnifiques yeux bleus plongent dans les siens. En guise de réplique, il se lance hardiment dans l'océan de ce regard aquatique trop calme, en espérant découvrir ce qu'il recèle dans ses abysses.

— Vous ne vous sentez pas bien, docteur Simosa? Vous transpirez et vous êtes tout pâle...

— Ce n'est rien. Je... je dois couver une grippe, bafouille-t-il en passant une main sur son front effectivement moite. Je travaille avec des gens grippés depuis quelques jours. Et pour justifier son malaise, il ajoute:

— Je trouve qu'il fait un peu chaud, ici, si nous sortions? Nous pourrions bavarder un peu en attendant la reprise des conférences et des ateliers.

Elle ne répond pas, se lève, lui décoche un sourire poli et se dirige vers la sortie. Elle ne se retourne même pas pour vérifier s'il la suit ou pas.

Peut-être utilise-t-elle un troisième œil pour s'en assurer? Tout au bout de la grande allée où déambulent plusieurs congressistes de diverses nationalités, elle avise un divan libre et s'y laisse choir. Il s'assoit à ses côtés et estime qu'il est grandement temps de mettre les pendules à l'heure.

— Docteure Leblond, je ne crois pas me tromper en affirmant que vous n'êtes pas le genre de femme à vous fier aux apparences.

— Pourquoi me dites-vous ça?

Au lieu de répondre à la question, Samuel en décoche une autre:

— Je ne vais pas vous demander si vous aimez mon eau de Cologne, la couleur de ma chemise ou celle de mes yeux. Ma question est simple, qui suis-je?

Elle pince joliment ses lèvres charnues sans l'ombre d'un quelconque gel ou fard, se penche vers lui et chuchote:

— Ma question est simple, aimez-vous mon parfum?

Surpris par cette répartie inattendue qui ne manque pas d'ironie, il opte pour une réponse teintée d'humour:

— Oui, j'aime assez! Laissez-moi deviner son nom… Orage d'enfant gâté? Rayon de miel sauvage? Fleur carnivore? Marquise de Sade? Méchante Barbie? Non, je sais… Peluche de luxe!

Elle rit. Il enregistre son rire et se demande s'il n'est pas fait de milliers de petites bulles de champagne tant son effet est euphorisant. Pressé de rétablir la vérité sur son identité, il contre-attaque :

— Reprenons depuis le début : vous n'êtes pas le genre de femme à vous fier aux apparences, n'est-ce pas ? Alors, selon vous, qui suis-je ?

— Sur votre cocarde, il est écrit docteur Robert Simosa. Vu la gravité que recèle votre question et votre insistance, dois-je comprendre que vous n'êtes pas le docteur Simosa ? Auriez-vous usurpé son identité ?

— Oui, c'est à peu près ça, admet-il, mais je vous rassure, avec le consentement du principal intéressé.

— Qui êtes-vous donc ? Que cherchez-vous ? Que me voulez-vous ? Vous n'êtes pas un de ces satanés journalistes en mal de potins à saveur psy, j'espère ? Je déteste les magazines et tout particulièrement ceux qui ont l'outrecuidance de proposer à leurs lecteurs des tests psychologiques concoctés par des thérapeutes à la noix que je me ferais un féroce plaisir de traiter.

Après quelques secondes passées à le dévisager, elle conclut :

— Non, je vous regarde, vous n'êtes certaine-ment pas journaliste.

— Et pourquoi donc ? riposte-t-il franchement amusé.

— Je ne décèle aucune audace, aucune arro-gance, aucune faim en vous. Vous n'avez pas du tout le regard du chacal qui cherche un morceau de chair à dépecer, à offrir en pâture au dieu lecteur ou téléspectateur. Bon, là, je tape un peu fort sur le dos des journalistes, mais certains sont si horripilants, si pédants. Alors, si vous n'êtes pas journaliste, qui êtes-vous?

Il ne détecte nulle crainte dans le ton de sa voix, seulement une franche curiosité.

— Voici venu le temps des aveux, déclare-t-il avec une petite grimace faussement piteuse. Je m'appelle Samuel Leduc et je suis psychiatre à l'Institut Philippe-Pinel. J'ai accepté de remplacer mon patron malade. Comme je suis arrivé en retard, la préposée à l'accueil m'a remis la cocarde du docteur Simosa. Surprise, hein?

Elle accuse le choc avec un sourire un tantinet crispé et pose gracieusement une main sur sa bouche, geste banal qui traduit néanmoins son étonnement:

— Ça alors! À quel moment m'avez-vous repérée, avouez! Depuis quand me suivez-vous, Samuel Leduc?

— Très exactement depuis le moment où vous vous êtes présentée au micro, pour exprimer votre désaccord à propos de la pauvre peluche schizo. Lorsque vous êtes sortie de la salle, je vous ai tout bonnement emboîté le pas, en tout bien tout honneur.

— C'est exactement ce que je dis, vous m'avez suivie!

— Un peu… Mais, à partir de maintenant, je vais le faire ouvertement. Vous me fournissez une occasion que je ne peux pas laisser passer. Après tout, vous vous êtes engagée à m'accorder un entretien, alors… Soyez bonne joueuse : vous êtes libre pour le souper, docteure Leblond ? Je vous invite, et mon invitation est strictement professionnelle. Je vous rappelle que je suis le psychiatre attitré de votre jumeau et que vous êtes la personne idéale pour m'aider à comprendre certains aspects de sa personnalité. Carroll est un être secret, complexe, et il souffre.

Carina se tait. D'un geste machinal, elle lisse sa jupe. Samuel attend, prêt à riposter si jamais la réponse est négative. Quelque chose lui dicte de rester coi. Au bout d'un moment, la jeune femme déclare :

— Nous vivons une coïncidence chargée de sens, comme dirait Carl Gustav Jung, je l'admets, mais j'hésite…

Samuel se fait persuasif :

— Vous reconnaissez que le hasard nous donne un signe, alors pourquoi hésiter ? Quand cette journée sera terminée, je passerai vous prendre à votre hôtel, chère congressiste. Ainsi, nous pourrons nous entretenir de votre jumeau tout en mangeant. Mes questions sont toutes prêtes et je vous donne ma parole d'honneur que je ne vous harcèlerai pas. Vous aurez le droit de refuser d'y répondre.

Elle tique un peu.

— Vous allez vite en besogne, docteur Leduc. Écoutez, je serai franche, et tant pis si je vous vexe : je suis pressée d'en finir avec vous et avec ce pensum que vous m'imposez. Répondre à vos fichues questions tout en mangeant me paraît un moindre mal. Passez me prendre au Ritz-Carlton à dix-neuf heures. Et… soyez prévenu, j'ai l'intention de me coucher tôt. Alors, n'essayez pas d'étirer la sauce en finassant.

✦

Au volant de sa vieille Volvo grise, Samuel s'efforce d'analyser la situation. Depuis qu'il a quitté la jeune femme, sa fébrilité ne cesse de grandir. Il se sermonne à voix haute.

« Toi, si calme, si posé, peu importe la gravité des événements, des épreuves, des contrariétés, te voilà tout émoustillé ! Tu ne couverais pas un petit contre-transfert, par hasard ? Tu ne vas tout de même pas laisser la personnalité de Carroll prendre le pas sur la tienne !

Tu as rencontré son double, c'est bien ce que tu voulais, mais il s'est produit quelque chose que tu n'avais pas prévu, hein ? Tu t'es carrément mis à la place de ton patient. Et tu es très excité à l'idée de poursuivre l'expérience. En même temps, tu as un peu peur !

Ça te plaît de goûter à ces deux sensations si intimement liées. Elles vont tellement bien ensemble ! Analyser la psyché de jumeaux, l'un

mâle et l'autre femelle, c'est le pied ! D'autant plus
que la jumelle est très brillante. Et aussi très attirante ! Elle le sait, elle connaît son pouvoir sur les
hommes. Elle pense probablement que l'attraction
qu'elle exerce sur toi peut la protéger de ton excessive curiosité, car tu es fichtrement curieux de
découvrir ce qui s'est passé entre elle et Carroll
lorsqu'ils étaient enfants.

C'est OK, mais sois prudent. Tu ne t'imagines
tout de même pas qu'elle va te laisser entrer dans
sa psyché comme ça ? Elle est psy elle aussi, ne
l'oublie pas.

Au fait, ces bouffées de chaleur que tu as ressenties rien qu'à la frôler, tu as une petite idée de ce
que ça veut dire ? Éros est de la partie, mon cher !
Il n'était pas invité, mais il s'est pointé. Veille à ce
qu'il ne te fasse pas oublier la raison pour laquelle
tu as voulu rencontrer cette femme. Tu as des questions à lui poser. La santé mentale de ton patient
en dépend.

Une petite voix intérieure le met en garde. Il
croit entendre celle de son patron :

— Attention, Sam ! Tu t'apprêtes à entrer dans
une zone non protégée. Ne quitte pas ta défroque
de thérapeute, parce que si tu oublies Carroll, tu
seras à la merci de l'inconnu… tu saisis le deuxième
degré ? L'inconnu, en l'occurrence, est l'inconnue !

Agacé, Samuel apostrophe la voix :

— Je connais suffisamment l'univers de Carroll
pour me permettre d'aborder sa jumelle en tant que

thérapeute et aussi en tant qu'homme! Je suis tout à fait capable de passer d'un registre à l'autre. Je veux que le thérapeute puisse évaluer les sentiments de Carroll, certes, mais si l'homme peut m'être d'une quelconque utilité, eh bien, pourquoi pas! Ma stratégie est tout à fait justifiée. Et puis, bon sang, je suis moi aussi un homme séduisant. Je ne vais tout de même pas me déguiser en Quasimodo pour faire mon travail!

Une confidence de Carroll remonte soudain à la surface:

«Parfois, je me levais, la nuit, je m'approchais d'elle, je me penchais au-dessus de son visage. Son front ressemblait à un désert, ses narines à des grottes, ses paupières à des dunes, la racine de ses cheveux à une oasis. Sa bouche... ah! sa bouche! J'osais parfois souffler dessus dans l'espoir qu'elle s'ouvre et que je puisse y glisser mes doigts, descendre en elle et explorer son intérieur, la soufflerie des poumons, l'horloge du cœur, le broyeur de l'estomac, le laboratoire du foie, la tuyauterie des intestins, et ce sexe différent du mien, ce sexe...»

Une bouffée de désir trouble envahit l'habitacle du véhicule, brouille sa vue. Craignant de perdre la maîtrise de son auto, Samuel se gare. Il respire lentement et invoque sa boussole intérieure, résolu à discipliner la formidable poussée d'adrénaline qui a commencé à déferler dans ses veines à l'instant même où il a vu Carina Leblond. La pulsion est si forte qu'il a l'impression que son cœur va s'arrêter de battre, son esprit se séparer de son corps.

«Qu'est-ce qui m'arrive?»

L'évidence jaillit à la seconde même où il s'interroge: Carina est la version femelle de Carroll. Les deux jumeaux recèlent chacun une partie de l'énigme qui le fascine si fort. Carroll lui a fourni plusieurs indices. C'est maintenant au tour de la jumelle de donner.

«Elle parlera, elle me dira tout ce que je dois savoir, se jure-t-il, de gré ou de force!»

Une question s'impose avec fulgurance, une question qu'il aurait dû se poser avant:

«Et si Carroll avait couché avec sa sœur? Et si c'était Carina qui l'avait incité à le faire?» se demande-t-il.

Si jamais il y a eu viol, qui a violé qui? Était-ce une invasion psychologique ou physique? Ce désir fou qui le taraude, il vient d'elle ou de lui?

«Pour le savoir, je dois accepter d'être un désir instrumental. De me laisser porter par lui afin de découvrir où il plonge ses racines et de quoi il se nourrit. S'il faut investir le corps pour atteindre la psyché, pourquoi pas?»

Matière en fusion

Carina l'attend dehors, devant l'hôtel. Elle porte toujours son tailleur gris, mais sans le chandail à col roulé. Le portier lorgne sans vergogne son décolleté plongeant révélant une poitrine appétissante et ses longues jambes mises en valeur par une paire de chaussures à talons hauts. Tiens donc, se serait-elle mise en frais pour lui plaire ?

Samuel se penche et ouvre la portière ; elle monte, s'assoit, boucle la ceinture de sécurité et pose un petit sac du soir sur ses genoux. Sans même le saluer, elle s'informe en regardant droit devant elle :

— Où allons-nous ?

— J'ai réservé une table dans un lieu tranquille. C'est un petit restaurant nouvellement ouvert, à Outremont, *Marius et Fanny*. Dans quelques semaines, il ne sera plus fréquentable. Si vous aimez le foie gras au torchon, préparez-vous à léviter. C'est le meilleur en ville.

Elle ne dit rien, se contente de tripoter son sac, comme pour s'assurer que tout ce qui doit s'y trouver est là.

Samuel conduit prudemment, en évitant de tourner la tête dans sa direction. De temps en temps, il lâche des banalités pour meubler le silence. Elle répond à certaines, mais semble préférer observer les gens qui déambulent sur les trottoirs et admirer les façades des boutiques qui étalent avec raffinement de luxueuses marchandises.

⁓

Samuel ouvre la porte du restaurant et laisse passer son invitée. Elle s'arrête sur le seuil, lance un regard circulaire, se tourne et s'exclame :

— Très jolie la déco.

Un serveur les accueille, leur désigne une table et leur tend le menu ensaché dans un écrin de velours noir. L'émoi du jeune homme, qui semble incapable de détourner les yeux de la psychiatre, arrache un sourire amusé à Samuel. Comme inconsciente de l'admiration qu'elle suscite, Carina Leblond étudie attentivement le menu. Le serveur finit par partir. C'est au tour du docteur Leduc d'observer son invitée.

Sentant son regard peser sur elle, elle lève soudainement les yeux et lance :

— Je ne suis pas au menu, docteur Leduc !

— Et moi non plus, riposte-t-il. Mais Carroll l'est, par contre ! Nous commençons ?

— Stop ! Ne gâchez pas notre repas. Il y a un temps pour chaque chose, vous ne croyez pas ? Vous me poserez vos questions au dessert.

— Message reçu, docteure Leblond.

Pendant tout le repas, les deux psychiatres parlent boulot et échangent leurs réflexions sur la présentation très attendue et néanmoins controversée du lendemain, celle du professeur Jean Marty, le fils de Pierre, auteur du célèbre essai d'économie psychosomatique. Les psychosomaticiens américains sont déterminés, paraît-il, à intervenir de façon musclée et à mettre le Français en boîte, lui apprend la jeune femme. L'école américaine a toujours critiqué l'école française et l'occasion est trop belle pour que les psys américains la laisse passer.

Au dessert, elle commande des profiteroles et lui, une crème brûlée à la lavande. Un compliment tombe, qu'il n'attendait pas :

— Vous êtes un homme séduisant, docteur Leduc, lâche Carina d'un air grave. Je ne m'attendais pas à ça. Jolie surprise !

— Dans votre genre, vous n'êtes pas mal du tout, docteure Leblond, réplique-t-il en baissant la tête pour cacher le petit frisson de plaisir qui le parcourt depuis la racine des cheveux jusqu'au bout des orteils. Il a l'habitude des compliments, mais jamais exprimés de façon aussi directe.

L'offensive verbale se poursuit.

— Votre charme est-il un atout ou un problème dans votre pratique, je veux dire avec les femmes ? demande-t-elle avec un sourire entendu.

— Je ne sais trop quoi répondre. La plupart du temps, je travaille avec des patients de sexe masculin.

Plusieurs sont plus séduisants que moi. Et vous, comment ça se passe avec les hommes, je veux dire lorsqu'ils sont vos patients ? J'ai pu constater que les regards masculins s'accrochent à votre personne, comme si vous étiez un aimant. Les Français vous mangeaient des yeux, mais on voit que vous avez l'habitude d'être admirée. Vous êtes... très attirante, je dirais même irrésistible ! Si l'on vous regarde plus longtemps que trente secondes, mettons soixante, on est subjugué !

Elle ignore sa remarque et s'exclame :

— Ah ! Votre petite amie peut donc dormir sur ses deux oreilles. Elle n'a pas à redouter la concurrence d'une trop jolie patiente, vulnérable, ayant besoin d'être consolée, et prête à s'abandonner...

Amusé par la répartie dissimulant une interrogation indirecte, Samuel entre dans le jeu :

— N'allez pas trop vite dans vos déductions. Peut-être que j'aime les hommes ? Qui vous dit que je ne suis pas gai ?

La réponse de Carina fuse, en même temps qu'elle lance malicieusement à Samuel, avec la pointe de sa cuillère, un morceau d'amande rôtie enrobée de crème Chantilly. On dirait une gamine, soudain.

— Gai, vous ? Impossible ! Vous êtes un homme à femmes, ça se voit tout de suite. Les gais, je les repère en trente secondes, rien qu'à la façon dont ils me regardent. Il y a quelque chose de désintéressé dans leur regard, un je-ne-sais-quoi... Bref, mon charme n'opère pas sur eux. Par contre, ils sont de remarquables chevaliers servants. Courtois, attentifs, laissant libre cours à une exquise galanterie.

Avec les hétéros, c'est très différent, je suis un puissant aimant, vous avez raison. Mais, je vais vous surprendre, il y a une autre catégorie d'hommes qui n'aiment pas mon genre, il s'agit des amateurs de poupées, de bébés Lolita... ce que je ne suis absolument pas.

Dans votre cas, il est évident que vous aimez les femmes. J'ai vu votre regard s'égarer dans l'échancrure de ma veste. Qu'avez-vous à dire pour votre défense?

— D'accord, je dirai tout! s'exclame Samuel, un peu désarçonné par une attaque aussi directe et surtout par la façon dont la jeune femme le regarde. Ce regard pénétrant ressemble à un phare dont le faisceau lumineux appelle, attire, enveloppe. «Il engourdit la raison, emballe le cœur et fait gonfler le sexe», constate-t-il, médusé et charmé.

Le regard insiste et semble lui ordonner de répondre, ce qu'il fait non sans bafouiller:

— Hem... Oui, c'est vrai, j'aime les femmes et, pour un certain nombre d'activités, je les préfère très nettement aux hommes. Non, je n'ai pas de petite amie au long cours. Un jour, peut-être... Voilà, vous savez ce que vous vouliez savoir. Je suis en effet un homme à femmes, mais je ne cherche pas une partenaire stable. Je me contente de brèves aventures sans lendemain.

— Je rêve! murmure comiquement la jeune femme en rejetant la tête en arrière. La voie est donc libre? Eh bien, je n'irai pas par quatre chemins. Souhaiteriez-vous retenir mes services pour une récréation sans lendemain, comme vous dites?

Devant son air incrédule, elle ajoute:

— Avec les mecs, j'ai appris qu'il fallait mettre cartes sur table: que diriez-vous de me reconduire à mon hôtel, docteur Leduc? Nous pourrions finir cette soirée en beauté, je veux dire... clore cette agréable rencontre en tout bien tout plaisir? Je vous plais, vous me plaisez, profitons-en.

La proposition est accompagnée d'un éloquent regard en coulisse qui allume Samuel.

Il est en présence d'une Diane chasseresse, d'une Vénus affamée ayant repéré un plaisant gibier qui la met en appétit. Et le gibier en question, c'est lui! L'aventure est terriblement tentante et il se dit qu'il n'y a pas de raison de la refuser.

D'un geste machinal, Carina Leblond glisse une main derrière sa nuque et dénoue son chignon. Une masse opulente de cheveux dégringole sur ses épaules. Elle secoue la tête et des vagues gracieuses d'un or doux encerclent son visage et glissent sur ses épaules. Elle aurait déboutonné sa veste et offert ses seins à tout venant que l'effet d'attraction eût été le même pour Samuel Leduc. Et aussi pour leur voisin de table qui, bouche ouverte, fourchette en l'air, dévisage carrément Carina.

Infiniment troublé, pour se donner une contenance, le docteur Leduc s'informe, en s'emparant
de l'une des mains de son invitée :

— Une minute ! Vous brûlez les étapes, madame.
À mon tour d'enquêter. Il n'y a personne dans votre
vie ? Pas de fiancé, de conjoint, d'ex-mari, d'amant
secret, de petit ami de fin de semaine, de cardiologue surmené, de gynécologue *specula speculorum*,
de docteur Botox à la recherche de rides à combler,
de physiatre athlétique dormant sur une planche ?

Cette fois, elle ne rit pas. Le bleu de ses yeux
s'assombrit et elle déclare, en détachant bien
chaque mot :

— Je suis une femme libre, mon cher, et comme
vous, j'entends bien le rester. La vie de couple ne
m'intéresse pas du tout. En fait, je ne crois pas en
l'amour. Rectification, il vaut mieux ne pas croire
en l'amour. N'en rien attendre, jamais.

— Et pourquoi donc ?

— Parce que c'est un piège. C'est Le piège. Le
plus formidable de toute l'histoire de l'humanité.
Pratiquement tout le monde tombe dedans, un jour
ou l'autre, sauf vous et moi, on dirait ! s'esclaffe-
t-elle en haussant joliment les sourcils.

« Carroll a parfois cette expression », constate
Samuel, surpris tant par cette similitude comique
que par la tournure pour le moins inattendue de
leur conversation.

— Auriez-vous peur de l'engagement ? risque-
t-il en retournant sa main et en risquant au creux

de sa paume une caresse sensuelle avec ses doigts. «Mésaventure passée? Haute trahison? Blessure encapsulée?»

Elle répond, en écrasant de sa main libre les restes du dernier chou noyé dans la sauce au chocolat:

— Le fil à la patte, l'étiquette «épouse de», la dépendance à l'autre, si séduisant et performant soit-il, non merci, je passe mon tour. Dans une autre vie, on verra.

— La dépendance n'est pas obligatoire, croit-il pertinent de faire remarquer en caressant les doigts de la jeune femme.

— Mais elle survient tôt ou tard, inexorablement!

— Je vois les choses différemment, déclare Samuel en baissant les yeux, histoire de retrouver son calme. Il a l'impression que son sang chauffe ses veines. Il expérimente une sensation délicieusement déroutante. De plaisir et de peur du plaisir.

La jeune femme retire tout à coup sa main. Ce retrait pourtant banal affole Samuel, qui la rattrape aussitôt sans rencontrer de résistance. Ce deuxième contact est aussi étourdissant que le premier. Soudain, la nécessité absolue de connaître, dans le sens biblique du mot, la jumelle de Carroll s'impose à lui.

«Elle veut coucher avec moi, c'est clair. Et le trouble physique que j'éprouve est également clair.

Je le veux, moi aussi! Pourquoi devrais-je refuser cette invitation? Pour elle, c'est un jeu, pour moi, c'est une stratégie. Si je couche avec elle, il me sera plus facile d'apprendre certaines choses. Je parie que je saurai, sans même avoir à le demander, si les jumeaux ont couché ensemble.»

La petite voix qu'il connaît trop bien le harangue:

— Tu es en train de te faire croire que baiser avec elle sera une démarche essentiellement professionnelle? Tu divagues, mon vieux! Qui veux-tu leurrer? Si jamais tu franchis la barrière de la chair, tu chercheras en vain la vérité première.

La voix douce de Carina entre dans sa tête et chasse celle qui résonne comme une alarme d'incendie.

— Hé, ho? Il y a quelqu'un en face de moi? Vous êtes parti pour Vénus en me laissant toute seule sur la piste de décollage?

Samuel sursaute.

— Navré. Je réfléchissais à vos propos sur la vie à deux au long cours. J'aimerais les commenter. Vivre avec une autre personne, pour moi, c'est entrer dans sa bulle et accepter le... vice-versa.

Le piège, à mon avis, c'est quand on verrouille la porte de la bulle à double tour. Plus personne ne peut en sortir et l'asphyxie, parfois même la haine, surgit. Il faut toujours laisser la porte ouverte, être libre d'entrer et de sortir. C'est le principe du système ouvert. Pour moi, c'est ça, vivre à deux.

Alors, si jamais une femme, fervente adepte de la bulle ouverte, passe à proximité, je crois bien que je pourrais avoir le goût de *buller* avec elle. Et alors, je ne craindrais pas de tomber amoureux.

— Mais c'est terrible et très vieux jeu, votre vision de la vie à deux! Tomber amoureux... il me semble que l'expression avoue tout. On tombe dans la gueule du piège. On accepte d'être enfermé. De tout donner. D'être dépouillé de son identité. De tout partager. De rendre des comptes.

Moi, je n'ai besoin de personne pour me définir, me compléter, me satisfaire. Butiner me convient parfaitement. Je prends et je donne, à mon gré, quand ça me chante. J'aime que l'aventure d'une rencontre ait un commencement, auquel je consens, un milieu qui peut devenir un pic à faire chavirer de plaisir, auquel je prends une part active, et une fin, douce ou brutale, selon les circonstances, que je me charge de décréter, neuf fois sur dix.

N'est-ce pas ce que vous faites, vous aussi? Vous avez plus de trente ans, vous êtes séduisant, célibataire, sans attache, et vous aimez faire l'amour aux femmes, de ça, je suis maintenant très sûre...

— Je vous donne cette impression? demande Samuel, de plus en plus émoustillé.

—Vous faites la grande coquette, là! Quand même... Votre main sur la mienne, sa façon de caresser ma peau...

— Je vais essayer de répondre, en toute honnêteté et en toute simplicité. Je n'ai pas encore

rencontré sur mon parcours une dame «bulle» suffisamment intéressante pour me rendre amoureux
fou et tomber dans le piège, comme vous dites.

Je travaille beaucoup, parfois même le soir. J'ai
peu de temps à consacrer à l'exploration amoureuse.
Aussi, pour nourrir mon corps à qui il arrive d'être
en manque de contact féminin à l'horizontale, je
compte sur le hasard qui, jusqu'ici, m'a offert plusieurs agréables rencontres, systématiquement sans
lendemain. Je ne me suis attaché à personne et,
bien sûr, je n'ai laissé personne s'attacher à moi.

— Des rencontres brèves, c'est bien ce que je
dis, avec un début, un pic probable et une fin! Ouf!
Je peux respirer tranquille. Vous n'allez pas vous
coller à moi comme un chiot, après notre rencontre
à l'horizontale!

— À réflexion directe, commentaire direct,
déclare Samuel en se penchant vers Carina. Vous
me laissez comprendre que vous êtes libre, cette
nuit. Ça tombe bien, moi aussi. On signe un
bail de courte durée? Avec une clause précisant
l'interrogatoire auquel vous avez accepté de vous
soumettre?

— Y aura-t-il un pic cette nuit, dis-moi, roucoule-
t-elle, d'une voix onctueuse qui fait courir des
frissons sur et sous la peau de Samuel.

— Je suis partant, très intéressé et très attiré,
mais ça, tu le sais, docteur femelle en chaleur. Tu
émets un puissant champ magnétique, Carina
Leblond. Me voilà donc condamné au rôle de la

proie, au propre et au figuré. C'est un jeu qui me plaît!

— Tu cèdes sans m'offrir de résistance? pouffe-t-elle, provocante en passant sensuellement un doigt sur sa bouche.

— Pourquoi pas? Personne ne m'attend, ce soir! s'exclame-t-il, subjugué par l'irrésistible pouvoir de séduction de Carina qui se lève, contourne la table, se penche gracieusement vers lui de façon à ce qu'il bénéficie d'une vue imprenable dans la vallée de ses seins, et chuchote à son oreille:

— Tu as raison. Il faut savoir saisir la chance par la peau du cou quand elle passe devant votre nez et qu'elle a une constitution physique aussi séduisante que la tienne, cher docteur. Je consens à me laisser enlever, donc, à la condition que tu me promettes de ne rien dire à nos parents. Ça reste entre toi et moi. Tu es ma proie, c'est vrai, mais je ne suis pas dupe, je suis aussi la tienne et je suis totalement consentante. Debout, mon beau docteur, les jeux sont faits…

Samuel se lève lentement. Jamais encore une femme ne l'a autant attiré. «C'est un ensorcellement, estime-t-il. Elle doit avoir prononcé une incantation. Non, cette femme n'a pas besoin de mots. Chaque partie de son corps en est un…»

— Réveille-toi pendant qu'il en est encore temps, se lamente une petite voix intérieure. Le seul contact qui t'est permis avec cette femme, faut-il te le hurler dans les oreilles, est un contact intellectuel!

Tu ne dois pas quitter le territoire du professionnel! On dirait que tu as oublié Carroll! Secoue-toi,
prétexte n'importe quoi, une migraine, un embarras
gastrique, sors d'ici et va prendre une douche glacée
pour retrouver ton sang-froid!

Samuel, écartelé entre la violente pulsion de
désir physique qu'il ressent pour Carina et la sup-
plique éloquente de la voix, mord fortement sa lèvre
inférieure. Il doit interroger la jumelle de Carroll,
oui, mais rien ne l'oblige à le faire sans utiliser
l'arme du plaisir. Il aura tout le temps, après.

— Que fais-tu de la souffrance de ton patient?
s'insurge la voix dont la logique lui semble de plus
en plus redoutable.

Une autre voix s'interpose:

— Pourquoi tu ne la suivrais pas, cette ravissante psy, l'occasion est trop belle! Tu peux très
bien profiter de l'aubaine et lui faire parler de
Carroll, avant, pendant, ou après le coït, tu verras
bien à quel moment elle sera le plus en verve.

— Sortons d'ici, demande Carina. Je suis fatiguée. J'ai une très agréable chambre d'hôtel, avec
bar et grande baignoire...

Samuel ne réagit pas en voyant Carina ramasser
l'addition et sortir une carte de crédit. Il se dit que
demain, il lui enverra un bouquet de fleurs, une
branche d'orchidées sauvages, tiens. Demain, il en
est certain, il en saura un peu plus sur son patient.
Et il aura passé une nuit agitée, exténuante sûrement, mais infiniment satisfaisante.

— Bonne, très bonne décision, le félicite la voix qu'il préfère mille fois à l'autre, par trop culpabilisante et alarmiste. Demain, tu auras levé le voile sur le mystère abyssal entourant l'histoire de ton patient. En bon astronaute, tu auras atterri au cœur de la planète mystère. Payer de sa personne est parfois indispensable, alors aussi bien en tirer du plaisir lorsque l'occasion s'y prête. Du reste, cette femme n'est pas ta patiente. Rayon déontologie, tu es en règle.

Feu, feu, joli feu...

À l'instant où il franchit le seuil de la chambre de Carina, Samuel sait ce qui va se passer. En fait, s'il veut être franc avec lui-même, il lui faut reconnaître qu'à un certain moment, entre la porte d'entrée de l'hôtel et celle de l'ascenseur, il fut saisi d'un ultime doute quant à la raison qui lui a fait accepter l'invitation de la jeune femme. Les deux petites voix, plus narquoises que jamais, se disputaient et l'ont pris à partie :

— Stop, Samuel ! Tu penses sincèrement qu'elle va accepter de te parler de son jumeau ? Tu sais pourtant ce qu'elle a en tête. Utiliser le plaisir charnel, combler tes sens pour éluder tes questions. Elle se fiche pas mal de ton patient. Quant à toi, tout ce que tu veux, c'est profiter de l'occasion. Si tu crois que la dame va te faire des confidences, tu te leurres ! Prends garde, tu n'as pas le droit d'entrer dans l'intimité de Carina. Tu dois immédiatement faire marche arrière et ficher le camp !

— Que de scrupules pour un coup à tirer, vite fait bien fait ! Accepte ce qu'on t'offre si gracieusement et surtout n'écoute pas l'autre imbécile, farci de scrupules, qui prétend te dicter ta conduite.

La jeune femme, comme si elle avait senti l'hésitation du jeune médecin, se retourne et le prend par la main avant de suspendre l'écriteau « Ne pas déranger » à sa porte. Se retournant vers lui, elle le gratifie d'un sourire irrésistible et avance jusqu'à lui, bras ouverts. Lui tendant à nouveau les mains, elle l'entraîne et le fait marcher jusqu'au lit. Samuel, dans un état second, se laisse choir sur le matelas et regarde Carina se dévêtir.

Elle agit avec un détachement et une nonchalance qui embrasent son bas-ventre. Complètement nue, elle s'approche de lui lentement, avec un sourire de déesse en transe.

Les voix poursuivent leur harangue.

— En tant que thérapeute de Carroll, tu n'as pas le droit de... Tu dois déguerpir. Tout de suite !

L'autre voix, plus musclée, s'élève, gouailleuse.

— La ferme, pauvre et scrupuleuse conscience inconsciente !

Et, s'adressant à Samuel, elle le fustige :

— Pourquoi crois-tu que tu es monté jusqu'ici ? Pour faire de la broderie ? Pour compter les brins de laine de la descente de lit ? Déshabille-toi et oublie ta profession. Tu n'es pas en service. Tu es seulement un homme en rut et une femme te convoite aussi fort que toi tu la désires. Quand la chair veut chanter, l'esprit doit décamper. À poil, le doc !

Maintenant, tu baises! Tu auras tout le loisir de psychanalyser cette femme après, si tu en as encore le goût et la force.

Mais tu as probablement raison, en fait, elle sera beaucoup plus encline à te faire des confidences quand elle aura été comblée. Si tu veux confesser sa psyché, fais d'abord chanter son corps. Tu seras gagnant sur toute la ligne. L'homme et le thérapeute auront rempli leur mission.

Samuel est confus. Jamais, encore, il n'a couché avec une femme quelques heures seulement après l'avoir rencontrée. Pas une seconde il n'essaie de résister, encore moins de se raisonner. Il ouvre les bras et les referme passionnément sur le corps de Carina. Il se laisse aller avec un emportement qui ne lui ressemble guère et qui catapulte loin, très loin, la voix trop sage de sa conscience. L'autre voix jubile et le taquine avec effronterie.

— Alors, c'est bon, n'est-ce pas? Cette fille est un morceau de roi. Sers-toi, mon garçon… Quelles hanches, quelles cuisses elle a! Tu sens le satin de sa peau, tu goûtes son parfum de femelle excitée? Ce corps supplie qu'on l'explore, montre-lui ce que tu sais faire! Laisse-la faire de même avec le tien!

Un vent chaud l'enrobe, le soulève de terre, le transforme en mèche d'amadou. Il flotte, il se dilate, il se laisse joyeusement posséder par le corps d'une créature silencieuse aux yeux bleu layette et au sexe de feu…

Combustion spontanée.

N'appelez pas les pompiers, car leur armure de protection prendrait feu.

✦

Au petit matin, Samuel s'éveille en sursaut, comme si Carroll venait d'entrer dans la chambre par effraction pour les surprendre, elle et lui. Il s'efforce de repousser la vague sensation de remords qui s'agite dans l'ombre. Après tout, ce qui est fait est fait.

Il s'oblige à respirer lentement, en comptant d'invisibles cercles rouges autour d'un point noir. Il parvient tant bien que mal à retrouver son calme, se soulève sur un coude, contemple le visage paisible de Carina, admirable camé de chair endormie sur l'oreiller, et le remords revient le tarauder.

— Tu as couché avec la sœur de ton patient! Tu as commis une erreur et tu le sais. Ta conduite est discutable sur le plan éthique!

À cet instant précis, elle ouvre les yeux, le regarde et s'exclame en étirant ses bras:

— Je sais à quoi tu penses, Samuel Leduc. Nous n'aurions pas dû, à cause de Carroll. Tu peux faire du petit bois avec tes remords. Mon instinct me dit que c'est exactement ce qu'il veut.

— Quoi? Qu'est-ce que tu insinues?

— Il veut que nous ayons une aventure, toi et moi. C'est ça qu'il veut.

— Tu crois ça?

— Mmm... oui. Je le connais tellement bien ! Mieux que tu ne le connaîtras jamais. Nous ne sommes pas jumeaux pour rien. Carroll s'imagine qu'il pourra te manipuler, et me manipuler à travers toi. Tu peux devenir pour moi un instrument de délices, mais aussi de torture, tu en es conscient, j'espère ? Moi, je le sais... Je suis ravie que tu sois mon amant, mais je verrais d'un très mauvais œil que tu te transformes en bourreau.

Carina se lève d'un bond gracieux, insouciante de sa nudité. Elle penche sa tête en avant, ramasse la masse opulente de ses cheveux avec sa main gauche, marche jusqu'au bureau et, avec sa main droite, plante des épingles dans le bouquet de mèches insolentes et rebelles qui se soumettent à son bon vouloir.

Samuel est touché. Il a devant les yeux le corps parfait d'une femme épanouie et sûre d'elle, économe de ses gestes, pas du tout préoccupée de plaire à cet instant précis, et de ce fait, il la trouve d'autant plus attirante. Le grand charme de Carina, c'est qu'elle agit comme si elle se fichait d'en avoir ou pas, de plaire ou pas, de déplaire ou pas. Et quand elle attaque, elle est directe !

Quelle beauté, et sans artifices ! pense-t-il. Un mélange subtil de Catherine Deneuve et de Sigourney Weaver. Il la regarde marcher jusqu'au placard entrouvert. D'un geste vif, elle décroche une jupe marine et une blouse verte. Il se souvient des propos de Carroll sur le manque de goût de sa sœur.

Et sur la manière dont les vêtements et les couleurs les plus insolites font la paix, dès qu'elle les revêt.

La jeune femme s'habille en moins de deux et s'approche de Samuel, l'air soudain grave.

— Monsieur Entité morale, souhaitez-vous poursuivre l'aventure charnelle entamée par nous, hier soir?

Samuel passe une main sur son front, dépassé par la tournure des événements:

— Écoute, je suis vraiment… Je n'avais encore jamais fait ça: rencontrer une femme, me laisser emballer en moins d'une heure. Pas le temps de réfléchir, juste celui de flamber! Je ne me reconnais pas, je suis habituellement pondéré, réfléchi, prudent. J'ai l'habitude de prendre mon temps.

— La passion, docteur, ne fait pas de quartier. Si vous ne savez pas ça, vous êtes un danger pour la profession et je devrai vous dénoncer à la Corporation. Sérieusement, que faisons-nous?

— Je veux remettre ça, qu'est-ce que tu crois? D'ailleurs, nous avons à parler. Ce soir, toi venir chez moi. Et moi garder toi jusqu'à la fin du congrès. Bénis soient les congrès qui durent plusieurs jours! Toi d'accord?

— OK. Mais gare au dernier soir! Ou bien nous aurons eu des tas d'enfants, ou bien nous demanderons le divorce, à l'amiable. Et pour Carroll, on fait quoi?

— C'est mon problème. Toi pas toucher.

— Comme tu voudras.

— Il faudra que tu me parles de lui, tu le sais.
C'est pour ça que...

— ... que tu m'as suivie, que tu as couché avec
moi, je sais! Mais tu es un dangereux personnage,
toi! Tu espères profiter de la béatitude qui suit mes
orgasmes pour me mettre à table, me voler mes
souvenirs d'enfance et les comparer à ceux de
Carroll, hein? Traître!

Sérieusement, nous parlerons de mon jumeau,
c'est d'accord, mais ni avant, ni pendant et... ni
tout de suite après. Ça va? On trouvera bien un
moment.

— Méchant programme que le tien! Je ne sais
si nous aurons le temps!

Samuel repousse les couvertures, se lève, manque
de trébucher dans son pantalon, par terre. Il se sent
bizarre, écartelé. Une partie de lui veut aimer Carina
avec un emportement qui l'inquiète. L'autre le
somme de quitter l'hôtel et cette femme sur-le-
champ, sans se retourner, afin de n'être pas surpris
en flagrant délit de... triple mensonge. Envers lui,
envers Carina et envers Carroll.

Lui, maître incontestable de toutes les situations,
à l'abri des orages tous azimuts et des crises exis-
tentielles, éprouve soudain la sensation aiguë d'une
délicieuse brûlure, d'une inexplicable délinquance.

Il a subi l'épreuve d'un feu mystérieux et, en
dépit du malaise psychologique qui prend de
l'expansion, tel un ballon que l'on gonfle à l'hélium,

il souhaite être encore avalé par le sexe gourmand de Carina.

Il veut savoir ce qu'il y a au fond de la grotte! Peut-être que c'est aussi ce que voulait Carroll lorsqu'il se levait pour regarder dormir sa sœur, certaines nuits? Comment valider cette hypothèse? Décidément, faire parler Carina est capital et urgent. Le désir charnel du jumeau à son endroit, s'il existe, est forcément enfoui en elle, dans sa psyché.

La crise

Après avoir partagé, au café du Ritz, un copieux déjeuner avec Carina au cours duquel, encore une fois, il n'a pas été question de son jumeau, le couple décide de se partager les conférences de la journée. Elle assistera à celles du jeudi avant-midi, lui se chargera de celles de l'après-midi. Ainsi, l'un et l'autre pourront prendre un peu de repos et remplir certaines de leurs obligations professionnelles. Au cours du repas du soir, ils échangeront leurs impressions et leurs notes avant d'assouvir leur soif de plaisir. Et ils parleront enfin de Carroll.

Samuel sort du Ritz-Carlton et remercie le portier qui a fait venir son véhicule. Il hume l'air un peu frais du matin et se tourne juste à temps pour voir sortir Carina, l'air sérieux et strict avec ses cheveux lissés et noués sur la nuque. Il la déposera au Palais des congrès avant de retourner à l'Institut Pinel.

Sitôt sa ceinture de sécurité attachée, d'un geste familier, la jeune femme pose une main sur sa cuisse. Instant quasi parfait de connivence, si ce n'était une ombre qui plane entre eux deux, semblant prendre plaisir à l'exiguïté de l'habitacle, s'en nourrissant pour ainsi dire.

✦

Une fois dans son bureau, Samuel découvre une note de la secrétaire du service lui annonçant qu'aucun de ses collègues, contrariés de n'avoir pas été choisis par le directeur pour assister au congrès international, n'a accepté de prévenir Carroll de son absence momentanée, estimant que c'était à lui de le faire. C'est finalement une infirmière qui s'en est chargée et a essuyé la colère verbale du patient.

Voilà qui risque fort de faire déraper la séance avec Carroll. Tant pis, il doit assumer. Pas question de se dérober. Une voix narquoise se moque de lui :

« Nous y voilà ! Avec la souplesse et l'hypocrisie qui le caractérisent, le mâle repu consent à disparaître pour céder la place au psychiatre ! Alléluia ! C'est vraiment très commode de pouvoir à loisir changer d'identité comme on change de chemise... Pauvre, pauvre Carroll ! S'il savait, tu aurais droit à un fleuve d'injures bien méritées. »

Samuel frappe ses poings l'un contre l'autre de dépit. À contrecœur, il téléphone à la sécurité et demande que l'on conduise son patient à la salle réservée à leurs entretiens d'ici une trentaine de minutes, le temps qu'il lui faut pour prendre une douche et changer de chemise. Il en a toujours quelques-unes dans son casier.

✦

Les yeux de Carroll scrutent lentement le regard, les épaules, le thorax de Samuel et s'attardent sur ses mains.

— Vous avez une drôle de tête, ce matin, docteur. Une chose est sûre. Vous avez baisé une nana, cette nuit. Et à fond la caisse, encore ! J'ai le nez très fin, spécialement pour ce genre d'activité.

Samuel accuse le coup, refrène le besoin de glisser les mains dans les poches de sa veste. Le regard impitoyable de son patient ne le lâche pas.

— Vous ne me répondez pas, *Baisodoc* ? Pourquoi ? Je suis sûr que vous avez baisé, et je suis sûr que c'était une fille, pas un mignon. Parce que, rayon identité sexuelle, vous êtes malaisé à cerner ! Je crois que vous n'êtes pas indifférent à la beauté et à la virilité des hommes, mais, jusqu'à maintenant, vous n'avez fréquenté que des cons, je me trompe ?

— Je suis ici pour vous écouter, Carroll, par pour vous raconter ce que je fais de mes jours et de mes nuits, je ne veux plus avoir à vous le redire : ma vie privée ne vous regarde pas ! s'insurge Samuel avec une lassitude non feinte en se résignant à dissimuler ses mains, faute de pouvoir faire mieux pour échapper au regard qui le fouille avec acharnement.

— Je suis tout à fait d'accord, *Docpenaud*. Permettez, tout de même, que je vous pose une question tout à fait pertinente et qui me regarde :

pourquoi avez-vous annulé notre rendez-vous, hier ? Je vous ai attendu, moi. Vous auriez pu m'avertir. Franchement, j'étais inquiet. J'ai pensé rapporter votre disparition à la CIA. Un *Psychodoc* égaré dans la nature, vous pensez, c'est grave ! Sérieuse-ment, pourquoi, ou pour qui, m'avez-vous laissé tomber ?

— Pour cause de congrès international. On m'a demandé d'y assister à la dernière minute. Et j'ai pensé que cette petite pause vous permettrait de retomber dans vos souliers, de digérer un singulier chapitre de votre enfance. J'avais demandé que l'on vous prévienne et on m'a affirmé l'avoir fait, une infirmière, je crois.

— C'était à vous de me le dire. L'info devait venir *straight from the horse's mouth*, comme on dit !

— Je n'en ai pas eu le temps et je vous prie de m'excuser. Fin de la discussion, passons à la théra-pie. Au cours de notre dernier entretien, vous m'avez donné à voir votre détresse et vous m'avez raconté la mort de Poxi avec une joie malsaine que vous vouliez me faire partager, en même temps que votre souffrance. Ce n'était pas banal...

— Attendez... je ne comprends plus. N'est-ce pas ce que vous attendez de moi ? Ma souffrance emballée dans un paquet cadeau ? Que faites-vous des convenances, *Doctrucmachin* ? L'aveu d'un crime, que la victime soit un humain ou un animal, ne se digère pas en deux coups de cuillère à pot.

Nous aurions pu digérer ensemble, vous et moi, ça aurait été plus facile. Et puis... faites très attention. Qui vous garantit que j'ai réellement tué Poxi? Je vous ai pourtant prévenu: j'adore déguiser la vérité, la farder, la transformer en poule de luxe, la vêtir de satin et de strass. La faire danser, arrêter la musique et la remplacer par une tempête de vent, un gentil simoun, par exemple, ou... la décapitation regrettable d'un gentil toutou. Wouf wouf!

Samuel dévisage son patient en essayant de mettre tout ce qu'il peut d'impassibilité dans son regard. La moue sarcastique et les jappements de Carroll le remplissent d'une soudaine fureur. Il ressent exactement la même vague déferlante que le jour où il a attaqué les deux étudiants qui se moquaient de lui. Il croyait pourtant avoir trouvé la tactique pour endiguer ce flot de colère.

« Vite, visualise ta boussole ! »

Hélas, au lieu de l'instrument, c'est une arme qui surgit et grossit, un fléau hérissé de pointes, qui commence à tournoyer...

— Vous avez fini de déconner et de me narguer? lâche Samuel en effaçant mentalement l'arme. Vous avez bel et bien tué le pauvre animal ! Et ne ramenez pas votre armée dans l'histoire. L'idée était de vous, vous seul, et vous l'avez concrétisée. Admettons que vous ayez inventé quelques détails pour enjoliver votre crime, ça ne change rien au fond de l'histoire. Je me demande si je ne devrais pas espacer momentanément nos rencontres, histoire de...

Carroll fronce les sourcils et lève les bras au ciel :

— Calamité ! Ma folie ne vous intéresse donc plus ? Vous allez me laisser tomber, hein, comme l'ont fait ceux qui vous ont précédé ? Vous me condamnez à poursuivre ma descente dans les grottes sombres de la folie, à affronter l'ennemi seul... Attention ! J'ai déjà tué, docteur, et je pourrais bien tuer encore !

Samuel, de plus en plus irrité, abat la paume de sa main sur la table tout en lançant un regard furibond à Carroll.

— Vous n'êtes pas du tout dingo, et vous le savez ! Pourquoi vous acharnez-vous à faire croire aux médecins, aux psychologues, aux juges, à votre sœur, que vous êtes mentalement dérangé ? Pourquoi cette comédie, ces jeux de rôles, ces indigestions chroniques de mots et de jeux de mots ?

— Voilà autre chose ! Je ne suis pas dérangé dans ma tête, selon vous ? Eh ! Oh ! Et tous ces médicaments que l'on me fait avaler ? C'est pour qu'il me pousse des seins, peut-être ? Je m'en passerais, vous savez ! Ça me ramollit le cerveau et la bite et je n'aime pas ça !

— Moi, je ne vous ai rien prescrit du tout, riposte sèchement Samuel. D'ailleurs, je peux demander que l'on arrête de vous donner des calmants et des antidépresseurs, si vous le voulez. Nous ferons ça progressivement, pour éviter les aléas d'un sevrage trop brutal et pour voir si tout se passe bien, évidemment.

— Plusieurs psychiatres ont diagnostiqué les maladies dont je suis atteint, clame Carroll. Je suis un grand malade mental.

— Mais oui… vous connaissez votre dossier par cœur, n'est-ce pas ? C'est pour vous une source de très grande satisfaction, toutes ces étiquettes qu'on vous a collées sur le front. Ça vous amuse, vous en faites une collection !

Et vous avez follement hâte de connaître mon diagnostic, n'est-ce pas ? Seulement, moi, je refuse de tomber dans vos filets. Vous souffrez, oui ! Vous appelez à l'aide, oh que oui ! Et je suis là pour vous sortir de cette souffrance, à la condition que vous vouliez bien attraper la main que je vous tends !

Vous êtes lucide, Carroll, dangereusement lucide. Et vous avez une force de caractère hors du commun. N'oubliez pas ceci : je suis votre thérapeute, pas votre jouet !

Carroll se met à rire et il esquisse de petits pas de danse avec une grâce étonnante.

— Vous êtes touchant de candeur… et de prétention, petit *Canardoc*. Vous ai-je déjà dit que j'ai pris des cours de tango ? Avec Carina ?

Carroll observe Samuel du coin de l'œil et fait mine d'entourer fougueusement une cavalière invisible tout en chantonnant :

— Pam pam pam pam parapapam… Dès la première leçon, il fut clair qu'elle n'était pas particulièrement douée. Moi si, très. La prof n'en revenait pas. Elle a dit que j'avais ça dans le sang.

Intéressé par le souvenir que son patient vient de mettre en mots, estimant que l'écouter narrer ce souvenir parviendrait à lui faire retrouver son calme, Samuel interroge :

— Quel âge aviez-vous, alors ?

— Quinze ou seize ans, peut-être. Ma mère nous avait accompagnés pour la première leçon. Elle voulait s'assurer que son petit trésor de fifille n'allait pas être dévorée toute crue par un mâle en rut. Moi, j'aurais pu me faire avaler par un boa constrictor caché dans les volants d'un homme déguisé en femme qu'elle n'aurait pas bronché. C'est, d'ailleurs, à peu près ce qui est arrivé.

— Quoi ? Qu'est-il arrivé ?

— J'ai été violé par la prof, en douceur, j'avoue. Elle m'a pris debout, en me plaquant les fesses sur le calorifère tout chaud. Elle avait demandé à ma mère si elle pouvait me garder une petite heure de plus, parce que je n'arrivais pas à assimiler un certain pas... tu parles ! Le pas des miches chauffées, oui !

Carroll s'approche de Samuel, renifle son cou et ses épaules à la façon d'un chien flairant une piste intéressante. Soudain, il recule et s'exclame :

— Vilain petit cachottier ! Vous l'avez finalement rencontrée, hein ? Ne niez pas, surtout, vous portez l'odeur de sa peau sur vous ! Son parfum est imprégné dans vos cheveux, dans le tissu de votre veste ! Mmmm... cette odeur-là, je la reconnaîtrais même mort et réduit à l'état de cendres dans une urne scellée! C'est celle, unique au monde, du petit pot de miel! *Carina numero uno*! Vous n'avez pas couché avec elle, pas déjà?

Samuel réprime avec difficulté un geste de surprise. Il ne peut supporter plus longtemps cette inspection franchement déplaisante de sa personne. Et encore moins l'effarante clairvoyance qu'affiche son patient. La proximité du corps de Carroll l'énerve aussi. Comment réagir?

Il pense aussi vite qu'il le peut. Un, il n'a rien à cacher. Deux, c'est lui, le psy. Pourquoi dissimuler le projet qu'il avait de discuter du cas de Carroll avec sa jumelle? Ce qui s'est passé entre eux sur un plan plus personnel ne le regarde absolument pas. Il entend la voix de Carina:

«Que nous ayons une aventure, toi et moi. C'est ça qu'il veut.»

Sa raison repousse violemment l'idée.

Impossible! Carroll ne pouvait souhaiter ça. Mais que lui dire maintenant? La vérité, tout bêtement, et s'en tenir à l'essentiel.

— Bon, calmez-vous et retournez vous asseoir. J'ai effectivement parlé avec votre sœur, et ça n'a rien de surprenant. Vous vous doutiez bien que j'allais le faire et l'occasion s'est présentée plus vite que prévu, pendant le congrès auquel j'ai assisté, justement. Nous nous sommes rencontrés tout à fait par hasard, dans la salle de conférence, plus précisément en sortant. J'ai dîné en sa compagnie. Je n'ai jamais eu l'intention de vous le cacher.

— Mais si je ne vous avais pas questionné, je serais encore dans l'ignorance de ce face-à-face! Alors, qu'en pensez-vous? Elle est très belle, hein? Comment étaient ses cheveux? en désordre sur ses épaules? ou ramassés en chignon à la «va-comme-je-t'enroule»?

— Je n'ai pas vraiment remarqué! risque Samuel, de plus en plus énervé par le comportement inquisiteur de Carroll, qui ne lâche pas prise.

— Oublions sa crinière de lionne qui, une fois tressée, peut se transformer en corps de vipère. Alors, que vous a-t-elle dit à mon sujet? Ça m'intéresse énormément!

— Rien que vous ne sachiez. Tout comme moi, elle ne croit pas que vous soyez fou. Sur ce point, nous nous accordons.

— Ah! Elle est toujours persuadée que je joue la comédie?

— Exactement. C'est pour cette raison qu'elle a refusé de vous traiter lorsque vous l'avez réclamée, à Québec. Je vous rappelle que votre sœur est psychiatre et que la folie, elle la décline au passé et au présent.

— Carina a choisi de m'abandonner à mon sort. Elle a trahi le serment d'Hippocrate!

La réponse de Samuel fuse:

— Votre sœur n'a rien trahi du tout! Elle ne pouvait pas être votre médecin traitant, comme vous le vouliez. Vous la détestez et elle le sait fort bien. Elle me l'a dit. Elle estime que, dans les circonstances, elle ne peut rien pour vous, ni sur le plan clinique ni sur le plan personnel, à cause précisément de ce sentiment violent à son endroit, que vous semblez être incapable de maîtriser, j'irais même plus loin, que vous prenez un malin plaisir à nourrir.

Autre argument pertinent, Carroll : beaucoup de médecins préfèrent ne pas traiter leurs amis ou leurs parents. Par peur d'un comportement trop émotif. Je parierais que vous savez ça. Mais comme vous êtes très futé, vous avez tendu un piège à votre jumelle en feignant la détresse psychologique. Vous rêviez d'un affrontement, d'une sorte de duel intellectuel. Vous espériez la rencontrer sur son terrain pour lui montrer que vous pouviez la terrasser, lui faire boire le bouillon.

Je me demande si votre comportement ne s'expliquerait pas par le fait que vous vous en voulez de ne pas l'aimer. Mais l'amour entre un frère et une sœur, entre un parent et un enfant n'est pas une obligation ! Et la rancœur non plus n'est pas obligatoire quand on n'aime pas.

Carina ne vous a rien fait, rien qui justifie la haine que vous lui portez. Elle est née en même temps que vous, d'accord. Elle a eu les mêmes parents que vous, forcément. Pendant quelques années, elle a partagé une chambre avec vous. OK. Et après ? Ce n'est pas elle qui a décidé de vous chasser de ce lieu où vous vous sentiez si bien… On vous a enlevé votre cocon de façon plutôt brutale. C'est regrettable. Mais, on vous en a offert un autre. Vous auriez pu imprégner cette autre pièce de votre personnalité, et pas en négatif, pas en la transformant en désert, en prison! Mais vous avez préféré jouer à l'enfant martyr. L'excès, toujours l'excès!

Pourquoi n'avoir pas exprimé votre chagrin à vos parents?

Carroll, le visage décomposé, s'exclame en sifflant comme un serpent sur le point d'injecter son venin dans la chair de sa victime:

— Shhhh! Voyez-vous ça! Vous m'autorisez à ne pas aimer ma très chère sœur, mais pas à la détester. Je suis totalement bouleversé, *Docpuant* le *Carina numero uno*! Sortez de cette pièce, vous me donnez la nausée!

— Carroll, pendant combien de temps allez-vous continuer à gâcher votre vie en cultivant votre haine avec autant d'acharnement?

— Aaahhh! Je gâche ma vie, moi! Qu'en savez-vous?

— Oubliez Carina une bonne fois pour toutes, et acceptez de naître à vous-même. Vous avez plus d'intelligence, de talents et de ressources que pas mal d'humains de cette planète. Que voulez-vous de plus?

Carroll, le visage crispé, serre les poings.

— Vous avez vu ma jumelle pendant une petite heure, mettons deux, et vous êtes déjà d'accord avec elle, vous lui donnez entièrement raison! Je

vais devoir vous rappeler à l'ordre, *Docteurenleurre*.
Vous êtes Mon médecin traitant. Et Mon discours
est plus important que le sien. Ma vérité l'emporte
sur la sienne, peu importe ce qu'elle vous a dit!

Carroll tourne le dos au praticien et ses épaules
s'affaissent.

— La vérité? C'est à vous de me la dire, Carroll.
Vous vous dérobez, vous essayez de m'égarer dans
un labyrinthe...

— Jamais de la vie! riposte le jeune homme en
se retournant.

— Très bien. Alors prouvez-moi que j'ai tort.
Jusqu'ici, vous ne m'avez jamais parlé de vos
frasques, celles qui vous ont fait aboutir ici.

— Pur amusement.

— Vraiment?

— Elles s'expliquent toutes en trois mots: dérision, avertissement, charité.

Samuel joint ses mains et répète:

— Dérision, avertissement, charité? Voilà qui me
laisse pantois! Expliquez-moi ça.

— Il n'y a rien à expliquer.

— Nous allons voir. Prenons les frasques une
par une. Vous dessinez un ange sur la façade d'un
édifice public et poussez l'audace jusqu'à inscrire
vos coordonnées. Vous vouliez attirer l'attention sur
vous? Pourquoi?

Carroll sourit tristement et murmure:

— Les humains ne croient plus aux anges. J'ai
voulu leur rappeler leur existence et je vous assure

que celui que je leur ai donné à voir était superbe. Dommage qu'aucun média ne l'ait photographié. Mon offrande aux Québécois était une œuvre d'art !

C'est comme pour ma sortie, déguisé en pape, le matin de Pâques. J'ai réussi à faire sourire des hommes, des femmes et des enfants qui affichaient une vraie face de Carême ! J'ai récolté de l'argent que je comptais envoyer à une œuvre de charité. Finalement, après mûre réflexion, j'ai préféré le donner à un vendeur du journal *L'Itinéraire*.

— Et votre zizi que vous avez agité au nez des mariés ? C'était aussi une offrande ? Vous êtes-vous seulement rendu compte que vous avez gâché leurs noces ?

— C'était à la fois un acte de dérision et un avertissement. La cérémonie était une véritable mascarade ! Tout le monde était déguisé. Le marié en pingouin, la mariée en bombe Chantilly, les invités en animaux de compagnie !

Ce petit couple que j'ai offensé, selon vous, eh bien, il est très probablement divorcé à l'heure qu'il est et les photos du mariage ont toutes été brûlées. Adieu pingouin, veau, vache, poule, canard, grenouille...

— Vous vous dérobez encore, Carroll. Vous revoilà dans les excès verbaux et le cynisme !

— Et alors ?

Espérant déstabiliser son patient, Samuel lance :

— Parlons de votre attaque aux ciseaux dans le métro. Pourquoi des femmes jeunes, blondes, aux cheveux longs ?

Carroll reste coi.

— Je crois deviner...

Les yeux de Carroll clignent. Son corps accuse le coup.

— Si vous croyez savoir, alors restons-en là.

— Pas question !

Carroll tourne une deuxième fois le dos dans une attitude de fermeture totale.

— D'accord, je vais vous dire ce que je pense. Chacune de vos frasques me paraît être une brique destinée à une construction. Vous suiviez un plan. Vous vouliez attirer l'attention sur votre personne, vous faire arrêter, passer devant un juge qui, à la vue de votre comportement anormal, erratique, loufoque, n'aurait d'autre choix que de demander une évaluation psychiatrique : « Au secours, Carina, je suis devenu fou et comme tu refuses de me prendre en charge, pour te punir, j'ai coupé symboliquement tes cheveux... par femmes blondes interposées. !»

Carroll se tourne, poings serrés, livide :

— Fermez-la, *Docpourri*. Vous dépassez les bornes !

— Ah ! s'exclame Samuel, vous voilà enfin en colère, et cette fois, ce n'est pas du chiqué. Touché, Carroll ! Une fenêtre de votre forteresse vient de voler en éclats !

Vous avez un grave problème, et votre souffrance vous met en grand danger. Votre sœur est consciente qu'elle en est la source, et c'est parce qu'elle le sait, parce qu'elle le ressent, non sans un certain désarroi, qu'elle ne peut pas, qu'elle ne doit pas vous secourir.

En fait, la seule façon qu'elle a de vous aider, c'est de se tenir loin de vous, jusqu'à ce que vous et moi ayons trouvé le nœud, ce terrible nœud qui est en train de vous asphyxier. Et je peux vous assurer d'une chose, j'ai bien l'intention de le trouver, ce maudit nœud! En conséquence, vous auriez vraiment intérêt à collaborer si vous ne voulez pas que ça se termine mal pour vous.

Carroll s'éloigne, plaque son corps contre le mur le plus proche, et prend l'attitude d'un juif éploré, effondré contre le Mur des Lamentations.

— Je suis ravagé! Comment puis-je continuer à vous laisser m'adresser la parole, à me confier à vous?

— Parce que vous n'avez guère le choix! Je suis votre thérapeute, et je le resterai tant que vous le voudrez. Je suis persuadé que je peux vous aider.

Carroll se retourne et s'exclame d'une voix presque joyeuse:

— C'est vrai? Vous allez m'aider à tuer Carina?

— Je vais vous aider à vous débarrasser de votre haine envers elle, oui! Je vais finir par débusquer le petit garçon qui souffre, qui se débat tout seul dans le noir, et je vais aussi m'occuper de votre armée secrète, les Spoc, Toc, Foc et compagnie. Nous allons avoir une petite conversation, eux et moi.

Carroll penche la tête et contemple le thérapeute avec dégoût.

— Berk! La drôlesse vous a déjà contaminé comme elle contamine tous ceux qu'elle rencontre! Je vous avais pourtant mis en garde.

— Carroll…

Un cri de révolte résonne dans la pièce:

— Allez-vous cesser de m'appeler par mon prénom à tout bout de champ? C'est insupportable, à la fin!

Carroll continue à crier tout en se frappant frénétiquement la tête avec ses poings fermés.

— *Grazia, snellezza, leggiadra, vaghezza, morbidezza!*[*] Les poisons ont frappé! Il n'y a pas de circonstance atténuante, votre donneur, ordre est sonné au porteur! L'oiselle a percuté l'os majeur de la gazelle et la bête est tombée raide morte! Il faut punir l'oiselle en l'assommant à coup d'ospsychédélique! *Lost! I am lost! The snake is like a cake. Round, round round!* Je la boufferai, la maudite oiselle, pour célébrer la Saint-Vincent. Il me faut des allumettes. Vite! Vous, le larbin, allez me chercher un carton d'allumettes. Nous allons faire un grand feu de joie dans la cour intérieure du château de Saint-Tripotan et inviter Bill Gates à

---

[*]   Grâce, sveltesse, charme, séduction, douceur!

dépecer l'oiselle du Réveillon ! Où sont donc passées les canneberges ? Elles ont attrapé la grippe aviaire ? Quel malheur ! il faut les électrocuter ! Tzzzzzzzzz !

Carroll tourne sur lui-même comme un derviche, en dodelinant de la tête.

— Je m'appelle Carina ! Je suis une petite fille, gentille et polie, et tout le monde m'aime bien. Je suis gentille et polie, mais pas tous les jours, pas tous les jours. Parfois, je rage et je vole, je prends et je casse ! On ne peut pas être toujours sage comme une image…

Il s'enfonce dans son délire, en tournant dans l'autre sens :

— Je m'appelle Carroll. Je suis un petit garçon, très seul et très triste. Personne ne me voit, je suis invisible tant je suis petit et sage comme une image. Je rêve de rencontrer la plus terrifiante et la plus méchante des sorcières de l'Univers pour qu'elle m'adopte et m'apprenne à déchaîner les forces du mal sur les petites filles aux cheveux trop blonds et aux yeux trop bleus.

Je rêve d'une planète habitée seulement par des petits garçons. Bill Gates, gentil, gentil petit Billy, fabrique-moi un super supra ordinateur que je pourrai engrosser tous les soirs avec mon petit zizi qui pique une tête et fouine partout où il peut se glisser…

Je veux un ordinateur plein de recoins, de bouches et de vagins. Je lui ferai des tas d'enfants

mâles et nous repeuplerons la planète Terre. Ah!
Gaïa... Pour chaque petit garçon qui naîtra, nous
effacerons de ton utérus dix petites filles blondes
aux yeux bleus... *Benche io rida, balli e canti, e si
lieto paia in vista, l'alma e pure afflitta e trista, e
sta sempre in doglia e in pianti.***

Samuel, décontenancé par la tournure imprévisible de l'entretien, se lève et quitte la pièce. Il
est persuadé que son patient se livre à une impro-
visation théâtrale pour s'évader de la thérapie, pour
afficher de façon percutante la folie dont il veut à
tout prix qu'on le croie atteint.

Pour endiguer l'hystérie, il faut la priver de
spectateurs. Il ne doit pas rester. Momentanément,
il doit faire comprendre à son patient qu'il en a
marre. Qu'il n'entrera pas dans son jeu. Rideau!

— Je pense que vous et moi avons besoin de
faire une pause, Carroll. Je verrai à ce que l'un de
mes collègues vous fasse part de ma décision quand
vous aurez retrouvé vos esprits, annonce-t-il en se
dirigeant vers la porte et en cognant sur la vitre
pour que le gardien lui ouvre.

Au bout de quelques pas, se souvenant qu'il a
oublié son magnétophone sur la table, il vire de
bord et se retrouve nez à nez avec le gardien qui
tient solidement Carroll par le bras pour le ramener
dans sa cellule.

** Bien que je rie, danse et chante, et que si gai à première
    vue je paraisse, mon âme n'en est pas moins affligée et
    triste, toujours en proie à la douleur et aux pleurs.

Le patient a le corps raide et son regard est fixe. On dirait qu'il est en pleine crise de décompensation. Samuel se dit qu'il devrait peut-être l'examiner, mais il est presque sûr que Carroll vient d'entrer dans la peau d'un nouveau personnage : le pantin désarticulé. Il passe donc son chemin en évitant de le regarder, entre dans la pièce encore sous l'influence du délire verbal de Carroll. Il ramasse l'appareil et s'enfuit, soulagé de mettre une distance entre lui et le frère de sa maîtresse.

Il court jusqu'à son bureau, y entre précipitamment, referme la porte qui claque sous l'impulsion de sa main affolée. Il se retient pour ne pas la verrouiller, enlève sa veste, la lance rageusement sur la patère, dépose le magnétophone sur une pile de dossiers et passe un doigt entre le col de sa chemise et son cou. Il sue. Sa peur se liquéfie, cherche à fuir par tous les orifices de sa peau.

Il s'éponge, à bout de patience. Il lui vient un besoin absurde et irrationnel de retourner voir Carroll, de le secouer comme un prunier, de le gifler jusqu'à ce que ses joues rougissent, de faire tomber l'un après l'autre les masques multiples destinés à cacher sa véritable identité. De lui faire cracher le trio maléfique dont il se sert pour justifier et nourrir ses plans de vengeance.

Pour la deuxième fois de son existence, Samuel ressent une envie irrépressible de cogner, cogner, cogner jusqu'à ce que du sang, des boyaux, de la chair tuméfiée, des morceaux de cervelle surgissent...

«Te voilà dans une situation pour le moins bur-
lesque! Toi, médecin, psychiatre, tu n'es plus en
mesure de maîtriser tes sentiments. Tu perds les
pédales, ma foi. Faut te faire soigner, doc…»

Accablé par cette colère irrationnelle qui le
secoue de partout et le nargue, incapable de travailler, Samuel s'enfuit de l'hôpital comme un
patient évadé avec une meute de policiers à ses
trousses.

✦

Dehors, le ciel est bleu. Pourtant, à l'horizon,
un bataillon de petits nuages gris défile en douce,
comme s'il voulait éviter d'attirer l'attention sur lui
et sur ses projets d'orages de fin de saison.

Samuel se dit que le bataillon ouaté lui fait
penser à Carroll. Soudain, pour la première fois de
sa vie, il a vraiment peur, sa peur grossit, bouil-
lonne, jaillit à la façon d'un geyser. Il n'arrive pas
à freiner son flux.

Il se demande de quoi ou plutôt de qui il a
peur: de Carroll? de Carina? ou de lui?

Et qui veut-il cogner? Carroll, Carina ou lui?

Des mots pour des maux

L'après-midi au Palais des congrès se déroule bien. Le fait de devoir se concentrer sur les propos des conférenciers permet à Samuel de retrouver en partie la maîtrise de ses émotions.

À la pause, au lieu de fraterniser avec les congressistes tout en avalant un jus de fruits, il téléphone à l'Institut Pinel et informe la secrétaire que ses séances de travail avec Carroll sont annulées. Le patient ayant fait une crise, il préfère lui laisser le temps de se calmer. Il le reverra lundi. Et cette fois, il aimerait que l'on n'oublie pas de prévenir Carroll du changement.

— Demandez à la docteure Verger d'aller le voir et de me téléphoner s'il y a un quelconque problème.

L'appel terminé, il pousse un profond soupir de soulagement.

Trois jours sans Carroll.

Et probablement trois nuits avec Carina.

Doit-il poursuivre l'aventure ?

— Non ! décrète la voix de sa conscience, qu'il reconnaît trop bien.

— Oui ! Oui ! Oui ! râle une autre voix d'un ton obscène. D'ailleurs, n'es-tu pas en mission ? Cette femme doit passer aux aveux. Elle remet, elle remet, tu dois la soumettre à un interrogatoire serré, *Doc-inspecteur*. Alors, aussi bien joindre l'agréable à l'utile.

✦

Vendredi soir. Il a plu toute la journée. Samuel, qui a invité la jeune femme à son appartement, met cartes sur table aussitôt la porte refermée.

— Nous avons à parler de Carroll, toi et moi. En priorité.

— Ah non ! Tu ne vas pas jouer au rabat-joie. Mangeons d'abord.

Il secoue la tête en signe de dénégation.

— Une fois le repas pris, tu sais bien ce qu'il va se passer, Carina. Nous allons faire l'amour, et ensuite nous endormir… Non, j'insiste.

Avec un soupir résigné, la jeune femme hoche mollement la tête.

— Tu m'imposes une véritable punition, le sais-tu au moins ?

— La récompense qui suivra sera à la hauteur !

— D'accord, bourreau ! Parlons-en une fois pour toutes, de mon malheureux jumeau, je veux en finir avec une corvée pénible. Mais avant de te raconter ce que je sais, je dois me rapporter à l'hôpital. Tu sais ce que c'est, le chef de service doit pouvoir t'appeler où que tu sois. Tu permets que je donne ton numéro? À moins que tu ne me mettes à la porte, je crois que je vais passer toute la nuit ici...

— Évidemment. Pendant ce temps, je vais mettre le couvert et rafraîchir une bouteille de Riesling.

— J'adore le Riesling! Tu me donnes faim et soif, toi. Hem, tout bien pesé, je voudrais que nous soupions d'abord. J'insiste. Je répondrai à toutes tes questions après, je le jure! Sois compréhensif, j'ai l'estomac dans les talons. Si tu refuses, je risque de te dévorer... en guise de repas!

— Soit. Mangeons. Mais après, je serai sans pitié!

Après un souper léger acheté chez un traiteur spécialisé dans les poissons fumés et les sushis, Carina s'étire et grimace:

— Je crois qu'une bonne douche me ferait le plus grand bien.

— Pas question, tranche Samuel. Tu t'étends sur le divan du psy, tout de suite, tu as donné ta parole.

Docile, Carina se couche sur le Récamier et lui s'accroupit à ses pieds. De façon méthodique, elle raconte son enfance et celle de son frère, «un garçon ombrageux, solitaire, farouchement asocial».

Elle insiste sur sa très grande intelligence, son extraordinaire pouvoir de dissimulation, sa perversité précoce. Elle sait, pour Poxi. C'est pour ça qu'elle n'a pas voulu d'un autre chien. Elle se doutait qu'il allait recommencer. Elle n'allait pas lui donner la chance de trucider un autre animal.

Samuel demande des détails sur l'adolescence de Carroll.

— Il n'y a rien de particulier à signaler, répond-elle en déboutonnant une petite veste mauve très serrée sur son torse. Il était secret, toujours barricadé dans sa chambre. Je préférais l'éviter. Je me levais plus tôt que lui, je déjeunais et je partais au cégep à l'heure où lui se réveillait. Ses cours commençaient plus tard que les miens... En fin de journée, j'allais souvent chez des copines pour étudier. Alors, quand je rentrais, le souper était terminé. J'étais sûre de ne pas tomber face à face avec lui.

Mes parents aussi l'évitaient, autant que faire se pouvait. Je pense qu'ils en avaient peur. Il y avait toujours des plats cuisinés pour lui, étiquetés à son nom, dans le congélateur. Ainsi, il pouvait faire sa tambouille quand il le voulait.

Ah oui, j'oubliais. Pendant plusieurs mois, il devait avoir neuf ou dix ans, un peu moins, peut-être, Carroll a fait des cauchemars épouvantables et poussé des cris d'effroi à répétition.

Au début, ma mère allait frapper à sa porte, éternellement fermée et que personne n'avait le droit d'ouvrir, et s'informait si tout allait bien. Il ne répondait pas, mais le son de la voix de notre mère devait le rassurer, car les cris cessaient. Le cirque a duré plusieurs semaines. J'ai fini par apprendre à dormir avec des bouchons dans les oreilles.

Un certain dimanche matin, après un concert nocturne particulièrement bruyant, mon père a décidé que Carroll allait l'accompagner illico chez un médecin pour se faire soigner. C'est là que, pour la première fois, mon frère l'a copieusement insulté. C'était étonnant, ce qu'il lui a balancé, vu son âge.

«Pauvre type! lui a-t-il lancé, le regard méchant. Y a pas de médicament pour empêcher les enfants de rêver. Tu veux m'obliger à voir un docteur? Parfait. On va y aller ensemble. Je parie que c'est toi qui vas revenir avec des pilules à prendre. Regarde-toi. T'es cerné, t'as un gros ventre, et ta vue est mauvaise, même avec des lunettes. Tu vois même pas ce qui se passe réellement dans ta maison. La nuit, y a des monstres qui se baladent. J'aimerais bien t'en présenter un, celui qui me tourmente, certaines nuits. Mais il y a tout un circuit de neurones qui sauterait dans ta tête! Ça serait dommage parce qu'il t'en reste pas tellement! Et ça non plus, ça se soigne pas.»

Outré, mon père lui a lancé sa tasse de café au visage, mais Carroll a habilement esquivé le projectile liquide… et la tasse qui a suivi. Tous les deux sont partis, l'un dans sa chambre, l'autre au sous-sol.

J'ai été le seul témoin, impuissant, de la scène. Quand ma mère est descendue, elle dormait toujours très tard le dimanche, j'étais en train d'éponger le lino. L'affrontement était terminé. À partir de ce jour-là, les cauchemars de mon frère ont cessé comme par enchantement.

— Je suis impressionné par les propos que tu me rapportes. Un adolescent en pleine révolte pourrait les tenir, mais un enfant de neuf ou dix ans…

— Carroll est particulièrement doué pour manier les mots. Il s'en sert pour ferrailler… C'est inhérent à sa personnalité. J'imagine que tu l'as remarqué.

— Quel genre de relation avait-il avec la famille ? s'enquiert Samuel qui ne perd pas une parole du récit de Carina.

— Carroll entrait et sortait de la maison sans parler à personne. Lui et moi avons grandi en étant étrangers l'un à l'autre, n'ayant strictement rien à nous dire. Je ne voulais rien savoir de lui et c'était plus que réciproque, tu saisis ? C'était ça qu'il voulait. Être seul, ignoré. Je me suis conformée à son désir. J'ai même changé de cégep pour être sûre de ne pas tomber sur lui, par hasard. J'avais beaucoup d'amis, lui semblait n'en avoir aucun.

C'est vers ses dix-huit ou dix-neuf ans, lorsqu'il a commencé à travailler dans une boutique de mode pour hommes, au cours de l'été, qu'il a invité, pour la première fois, une fille à la maison. Plutôt mignonne, mais terriblement timide… Il ne nous l'a jamais présentée dans les règles, je veux dire officiellement. Elle nous saluait parfois d'un léger signe de tête avant de monter l'escalier quatre à quatre, Carroll collé à ses talons, raide comme un poireau givré.

Elle est venue assez souvent, deux ou trois fois par semaine, et leur relation a duré à peu près un an. Tout ce que nous avons su d'elle, c'est son prénom : Charlotte. Un grand front fuyant, des cheveux plats, des yeux ronds et noirs comme ceux d'un écureuil, un nez long et mince, une bouche pincée... je me souviens qu'elle avait un très joli corps...

Nos grands-parents paternels avaient convenu, en accord avec nos parents, de nous laisser une importante somme d'argent en héritage. C'est notre grand-mère qui est morte la dernière, quelques mois à peine après son mari, c'est souvent comme ça dans les vieux couples.

— Quel âge aviez-vous ?

— Nous venions d'avoir vingt ans. Le lendemain du décès de notre grand-mère, Carroll a commencé à harceler mon père de façon tout à fait inconvenante dans les circonstances. Il voulait sa part sans délai ! Papa a bien essayé de lui expliquer qu'une succession ne se règle pas en une semaine. Il n'y avait rien à faire. Il a exigé son héritage sur-le-champ, sous le prétexte que des personnes très importantes, à l'étranger, comptaient sur lui, sur sa participation financière à un projet de grande envergure. Son avenir, rien de moins, était en jeu !

Furieux, mon père lui a demandé de quitter la maison. Carroll s'est aussitôt calmé.

Tout ça s'est passé alors que je m'apprêtais à commencer ma première année de médecine. J'étais si peinée pour mon père, si choquée par la conduite de mon frère… Pourtant, j'ai préféré ne pas m'en mêler et dois avouer que je ne suis pas très fière de mon attitude. Mais, à ce moment précis de ma vie, j'avais vraiment besoin de me concentrer. Tu sais à quel point la première année de médecine est difficile et rasante tout à la fois. Et, par ailleurs, maman a soutenu mon père avec une force et une dignité que je ne lui connaissais pas. Elle m'a étonnée.

Dès que Carroll a pu encaisser sa part d'héritage, il est parti sans même nous faire ses adieux. D'après moi, ses bagages étaient prêts depuis longtemps. Il est sorti de la maison comme on quitte un hôtel de passage, sans un seul regard derrière lui. Ça m'a donné froid dans le dos.

Carina soupire. Samuel renverse sa tête et demande en posant une main sur son ventre :

— Tu veux qu'on fasse une petite pause ?

— Non, je préfère en finir. Je prendrais juste un verre d'eau minérale, j'ai la bouche sèche.

Samuel s'étire, se lève, dépose un léger baiser sur la bouche de sa maîtresse et se rend à la cuisine. Il en revient avec une bouteille de Perrier et deux verres. La jeune femme s'empare de la bouteille et boit longuement à même le goulot.

— Mmmm ! Ça fait du bien ! Je vais pouvoir continuer ma déposition, votre bonheur, pardon, votre honneur, s'exclame-t-elle tout en remettant la bouteille dans les mains de Samuel, qui reprend sa place à ses pieds.

— Je vous rappelle que vous êtes sous serment, mademoiselle. Poursuivez donc votre témoignage et n'omettez aucun détail…

— Nous avons été longtemps sans nouvelles de Carroll. Mes parents étaient persuadés qu'il finirait par réapparaître, probablement en piteux état, le compte de banque à sec, la main tendue, le regard faussement misérable et soumis.

Ils se sont trompés. Carroll est revenu, oui, sept ans plus tard, mais pour nous épater et nous narguer avec sa richesse. Car il était bel et bien devenu riche, nous a-t-il déclaré avec le sourire d'un frimeur professionnel. Depuis son retour d'Europe, où il avait séjourné tout ce temps, il habitait un condo luxueux, rue Sherbrooke Ouest, à Montréal.

Nous avons eu tout un choc en l'apercevant! Physiquement, il semblait transformé. Bronzé, le corps moins raide, les membres plus déliés, une coupe de cheveux très moderne, il semblait sûr de lui, un brin maniéré dans ses gestes, peut-être et… ça, on ne pouvait le rater, très arrogant!

Il nous en a mis plein la vue. Il conduisait une Mercedes de l'année, il portait un complet coupé dans un luxueux tissu, affichait ostensiblement une superbe chevalière et une chaîne en or… Vraiment très chic, très Gino, le Carroll. Il nous a raconté qu'il avait beaucoup voyagé, rencontré des gens exceptionnels, étudié avec des maîtres et travaillé dans le milieu du cinéma et de la télévision. J'ai soupçonné qu'il nous mentait effrontément. Je me suis trompée.

J'ai appris, deux ans plus tard, grâce au rapport d'un détective privé — je terminais alors ma résidence en psychiatrie —, qu'il avait effectivement séjourné assez longtemps en Italie. Il avait été l'amant d'un grand avocat de Florence qui l'avait littéralement couvert d'or. De ses bras, il était passé à ceux d'une metteure en scène française très cotée qui l'avait présenté à des gens importants de l'industrie du cinéma et de la télé.

Rayon sexualité, il serait bisexuel, mon cher jumeau...

Il a fait de la figuration assez payante, et joué de petits rôles, paraît-il. Un collègue cinéphile m'a raconté l'avoir vu dans un film français dont j'ai oublié le titre. Il avait plusieurs scènes avec Fabrice Luchini. Il était son valet, son jumeau inconnu, en fait. Amusant, non? Luchini en usait et en abusait, allant jusqu'à le gifler devant ses invités, un soir de réception très huppée... Carroll lui donnait la réplique en italien. Il parle italien couramment, tu le savais?

Samuel fait un signe négatif de la tête tout en prenant la main de Carina qui poursuit son récit.

— Après cette visite inattendue, *black-out*. J'ignore ce qu'il a fait, qui il a fréquenté, avec qui il a baisé, pour qui il a travaillé. Je l'ai revu le lendemain de la mort de nos parents, tous deux heurtés par un camion sur une petite route du Vermont. Ils venaient d'acheter un chalet qu'ils commençaient tout juste à décorer. Il a bien fallu que je le prévienne...

Il nous avait laissé son adresse, mais pas de numéro de téléphone. Je suis donc allée remettre un petit mot, à son intention, au concierge de l'immeuble où il nous avait dit habiter. L'homme m'a annoncé que j'avais de la veine, mon frère revenait tout juste d'un voyage à Marrakech. Il avait été engagé par les gestionnaires du club Méditerranée pour prendre en charge la décoration d'un nouveau village. Il voyageait beaucoup par affaires, au Népal, en Espagne et à Tahiti, m'a raconté le concierge à qui Carroll rapportait souvent des petits souvenirs, des babioles.

J'imagine qu'il espérait pouvoir compter sur lui le jour où il se serait trouvé dans une situation difficile... Parce que mon jumeau n'est pas un être généreux de nature. S'il donne, c'est toujours avec une arrière-pensée. C'est mon opinion, basée sur un certain nombre de faits, d'événements. Tu n'es pas obligé d'acheter, tu comprends?

Samuel hoche la tête et se tait, étonné d'en apprendre autant. Décidément, le parcours du jumeau n'est pas banal!

— Je poursuis mon histoire, déclare la jeune femme d'une voix douce. Mon frère, informé de la mort de nos parents par le concierge, s'est présenté au columbarium en complet blanc et chemise marine, au bras d'une dame d'un âge certain, engoncée dans une robe de soie d'un rouge incendiaire et le poitrail recouvert d'un impressionnant collier de perles en sautoir, et ce n'était pas du toc! Il m'a baisé la main d'un air hautain, comme si j'avais été une lointaine cousine de province un peu demeurée, et m'a priée de communiquer avec son avocat pour la suite à donner! Là-dessus, il m'a tendu une carte, qu'il tenait pincée entre l'index et le majeur. Tu imagines la scène?

Pendant la brève cérémonie d'adieu à nos parents, il n'a pas cessé de chuchoter des trucs en italien à l'oreille de sa rombière qui pelotait ses perles avec application. On aurait dit qu'elle les comptait pour être sûre qu'il ne lui en manquait pas. La conduite du couple était à la limite de la grossièreté.

Le testament de nos parents était simple: ils me léguaient la maison de Québec et la moitié de l'argent qu'ils avaient placé en bons d'épargne. Carroll héritait de l'autre moitié et du chalet du Vermont. Le notaire, qui était aussi le liquidateur choisi par mes parents, nous a convoqués pour le partage en règle des legs de la succession.

Mon cher frère est arrivé avec une bonne demi-heure de retard, en noir, cette fois. Il était accompagné de son comptable, un certain monsieur Lavigne, si j'ai bonne mémoire, un type quelconque, incolore et inodore serrant un vieux porte-document sous son bras. Carroll a pris son chèque, les papiers et les clés du chalet, et il a tiré sa révérence en traînant à sa suite monsieur Carpette et son porte-document. Cette fois, la cousine de province n'a même pas eu droit au baise-main.

Après cette brève rencontre, nouveau *black-out*. Aucune nouvelle de lui, jusqu'à ce que Carroll atterrisse au service des urgences de l'hôpital où je travaille. On l'avait arrêté pour vandalisme. Les policiers avaient jugé son comportement inquiétant : il voulait leur coller des plumes sur le corps sous le prétexte d'en faire des flics oiseaux et tenait des propos incohérents sur le bien et le mal. Il m'a réclamée en insistant haut et fort sur le lien exceptionnel qui nous unissait. J'ai refusé de m'en occuper. Quelques mois plus tard, après une autre frasque, à Montréal cette fois, il a été transporté à l'hôpital Notre-Dame. Le docteur Serge Robert, avec qui j'avais fait ma résidence, m'a appelée et m'a demandé si je voulais m'occuper de mon frère qui semblait avoir de sérieux troubles psychologiques, selon sa première évaluation. Il était tout disposé à signer les papiers de son transfert à Québec. J'ai refusé.

Peu après, j'ai reçu une lettre de Carroll. Il avait encore été arrêté. Il me suppliait de lui venir en aide. Il n'allait pas bien. Il entendait des voix qui lui ordonnaient de faire des choses insolites. Il avait très peur. En tant que psychiatre, je devais voler à son secours. Il y allait de sa vie… et de la mienne ! Les jumeaux, une fois sortis du ventre maternel, n'échappent pas aux mailles d'un invisible filet qui continuent de les unir. Alors, s'il était en danger, je l'étais aussi!

Je n'ai pas répondu à sa lettre. Instinct de survie, probablement. Je me doutais qu'il poursuivait un plan. Je sentais sa haine aussi intensément que je sens ta main sur mon ventre, Samuel. C'était terrifiant! Tu comprends ce que j'essaie de t'expliquer? Carroll était convaincu que la nouvelle de ses internements à répétition se répandrait comme une traînée de poudre à travers l'hôpital où je pratiquais. Ma réputation, selon lui, finirait par s'en ressentir.

Mais j'ai déjoué son plan. Vraiment, je ne pouvais et je ne peux toujours rien pour lui. Sa pseudo-folie ne me concerne pas, ne m'émeut pas, ne me dérange absolument pas. Si faire le cinglé l'amuse, tant mieux pour lui. Moi, j'ai passé l'âge de prendre plaisir à ce genre de petit jeu.

Samuel n'ose pas bouger. Carroll lui a raconté pas mal de choses au fil de leurs rencontres, mais il n'a jamais évoqué les événements que vient de lui narrer Carina. Il ne trouve rien à dire et réfléchit.

— Des questions, votre honneur?

— Si. Juste une. Parle-moi encore de la petite enfance de Carroll.

— Il n'y a rien de particulier à en dire. Nous avions chacun notre chambre. La sienne était un désastre: lugubre, moche, mais moche! La porte était toujours fermée et ma mère devait se battre pour entrer et ouvrir la fenêtre, lorsqu'il faisait chaud. Il faut croire qu'il aimait suer…

J'ai du mal à te parler de cette époque parce que déjà, il nous évitait. Tout gamin, il affichait un tempérament de solitaire. Il n'avait jamais rien à dire. Aucune opinion sur rien. À table, il aurait pu ne pas être là que ça aurait été pareil.

Il ressemblait à un pantin de chiffon muet. Regard fuyant, épaules un peu voûtées, bras ballants. Il déambulait sans faire le moindre bruit. Il surgissait sournoisement derrière nous, tout à coup, et nous ne l'entendions jamais venir. Le nombre de fois où il a fait sursauter notre mère... Le vocabulaire lui est venu plus tard.

— Au début, Carroll et toi avez partagé la même chambre pendant un certain temps, non?

— Oui, mais je ne me souviens pas de cette période. J'étais trop petite et je te répète que Carroll était déjà un enfant renfrogné, incapable de communiquer.

Carina repousse doucement la main de Samuel, se lève et se rend jusqu'à la chambre.

— Ton appart me plaît beaucoup. On respire! Il y a de l'espace et juste ce qu'il faut de meubles pour vivre confortablement. Ce lieu te ressemble, en fait. C'est sobre, c'est net, c'est plaisant, c'est invitant! On a le goût de s'y installer, de prendre racine. Vraiment... je ne sais pas encore lequel des deux, de toi ou de l'appart, me plaît le plus. Ça demande réflexion! Hé! Tu m'écoutes, *Docteur-amour*? lance-t-elle en regardant Samuel ôter son pantalon et son chandail.

Docteuramour! Est-ce bien elle qui a parlé ou son jumeau? Cette curieuse manie que Carroll a de l'affubler de noms presque toujours farfelus, parfois porteurs d'un message, la jumelle l'aurait aussi? Il finit par répondre, en s'efforçant de cacher son trouble.

— Oui… j'essaie seulement de ranger dans les bons casiers de mon cerveau tous les précieux renseignements que tu m'as donnés sur Carroll.

— Fais ça vite! Je ne veux plus qu'il soit question de lui entre nous, plus jamais. Si tu as besoin de savoir autre chose à son sujet, demande-le-moi tout de suite. Parce que, dans trente secondes, je ferme le guichet. Abandon définitif des affaires. Trente, vingt-neuf, vingt-huit, vingt-sept, vingt-six…

Carina, tout en se livrant au décompte, déambule sur la pointe des pieds et contourne le lit avec la grâce détachée d'une danseuse répétant un exercice pour son propre plaisir. Samuel la regarde et cette gestuelle corporelle lui fait penser à Carroll. Lui aussi esquisse parfois des pas de danse pendant leurs entretiens. Il en est ému, sans trop savoir pourquoi. Il se lève à son tour et attrape son peignoir de bain.

Une sonnette d'alarme retentit entre ses deux oreilles. Il ne comprend pas très bien ce qui se passe, mais il sait que quelque chose vient de lui échapper. Un mot? Un geste? Un silence? Un regard? Il s'entend annoncer d'un ton placide:

— Je vais prendre une douche, Carina.

L'eau lui fait du bien. Elle fouette agréablement sa peau. Il lève la tête vers le jet, gobe avidement des légions de gouttelettes et les recrache avec toute la force dont il est capable. Il lui tarde d'être fin seul pour réfléchir. Mais Carina a d'autres projets très précis en tête. Elle se faufile dans la douche, se colle à lui et roucoule comme une colombe de retour au nid après un long et périlleux voyage. Ses mains s'aventurent sur son sexe qui semble aux abonnés absents en dépit de ses habiles caresses.

La sonnerie du téléphone délivre Samuel de l'embarras. Il sort de la douche en vitesse et s'excuse.

— Je reviens...

La voix, au bout du fil, lui est étrangère. Elle demande à parler à Carina Leblond.

Samuel revient dans la salle de bains et tend le combiné à la jeune femme qui ferme aussitôt les robinets. La laissant à l'inconnu au bout du fil, il s'habille à la hâte, toujours aux prises avec des sentiments contradictoires.

Doit-il fuir ou prendre Carina dans ses bras pour l'emmener ailleurs, dans une ville inconnue, à l'autre bout du monde, comme si elle était en danger, comme si...?

Habitué à maîtriser, sans la moindre hésitation, les émotions et les difficultés qui surviennent sans prévenir dans la vie, Samuel ne se reconnaît plus.

Il ramasse distraitement les assiettes sales empilées sur la petite table, en échappe une sans qu'elle se brise, la pousse du pied comme si elle allait comprendre ses états d'âme et fuir. Un début de colère l'envahit, parfaitement injustifiée. Il se secoue. Colère contre qui et pourquoi?

Carina surgit derrière lui, tout habillée, l'air grave.

— C'était mon chef de service. Terminée, la récréation. Je dois retourner à Québec aussi vite que possible. Une de mes patientes s'est suicidée. On a besoin de moi pour parler à la famille... J'hérite fréquemment des tâches les plus difficiles. Boulot, boulot. Je dois te quitter et remettre la suite de notre folle aventure à plus tard. Bon sang, je vais devoir prendre l'autobus. Je suis arrivée en train... Ma bagnole est au garage... problème de transmission. Malheureusement, à cette heure, il n'y a pas de train pour Québec. Tu veux bien me conduire au terminus d'autobus?

— Évidemment, avec plaisir, répond Samuel, soulagé de constater qu'il va se retrouver seul pour analyser ses impressions et les mettre par écrit, avec les autres, qu'il entend relire soigneusement.

— Tu es prête?

— Oui, mais dis donc... j'ai une idée. Pourquoi ne viendrais-tu pas à Québec avec moi? Nous pourrions passer tout le week-end ensemble. Tu verrais ma maison, celle où j'ai grandi. Je t'offre une évasion gratuite, avec quelques primes en sus... Le congrès est pratiquement terminé. Les discours de clôture vont probablement rabâcher les temps forts des présentations…

Samuel s'entend répondre, sans la moindre hésitation :

— Pourquoi pas ? Je pourrais revenir à Montréal dimanche, après le souper. Ainsi, nous ne laisserons pas l'imprévu avoir raison de notre plaisir.

De s'entendre accepter l'invitation de Carina avec autant d'empressement le sidère. Mais qu'est-ce qu'il lui prend ? Quel virus s'est emparé de son esprit, soudain, pour qu'il le soumette au bon plaisir de son corps ?

Inconsciente du malaise de Samuel, ravie de son consentement, la jeune femme lui saute au cou. Samuel entend une petite voix chantonner : « Petit pot de miel, petit pot de miel… »

Il se laisse bécoter, lécher, caresser, exciter. Cette fois, son sexe réagit, mais faiblement. Craignant que la jeune femme ne veuille poursuivre le jeu, il s'arrache à ses bras et murmure :

— Je vais rassembler quelques affaires, j'en ai pour cinq minutes.

Péril en la demeure

Carina propose à Samuel de conduire sa Volvo jusqu'à Québec. Conduire la détend, explique-t-elle avec un jeu de prunelles comique.

— À mi-trajet, si tu veux.

— Ferais-tu partie des mecs persuadés que les femmes conduisent mal?

— Mais non, c'est seulement que... moi aussi, conduire me détend.

— Ah! les hommes et leur bagnole! Ils ont avec cet objet une relation plus intime qu'avec leur copine. Pas touche! Allons! Ne fais pas cette tête, je rigole!

La Volvo s'engage dans la rue Papineau. Silencieux, captif du parfum d'agrumes et de fleurs de la jeune femme, Samuel constate qu'il n'a nul besoin de tourner la tête vers elle pour la voir. Son profil racé, réplique sublimée de celui de Carroll, apparaît, imprimé dans son esprit.

«Je subis l'influence d'une déesse aux pouvoirs magiques, pense-t-il. Elle m'enveloppe, elle me possède malgré moi et il existe forcément un lien entre cette influence et celle que Carroll tente d'exercer sur moi pendant les séances.

Mais il est possible qu'il ne fasse qu'imiter celle à laquelle il a été exposé pendant près d'une vingtaine d'années. En tout cas, ce qui est fantastique, c'est que j'expérimente ce que lui-même a vécu.»

La voix de Carina le fait sursauter:

— Tu suis une cure de silence, docteur?

— Je sens le besoin urgent de larguer tout ce qu'il y a entre mes deux oreilles: les confidences de mes patients, les communications du congrès, le compte rendu que je devrai faire pour mon patron et mes collègues et surtout ton récit très éclairant sur ton jumeau... Je suis un disque saturé!

Carina ne répond pas. Mais il devine que sa bouche esquisse un ravissant sourire.

Pour se donner une contenance, il lui décoche une question:

— Parle-moi de la maison que tu habites.

— Trois étages, un grand balcon devant et une entrée de garage.

— Trois étages? C'est grand pour une femme seule. Pourquoi ne l'as-tu pas vendue ou louée?

— Et pourquoi aurait-il fallu m'en débarrasser? Mes parents m'ont légué la maison parce qu'ils étaient persuadés que j'y étais très attachée, bien plus que Carroll. Et que j'aimerais sûrement y vivre avec mon futur mari et mes futurs enfants! Ils étaient si naïfs... Selon eux, pour une femme, hors du mariage point de salut! Je n'ai pas encore trouvé le courage de la vendre. J'aurais l'impression de les décevoir. Un jour, peut-être... Pour l'instant, cette grande baraque me convient.

Mais tu as raison sur un point: la maison est vraiment bien trop grande pour une célibataire peu portée sur le ménage, la cuisine et le culte des souvenirs. Aussi, comme je suis très pragmatique, j'habite seulement le sous-sol, que j'ai fait aménager en loft. Pas folle, la fille!

Un traiteur me livre des repas, une fois par mois. Merci, dieu Congélateur, pour le soin que vous prenez à préserver mes petits plats prêts à déguster! Merci, dieu Micro-ondes, pour votre célérité à les réchauffer. Merci, merci, merci! Fin des litanies. Place à une visite virtuelle des lieux, cher docteur. Tu m'écoutes?

Sans répondre, Samuel se gare et cède le volant à la jeune femme.

— À toi la suite. Montre-moi ce que tu sais faire.

Les deux mains sur le volant, adoptant un ton de voix très mondain, Carina reprend son monologue interrompu:

— Je disais donc, visite de la maison. Au rez-de-chaussée il y a la cuisine, la salle à manger, un grand salon et une salle de bains. La vision est pathétique. On dirait des vieux abandonnés à leur sort. Ça sent la poussière, le moisi, et ça ferait fuir même des moines bouddhistes ayant choisi l'isolement total ! Au deuxième et au troisième étage, des chambres, une salle de jeu et une pièce réservée au rangement. Rien n'a bougé depuis la mort de mes parents. Tu saisis le topo ? Il faudrait tout jeter par terre et rénover planchers, murs, plafonds, plomberie, électricité. Je n'exagère pas, je t'assure, quand nous serons arrivés, tu jugeras par toi-même.

Je me résignerais bien à ce branle-bas de combat, seulement, ça m'obligerait à subir l'enfer d'un chantier : le va-et-vient des ouvriers, la poussière, la peinture, les odeurs de solvants, de plâtre, de colle, les inévitables retards, le bordel partout…

J'ai trouvé éprouvant le réaménagement du sous-sol. Pourtant, il s'agissait seulement de jeter quelques murs par terre et de refaire un peu de plomberie. En outre, je l'avoue sans honte, je n'ai aucun goût pour la décoration et j'ai horreur de magasiner. Un jour, je demanderai à un architecte de moderniser le rez-de-chaussée et de prendre les commandes du chantier, de A à Z. Et pour échapper à la révolution, je partirai en voyage ! Je t'emmènerai, si tu veux…

Quand nous reviendrons, tout sera fait, les lieux fraîchement peints. Les nouveaux électroménagers, le nouveau mobilier — le strict minimum plus tes meubles préférés si le cœur t'en dit ! — seront à leur place. Bref, il ne manquera que la soupe dans les assiettes et le pain dans la huche ! Tu me paieras un cuisinier japonais : j'adore les sushis, le wasabi, les potages miso, les algues, les tempuras…

En retour, je te ferai connaître des sensations extrêmes... Tu peux me croire, je ne fais jamais de promesse que je serais incapable de tenir. Je t'en ai donné un petit aperçu, mais je manquais de temps pour aller plus loin.

Là-dessus, Carina se met à chantonner doucement.

Samuel ferme les yeux et finit par s'endormir. De temps à autre, il croit entendre une voix lointaine murmurer des incantations, invoquer les forces de l'invisible. Il se laisse bercer, emporter par cette voix de sirène. Il lévite, étonné par la légèreté de son corps, qui se rit du pare-brise du véhicule en passant carrément au travers. Il se laisse happer par un courant d'air puissant, s'élève dans l'espace, surmonte rapidement la frayeur que déclenchent en lui les fils électriques, les panneaux de signalisation, les lampadaires, la cime de grands arbres anormalement feuillus, comme si on les avait gavés d'engrais, et fonce joyeusement vers un nuage dodu comme une barbe à papa.

À l'intérieur, tout est moelleux, un peu collant. Il ouvre la bouche, se met à téter tel un bébé la substance sucrée qui taquine ses lèvres. Nectar fleurant la confiture de roses et les pistaches. Le nuage soupire et souffle sur son corps qui rebondit avec grâce, atterrit dans une zone bleue liquide... une mer... non, dans une mère ! Le voilà à l'entrée d'un utérus géant. La bouche d'un gros placenta s'ouvre et lui sourit. Il s'y précipite, s'y love avec volupté et suce son pouce goulûment pendant que des centaines de petites bouches invisibles le mordillent, le lavent, le caressent avec des bouts de langues délicieusement râpeuses...

✦

Samuel ouvre les yeux. Il reconnaît le pont de Québec. Le rêve se décante. Il a la conviction intime que la chambre cocon lui a permis de sentir ce que ressentait Carroll enfant. La sécurité, le bonheur, la jubilation, l'extase. Avoir et être, tricotés si étroitement que personne n'aurait pu les séparer. Pendant quelques minutes, Samuel a été Carroll, à l'âge de trois ou quatre ans, et il s'est littéralement dissous dans la chambre cocon.

Le retour au présent est brutal. Il jette un coup d'œil à Carina qui stationne le véhicule dans l'entrée du garage de la vieille demeure en pierre héritée de ses parents. Elle le gratifie d'un sourire neutre d'agent immobilier, lui remet les clés du véhicule et le taquine :

— Morphée a fini par te larguer, on dirait, allez, occupe-toi des bagages.

Il s'exécute pendant que la jeune femme ouvre la porte donnant sur le côté de la maison et appuie sur un commutateur pour éclairer les lieux.

— Cette entrée débouche directement sur l'escalier menant au sous-sol. Je laisse la porte principale aux fantômes et au passé, composé et décomposé !

Samuel la suit et compte machinalement les marches menant au loft : deux, cinq, huit, dix, avec un crochet entre la cinquième et la sixième.

— Ici, comme tu pourras le constater, j'ai tout sous la main, fait remarquer la jeune femme. Voici la salle de bains, plus que confortable, astucieusement masquée par quatre paravents japonais, le petit coin cuisine, discret, fonctionnel et... de l'est à l'ouest, du nord au sud, des tas de divans, de coussins, de tables basses, de lampes flanquées d'abat-jour choisis davantage pour tamiser la lumière plutôt que pour la diffuser. J'ai souvent des amis qui restent à coucher, et ils trouvent ma caverne sympathique, relaxante, très favorable à la pratique intensive des péchés capiteux.

— Et les étages ? Là où sont les chambres ?

— Je n'y vais jamais, marmonne-t-elle d'une voix assourdie.

Il insiste.

— *Because* ?

— *Because* rien ! Qu'est-ce que j'irais y faire ? Me courir après ? demande-t-elle d'une voix ironique en ramassant quelques verres pleins de mégots de cigarettes.

— C'est tout de même là que tu as passé ton enfance et ton adolescence, plaide Samuel. Il y a la chambre que vous avez partagée, toi et Carroll, jusqu'à ce que vos parents décident de vous séparer. D'après la description que m'en a faite ton frère, c'est très particulier et très joliment décoré. Ça ne te dit rien de remonter dans le temps, parfois? La plupart des gens doivent creuser leur mémoire pour revoir les pièces où ils ont vécu leur enfance. Toi, tu es veinarde, tu as ta chambre sous la main et tu l'évites?

Carina croise ses bras, comme si elle avait soudainement froid, et le dévisage. Elle paraît contrariée:

— Écoute, je n'ai aucun souvenir se rattachant à cette pièce ni à aucune autre d'ailleurs, je te l'ai déjà dit. J'ai été une enfant très active, peut-être bien hyperactive. Mon père m'appelait sa petite sauterelle! Dès que je me réveillais, je fuyais la chambre et je ne revenais que pour y dormir, le plus tard possible.

Samuel note mentalement que Carroll lui a dit vrai quant au comportement exubérant de sa jumelle, le matin, à son réveil. Il hésite un instant et risque une remarque:

— Tu sais que Carroll adorait votre chambre? Elle était son placenta, le mot est de lui.

— Ça lui ressemble, ce fantasme. Et alors? maugrée-t-elle en se dirigeant vers le coin cuisine et en lavant sommairement, à coup de petits gestes saccadés, le dessus du comptoir avec un torchon.

— Que crois-tu qu'il s'est passé dans sa tête quand il a été contraint d'aller vivre dans une autre chambre?

La réponse tarde, précédée d'un regard de glace.

— Sam, une chambre est une chambre, un simple objet, ni plus ni moins. Il y en a des grandes, des petites, des carrées, des rectangulaires, des avec ou sans fenêtre. On les meuble, on les décore, on les peint, on les tapisse, on les salit. En réalité, elles deviennent ce qu'on veut qu'elles soient, accueillantes ou hostiles, bénéfiques ou maléfiques. Ce sont ceux et celles qui y dorment, qui y vivent, qui leur confèrent un style, une utilité, voire un pouvoir.

Moi, j'ai choisi et fait aménager le sous-sol en fonction de mes goûts. Mon loft est moderne, pratique et il incite au rapprochement, à la détente et au plaisir.

Si Carroll aimait tant la pièce que nous avons partagée au cours des premières années de notre vie, il aurait pu demander qu'on transforme la nouvelle en copie conforme de celle qu'on lui faisait quitter. Nos parents en avaient les moyens, tu sais…

Au lieu de ça, le pauvre enfant a transformé sa nouvelle chambre en un lieu déprimant, étouffant, désertique, rien que pour nous embêter. Il refusait qu'on ouvre la fenêtre de sa prison pour aérer. Ça aussi, je crois te l'avoir déjà dit. Ça traduit admirablement bien son tempérament, ce besoin de se fermer au monde et à la lumière. Un jour, il a même cousu les tentures, couleur vert caca de perruche malade, pour être bien sûr que rien venant de l'extérieur n'entrerait dans sa bulle. Quand il ouvrait la porte de sa chambre pour en sortir, l'odeur qui en émanait était à gerber, crois-moi! On aurait dit qu'une énorme bête, un dragon, l'habitait et l'imprégnait de sa pestilentielle odeur.

Année après année, tous les bibelots, tous les jouets qui lui ont été offerts en cadeaux par la parenté ont fini leurs jours dans son placard. Carroll voulait jouer au martyr. Montrer à tous, à moi surtout, qu'il avait été dépossédé, condamné à vivre dans une prison.

Samuel prend bonne note. Carina n'ignore donc pas la blessure profonde faite à son jumeau. Sans commenter la réflexion de la jeune femme, il ose la question qui le hante depuis qu'il est entré dans la maison :

— J'aimerais visiter les chambres, je peux?

— Pourquoi pas, réplique-t-elle sans le regarder. Tu vas vite comprendre ce que je m'évertue à t'expliquer et tu seras vite redescendu, j'en suis persuadée. Je vais profiter de ton absence pour finir de ranger et informer mon patron de mon arrivée. Au fait, docteur Leduc, il avait été décidé que nous ne reparlerions jamais plus de mon jumeau. Tu as la mémoire courte ou tu le fais exprès?

— Message reçu, docteure Leblond. Je monte, je reviens et... je m'engage solennellement à garder mes impressions pour moi. Dix quatre!

✦

La chambre cocon est comme Carroll l'a décrite, à quelques détails près. La tapisserie a le teint

décoloré des petits vieux que personne ne visite
jamais. Les rideaux sont criblés de minuscules trous
comme si on les avait soumis au pouvoir de perfo-
reuses en colère. Samuel s'assoit par terre et ferme
les yeux. Il espère que la chambre lui parlera, qu'il
revivra les impressions très fortes ressenties dans
son rêve.

Rien. Il ne se passe rien. La pièce semble plongée dans un profond coma. Déçu, il sort. Se rend
au bout du couloir. Pousse doucement la porte de
la dernière pièce, celle de la prison. Un dragon vert
phosphorescent couvert de pustules exhalant une
odeur insupportable de renfermé et d'humidité lui
tend les bras. Il repousse instinctivement la bête
qui émet un son plaintif. Il se cramponne au cham-
branle, cherche à tâtons le commutateur, allume ;
puis ses yeux font le tour de la pièce.

La bête, assise sur ses pattes, plante ses yeux
globuleux dans les siens. Il croit comprendre qu'elle
est ravie de sa visite. Elle se dresse, étire le cou,
remue les oreilles, lui souhaite la bienvenue en sau-
tillant sur une patte et sur l'autre et l'invite en ges-
ticulant des naseaux à se coucher dans le lit à ses
côtés. Soudain, trois gnomes hideux jaillissent de
sous le lit et le toisent en ricanant :

— Vlà le docteur Tintintinaboule ! Sauve qui
peut !

Samuel décide d'arrêter là l'expérience. Il sait
ce qu'il voulait savoir. Il a vu, de ses yeux vu.
S'allonger sur le lit de Carroll enfant, toucher

au malheureux dragon, suprême symbole de sa détresse et de sa colère, est au-dessus de ses forces.

Il a peur de ce qu'il pourrait ressentir à son contact, peur de ce qu'il pourrait découvrir. Il agite mollement une main pour saluer la pauvre bête affligée, brandit un poing vers les trois gnomes et sort de la chambre aussi vite qu'il le peut en se bouchant les oreilles, car le dragon pleure et se lamente comme un bébé abandonné par sa mère.

Tout est limpide. Le dragon est le symbole pathétique de la douleur de son patient. La chambre est gardée farouchement par Spoc, Toc et Foc, symboles effrayants de la haine de Carroll.

✦

Carina s'est absentée tout l'avant-midi du samedi. Elle allait devoir faire face aux parents de sa patiente et cette rencontre semblait la préoccuper. Une fois la jeune femme partie, Samuel en a profité pour visiter le rez-de-chaussée. Il doit reconnaître qu'elle avait raison. Les lieux sont franchement déprimants. Il note qu'il y a des photographies de Carina enfant dans presque toutes les pièces. Carroll est absent. On l'a effacé. Mis sous le paillasson. Ou dans un sac vert.

Évidemment, s'il s'est comporté comme l'a raconté sa jumelle, on peut comprendre que les parents ne devaient guère apprécier sa présence, en chair ou en photo.

Au retour de la jeune femme, Samuel, désireux de prendre un bon bol d'air, propose une virée dans le Vieux-Québec. Ou, pourquoi pas, un gentil souper à Baie-Saint-Paul?

Elle fait la moue en dénouant son chignon d'un geste las.

— Je préfère une balade dans les draps de mon lit, comme hier soir, un petit repas tranquille avec du vin, des bougies et... un peu de mari. J'ai besoin de tout ça, ce soir.

Il faut que je t'avoue une chose. Je n'arrive pas à gérer convenablement les émotions liées à la mort. C'est ma seule faiblesse en tant que psy. Bien sûr, je m'arrange pour que ça ne se voie pas. Il faut croire que j'y parviens, puisque je suis appelée, de temps à autre, à servir de messager lorsqu'un drame survient dans notre service. Les parents que j'ai rencontrés tantôt, auxquels il m'a fallu expliquer ce qui est arrivé à leur fille, sont démolis. Moi, docteure en médecine, j'ai été l'instrument de cette destruction avec mes mots. Je les ai anéantis, brisés; et le pire est que je suis bien placée pour savoir que les morceaux ne se recolleront jamais.

Alors, j'ai besoin d'oublier tout ça, de faire le vide. De célébrer la vie et de profiter de ce qui réjouit et enivre le corps. Tu prends un ticket?

— À la condition que demain je décide de notre emploi du temps, et que la mari me soit épargnée.

Carina s'esclaffe:

— Demain? Qui te dit qu'il y aura un demain? Et si Carroll s'était évadé? Et s'il venait jusqu'ici? Et s'il nous surprenait, enlacés et repus de plaisir aux petites heures du matin, que crois-tu qu'il nous ferait?

Samuel sursaute.

— Ai-je mal interprété tes paroles, ou n'as-tu pas décrété qu'il ne devait plus être jamais question de ton frère entre nous?

Mal à l'aise, Carina baisse les yeux et, tout en enlevant son chandail et sa blouse, elle chuchote d'une toute petite voix penaude :

— Désolée, *Docamour*, ça m'a échappé. C'est parce qu'il a les clés, murmure-t-elle en laissant choir sa jupe.

Au lieu de se baisser pour la ramasser, elle la soulève du bout du pied et vise le divan le plus près. Le vêtement atterrit au beau milieu des coussins à l'instant précis où Samuel s'exclame, incrédule.

— Quoi? Tu veux bien répéter?

Elle prend son temps pour répondre, tout en enfilant une robe de chambre en soie sauvage noire qui gît en boule sur une table basse, juste derrière elle.

— Tu m'as bien comprise. Il est déjà entré ici. J'ai fait changer toutes les serrures. Il a remis ça! Il a réussi à entrer à nouveau, par la grande porte. À croire qu'il habite avec le serrurier! Évidemment, chaque fois, il a fait ça pendant que je n'étais pas là.

J'ai songé à faire installer un dispositif de sécurité au rez-de-chaussée, mais j'ai renoncé. Je suis persuadée qu'il parviendrait à le neutraliser. Par sa double intrusion, il a voulu me faire comprendre qu'il est capable de pénétrer dans cette demeure quand il le veut. C'est une sorte de viol psychologique, de tentative de contrôle à distance...

Lors de sa dernière visite, il a chié dans mes toilettes, le salopard. Et écrit par terre avec un crayon feutre : *Avec mon meilleur souvenir délictueux*. Je le soupçonne également d'avoir fouillé un peu partout. S'il cherchait de l'argent, il en a été quitte pour son déplacement ! Je crois qu'il s'est borné à piquer quelques vêtements. Peut-être s'imaginait-il qu'il m'amputait de quelque chose ?

— Qu'a-t-il dérobé ? Des sous-vêtements ?

— Je crois... Mais il se peut aussi que l'un de mes amants de passage, un peu fétichiste, soit parti avec un tel souvenir. Je n'ai pas de preuve.

— Tu n'as pas porté plainte quand tu as constaté les intrusions ? Pourquoi ? Pourquoi tu ne m'as pas raconté tout ça plus tôt ? Je ne comprends pas ton attitude. Tu cherches l'escalade, l'affrontement avec Carroll ?

— Ah non ! c'est tout le contraire ! Je le fuis ! Je ne veux pas me battre. Je veux juste oublier son existence, l'effacer à tout jamais de ma mémoire ! crie la jeune femme, incapable de maîtriser sa voix qui chavire dans l'aigu. Mais ce petit con n'arrête pas de me poursuivre, de me persécuter, de me provoquer.

Il veut me pousser à bout, m'obliger à répliquer ! Ça fait des années que ça dure, ce harcèlement, cette poursuite. Je sais et tu sais qu'il va continuer à m'embêter, tant qu'il n'aura pas réussi à me faire sortir de mes gonds.

Et je constate que tu es malheureusement devenu son instrument privilégié pour me harceler, me faire souffrir, me contraindre à basculer dans une guerre insensée qui pourrait bien m'être fatale, car ce que veut Carroll, c'est ma mort !

Saisi, Samuel ouvre la bouche, mais aucun son n'en sort. Carina s'approche de lui, agrippe son chandail et l'attire tout contre elle :

—Tu es vraiment aveugle, Samuel ! Aveugle et candide ! Il est temps de te secouer ! De reconnaître que tu es sur la mauvaise piste ! Ah ! On peut dire que Carroll a bien abattu ses cartes : il te mène par le bout du nez !

— Arrête, tu divagues !

— Je ne divague pas, je dis les vraies choses !

Sa voix redevenue neutre, Carina décrète, subitement calmée :

— OK. Il vaut mieux que tu t'en ailles, Samuel. Je ne suis plus d'humeur à te servir de cobaye et de maîtresse tout à la fois. Je me doutais bien que ça finirait comme ça… C'est justement pourquoi j'ai, jusqu'ici, soigneusement évité de rencontrer les thérapeutes qui ont eu à traiter Carroll.

— Pourquoi avoir fait une exception avec moi ?

— Au téléphone, j'ai trouvé ta voix sympathique, tu m'as semblé différent des autres, et lorsque nous avons fait connaissance au Palais des congrès, j'ai craqué. Tu m'as semblé sincère, lucide, j'ai cru que je pouvais te faire confiance. On peut dire que je me suis mis le doigt dans l'œil. En réalité, ce n'est pas moi qui t'intéresse, c'est ce que je sais !

Et, baissant le ton, elle ajoute en martelant les mots :

— Retourne jouer au docteur Nunuche avec le bourreau qui veut ma peau ! Retourne t'amuser avec la maudite chambre verte !

Bouche bée, Samuel contemple Carina. Il y a soudain dans son schéma corporel quelque chose qui ressemble à Carroll lorsqu'il se met en colère. En cet instant précis, Elle est Lui ! Il y a transmutation !

Seigneur ! Qu'y a-t-il donc entre ces deux êtres de sexe différent, mais partageant un territoire à la frontière si floue ? De quel bord habitent la haine et le désir de mort ?

Carina enlève sa robe de chambre et se rhabille à la vitesse de l'éclair. Elle attrape son sac, en sort un téléphone portable.

« Tiens, pourquoi a-t-elle préféré donner le numéro de téléphone de son appartement ? s'interroge Samuel. L'hôpital connaît sûrement celui de son cellulaire. »

Le visage fermé, on dirait un masque de pierre, pense-t-il, il voit la jeune femme composer un numéro et entend sa voix, d'une grande douceur, annoncer :

— Alain... c'est Carina. Tu peux venir chez moi ? Je ne veux pas dormir seule, cette nuit. Bien sûr ! Je t'attends. Non, laisse, je fournis la matière première. J'y pense, le *Papayer bleu* est sur ta route, je crois, tu veux commander des Blue Lagoon, c'est une de leurs spécialités : pétoncles, bleuets, sauce teri, tenkasu et sauce aux fruits... Merci, tu es un ange.

Tout en remettant le téléphone dans son sac, elle précise, avec un sourire empreint de mélancolie :

— Alain est un vieil amant du temps de la fac. Nous nous rendons mutuellement de petits services. La tendre complicité de fidèles amis est encore ce qu'il y a de meilleur sur cette terre.

Retourne à Montréal, Samuel. Je me suis un peu emportée et je le regrette, mais maintenant, j'ai besoin de faire le vide absolu. Je t'appellerai au début de la semaine. Pour l'instant, entre toi et moi, c'est *time out*. Réfléchis bien à tout ce que je t'ai raconté et essaie de décoder.

Cela dit, elle s'approche, l'embrasse tendrement, pose sa tête sur ses épaules tout en le serrant dans ses bras.

— Tu me plais vraiment, Sam. Le problème, c'est que tu n'arrives pas à faire abstraction de Carroll... Et ça me fait très peur !

Samuel se détache doucement de son étreinte, enfile son blouson et se dirige vers l'escalier. Elle le suit et annonce, d'une voix de femme heureuse :

— On va se faire un gentil petit gueuleton, Alain et moi. Ce soir, tout ce qui m'intéresse, je te l'ai dit, c'est manger, boire, baiser sans retenue, mais très lentement, et fumer de la bonne herbe. J'aurais adoré partager ce programme avec toi, mais... tant que tu seras le jouet consentant de Carroll, je devrai être prudente. Je tiens trop à mon équilibre, à la paix de l'esprit. Évidemment, si tu décidais de ne plus être le thérapeute de Carroll, si tu pouvais me faire cette promesse...

— Il n'en est pas question, tranche Samuel. Contrairement à ce que tu penses, je ne suis pas le jouet de ton jumeau, seulement son psychiatre. Jamais je ne laisserais un malade me manipuler, pas plus lui qu'un autre.

Je m'en vais... Tu as raison, notre relation semble sans issue. J'en suis navré, mais c'est peut-être mieux comme ça. Et je te remercie de m'avoir parlé de ton jumeau. Tu as éclairé ma lanterne, je suis sincère.

✦

Sur la route du retour, Samuel passe en revue les révélations stupéfiantes de Carina. Carroll a pénétré chez elle et elle n'a pas réagi ! Et lorsqu'il lui a demandé pourquoi elle s'en était abstenue, elle s'est soudainement mise en colère et elle lui a demandé de partir.

«En fait, elle m'a carrément mis à la porte!» constate-t-il, encore sous le choc de la fin pour le moins abrupte de son week-end et de sa relation avec Carina.

Pourquoi la discussion a-t-elle dérapé? Pourquoi, brusquement, cette crainte d'être manipulée? Et par lui, selon elle télécommandé par son jumeau? C'est tout de même curieux...

En dépit des apparences, il se pourrait, néanmoins, que son réflexe soit sain. Il ne peut pas, il ne doit pas poursuivre sa relation avec elle. C'est une question d'éthique. Il s'est laissé surprendre par une montée fulgurante de désir, oui, mais le temps est venu de calmer le jeu. Voilà ce qu'elle a inconsciemment compris. Elle a agi pour le mieux, sachant que Carroll était une barrière entre eux. Oui, elle a fait ce qu'il fallait. Mais c'est lui qui aurait dû avoir le réflexe.

Oui mais... Quelque chose sonne faux. Qu'est-ce que c'est?

Un conducteur au volant d'une jeep le dépasse et le fait sursauter.

Désireux de ne pas gâcher le reste du week-end, il secoue la tête:

«Assez pensé. Direction les Cantons-de-l'Est. Je suis mûr pour un petit séjour dans un hôtel tranquille de Magog. Natation, marche... je mets le compteur à zéro. Carroll et Carina, vous êtes hors-jeu.»

Seigneur, prends pitié

Lundi, neuf heures. Lorsque Samuel se présente à la salle des thérapies qui lui est réservée, on l'informe que Carroll sera un peu en retard. Il a passé une nuit difficile. Il a même fallu doubler la dose de son calmant tant il était agité. On l'a laissé dormir plus tard et, pour l'instant, il achève son déjeuner.

Samuel prend sa place habituelle. De retour de Magog, il est passé à son appartement, a pris un bain parfumé au vétiver pour effacer toute trace d'odeur corporelle, y compris la sienne propre, et a enfilé un chandail et une chemise qui n'ont eu aucun contact avec Carina. Ayant passé la journée de dimanche à marcher pour évacuer les tensions causées par son bref séjour à Québec et retrouver son calme, il se sent d'attaque.

L'épisode Carina est derrière lui. Tout compte fait, il ne regrette rien, car, en faisant parler la jeune femme, en visitant la maison où ont vécu les jumeaux, il a pu recueillir une quantité non négligeable de renseignements. Il lui faudra maintenant dresser une liste comparative : version du jumeau à gauche, version de la jumelle à droite.

Carroll arrive enfin. Le teint blême, les yeux cernés, il semble vidé de toute énergie et de fort mauvaise humeur. Samuel lui propose de remettre leur rendez-vous. Son patient réagit avec force.

— Surtout pas, *Sadidoc* ! C'est parce que vous m'avez odieusement abandonné pendant trois jours que je suis patraque, se plaint-il avec amertume.

Brusquement, comme s'il entrait sur la scène d'un théâtre, le jeune homme darde ses yeux sur Samuel et s'informe, d'une voix doucereuse :

— C'était bien, tout ce temps avec elle ?

Samuel accuse le coup, croise ses bras et cache ses mains sous ses aisselles pour qu'elles ne le trahissent pas en s'agitant malencontreusement. Son patient aurait-il un don de double vue ? Comment doit-il réagir ? Évidemment, pas question de dire la vérité. Il cherche une feinte, une réponse efficace qui ne soit tout de même pas un flagrant mensonge.

— Pourquoi aurais-je passé le week-end avec la docteure Leblond, Carroll, dites-moi ? Pourquoi souhaitez-vous que ça soit arrivé ? Pourquoi nous verrions-nous, elle et moi, autrement que sur un plan professionnel ? Il ne vous est jamais venu à l'idée que je pouvais avoir une petite amie ? Et puis, combien de fois devrais-je vous le rappeler : ma vie privée ne vous regarde pas. Notre relation est strictement thérapeutique. Je suis votre médecin traitant et vous êtes mon patient.

Ignorant la remarque de son thérapeute, Carroll enchaîne, le regard moins éteint, comme si le fait de pouvoir parler et d'entendre le son de sa propre voix lui redonnait de l'énergie. À moins que ce ne soit la voix de Samuel qui le requinque :

— Vous avez une petite amie, je veux bien, mais l'une n'empêche pas l'autre. Je connais des mecs qui mènent trois ou quatre liaisons de front, sans problème et sans scrupule.

— Je vais vous dire la vérité… s'entend annoncer Samuel, d'un ton détaché, même si rien ne m'y oblige.

Une idée lui est venue. Il la soupèse. Aucune autre ne se présentant, il l'adopte. Sous le regard scrutateur de Carroll, il sort un portefeuille de sa poche, l'ouvre, en extirpe une photo qu'il lui tend en souriant.

— Je vous présente ma fiancée, Justine, une amie d'enfance. Nous sortons ensemble depuis deux ans et nous avons passé le week-end dans une charmante auberge des Cantons-de-l'Est.

Sur la photo, il tient une jeune fille par la taille. La complicité entre elle et lui semble évidente. La femme en question se prénomme bien Justine, mais en réalité, elle est sa cousine. Samuel l'a hébergée pendant six semaines, il y a quelques mois, le temps d'un stage à l'école de théâtre Yanick Auer. Il lui a servi d'alibi pour refroidir les ardeurs de l'impétueux garçon désigné pour lui donner la réplique.

Un copain a pris des photos d'eux, au cours d'une séance où chacun s'était donné beaucoup de mal pour afficher cet air énamouré, langoureux, un peu niais, qui caractérise parfois les nouveaux amants. Le subterfuge avait marché. Le Roméo avait compris qu'il n'avait aucune chance et aussitôt jeté son dévolu sur une autre étudiante.

Surpris, Carroll s'empare de la photo et la contemple pendant une bonne minute.

— Vous êtes mignons tout plein, vous ressemblez à ces statuettes que l'on pose sur le dernier étage des gâteaux de mariage. Deux gentils amoureux, seuls au monde… Je peux garder cette photo ? De temps en temps, j'aime bien faire semblant de croire que le bonheur existe et consoler mon cœur en lui donnant la preuve qu'il y a des gens heureux sur terre, même si ce n'est pas mon lot.

Soucieux de dissimuler son malaise et le soulagement qu'il éprouve de voir son mensonge gobé aussi facilement, Samuel répond :

— Gardez la photo si vous le voulez, mais attention, je conserve l'original, je veux dire celui de chair !

Gêné par son mensonge et par la touche d'humour qui lui a échappé, Samuel frotte ses mains :

— Et maintenant, Carroll, nous avons du travail, vous et moi. Dans une quinzaine de jours, notre comité va étudier votre cas et prendre une décision. Je vais devoir présenter une évaluation et recommander, ou pas, votre mise en liberté assortie de certaines conditions, il va sans dire. J'ai donc besoin de votre entière collaboration et surtout de votre franchise. Alors, vous allez maintenant me dire la vérité à propos d'un incident que m'a rapporté votre sœur, au cours de l'entretien que nous avons eu.

Carroll écoute attentivement, l'air sérieux.

— Allez-y. Vous m'avez spontanément offert une parcelle de votre intimité, je dois me montrer à la hauteur de ce cadeau. Que voulez-vous savoir ?

— Êtes-vous déjà entré chez Carina sans y avoir été invité, je parle de la maison de Québec, qui lui appartient depuis la mort de vos parents ?

Carroll ébauche un sourire amusé et en même temps un peu gêné. On dirait un gamin pris en flagrant délit de mauvais coup.

— *Mea culpa*, très *maxima*. Oui, je suis entré dans la maison de nos parents. À deux reprises. La première fois, je m'étais déguisé en fille, pour ne pas être reconnu par les voisins. J'adore me déguiser, mais ça, vous le savez…

— Pourquoi avez-vous fait ça ? Vous avez commis une infraction. Vous rendez-vous compte que votre jumelle aurait pu vous faire arrêter pour violation de domicile ? Si elle vous en voulait, comme vous le pensez, elle l'aurait fait !

Carroll ne semble pas entendre la dernière partie du commentaire du praticien.

— Il fallait que j'entre. La chambre m'appelait depuis des semaines. Elle avait des choses graves à me confier, à me montrer.

Lors de ma première visite, il ne s'est rien passé de significatif. La chambre était heureuse de me revoir. Elle tremblait de partout tant son plaisir était fort. Elle était trop émue pour faire autre chose que célébrer nos retrouvailles. Elle m'a fait jurer de revenir. Vous comprenez que je ne pouvais pas refuser une telle invitation. Et puis, Spoc, Toc et Foc avaient déserté les lieux, ce qui m'inquiétait passablement. Où étaient-ils, que complotaient-ils ? Peut-être étaient-ils partis à ma recherche ?

Ignorant délibérément l'allusion au trio maudit, Samuel demande :

— Pourquoi ne pas avoir tout simplement demandé à votre sœur de vous accorder la permission d'une visite ? Elle aurait sûrement accepté. C'est la chambre où vous avez grandi, elle était capable de comprendre ça.

Encore une fois, Carroll semble ignorer sa remarque. Il poursuit son récit :

— Au cours de ma deuxième visite, mes amis étaient revenus. Ils ne m'ont pas fourni d'explication sur leur absence... Mais ils m'ont donné la preuve que Carina avait un projet en tête. Elle entendait me faire disparaître, par n'importe quel moyen. Ce n'est pas pour rien que je veux la sienne... sa disparition ! Il y a très longtemps que je me sens menacé et ne me dites surtout pas que je souffre d'un délire de persécution !

— Expliquez-vous alors...

— En quittant la maison familiale, je suis parti en Europe, je présume qu'elle vous a raconté. Ce départ avait été soigneusement planifié dans le plus grand secret. Lorsque je suis revenu à Montréal, après sept années d'heureuses découvertes sur moi-même — oui, je pouvais séduire, moi aussi, oui, j'avais des talents, moi aussi. Il n'en tenait qu'à moi de les exploiter et d'en tirer du plaisir et de la satisfaction. Je suis donc retourné chez mes parents pour leur montrer que j'étais devenu une personne éminemment fréquentable dont ils pouvaient être fiers.

J'aurais tellement voulu qu'ils me reconnaissent pour leur enfant, au même titre que ma jumelle. Qu'ils laissent tomber leur déception, leur méfiance, leur répugnance à mon égard.

À cet instant, les yeux de Carroll se ferment en même temps qu'il pousse un long soupir.

Émotion non feinte, estime Samuel avant de demander à mi-voix :

— Poursuivez, j'écoute.

— J'ai reçu un accueil glacial. Le petit pot de miel était là, évidemment, entre eux deux, posant sur moi son éternel regard bleu trempé dans une immonde décoction composée de cobalt et d'éther.

La très chère était devenue docteure en mé-de-ci-ne et allait bientôt être spécialiste ! Et c'était ça, la grande nouvelle qu'il fallait célébrer. Mes parents n'en finissaient pas d'étaler leur joie et leur admiration. Ils la couvaient du regard, subjugués, totalement sous son emprise. Leur fifille psychiatre, vous pensez, quel honneur !

Mon retour, après sept ans d'absence ? Bof ! Qu'avais-je fait en Europe pendant tout ce temps ? Comment étais-je devenu riche ? Qui m'avait aimé et qui avais-je aimé ? Ils s'en fichaient royalement, tous les trois !

Petit pot de miel régnait sur son empire et ses sujets crédules et dociles. À cause d'elle, je n'avais jamais eu ma place dans la famille, et ce n'était pas ce jour-là qu'elle allait me céder un petit bout de terrain ! Ben voyons !

Je suis parti assez rapidement, effrayé parce que Spoc, Toc et Foc étaient soudain apparus. Ils tournaient autour de la *Doctepeste.* Leur danse guerrière m'a galvanisé et a réveillé ma haine, tombée en léthargie. La voix, l'odeur de Carina m'ont ramené des années en arrière. Ce que j'éprouvais était si fort que j'en tremblais. Mes Tropiques allaient faire fondre et pulvériser le pôle Nord familial si je ne quittais pas les lieux dare-dare.

— Vous avez battu en retraite ?

— Appelez ça ainsi si ça vous fait plaisir. Le comportement hystérique de mon armée m'avait physiquement étourdi. Ça gargouillait, ça faisait vraiment mal dans mon ventre, dans ma tête, dans ma gorge, dans mon thorax, surtout dans mon thorax. Je me suis sérieusement demandé si je n'étais pas en train de faire un infarctus ! Et il ne pouvait être question de me faire examiner par ma jumelle... Plutôt crever sur place!

Quelques semaines ont passé. Je serais peut-être parvenu à calmer mon armée, si Carina n'avait pas chargé un premier détective privé de me suivre et de mener une enquête sur moi! Le petit pot de miel crachait son fiel! Si elle s'était contentée de fouiller mon passé, passe encore...

— Comment pouvez-vous savoir que vous avez été suivi? interroge Samuel, surpris par cette information.

— Mon homme d'affaires a été averti par le banquier que l'on avait posé des questions sur moi. Et un ex-petit copain m'a téléphoné de Grenoble pour me dire que l'on enquêtait sur mes activités, mes relations, professionnelles et personnelles.

— Qui vous dit que le détective a été engagé par Carina?

Carroll ricane:

— Ça vous défrise, hein? Vous allez devoir vous y faire. Miss Perfection a un jardin à l'ombre et ce ne sont pas des roses qu'elle y cultive...

— Vous n'avez pas répondu à ma question. Avez-vous des preuves de ce que vous avancez?

— Merde! Avec votre manie de toujours m'interrompre, vous allez finir par me faire perdre le fil de mon témoignage! Où en étais-je? Ah oui... la filature! Qui ne me dérange pas en soi. Parce que j'ai toutes les raisons du monde d'être fier de ce que j'ai réussi à accomplir seul, sans l'aide de ma famille, je dirais même en dépit d'elle.

Ce qui est plus dérangeant, c'est le plan effrayant de la Divine. *No future for me!* a-t-elle décrété en découvrant que je me débrouillais trop bien et que j'étais devenu suffisamment fort pour lui tenir tête et faire valoir mon droit d'exister.

Savez-vous ce qu'elle a imaginé, cette ogresse? Restez bien assis parce que le choc sera rude, *Candidoc*. Elle a obligé, je dis bien obligé, un de ses patients à s'immiscer dans ma vie privée, dans mon appartement, et qui plus est, dans Ma chambre!

Samuel ne peut s'empêcher de tiquer, mais il se contente de répéter les derniers mots de Carroll, une vieille ficelle bien connue en thérapie qui, sur le plan psychologique, a l'effet d'une amicale petite tape sur l'épaule encourageant le patient à poursuivre son récit, réel ou inventé:

— Votre jumelle a obligé un de ses patients à s'immiscer dans votre vie privée, dans votre appartement, et même dans votre chambre. Poursuivez…

— Le garçon, prénommé Teddy, qui habite à Montréal, avait accepté de passer quelques semaines à Québec chez sa tante qui était en convalescence à la suite d'une opération majeure.

En lui ouvrant la porte, la dame a trouvé son neveu pâle, amaigri. Il l'a rassurée en lui disant qu'il avait trop travaillé depuis un certain temps. Quinze jours après son arrivée, l'état du jeune homme s'aggrave: fièvre, selles hémorragiques, bon, je vous fais grâce des détails. La tante l'envoie consulter son médecin, qui demande des examens. Le verdict tombe : maladie de Crohn. Il prend ça très mal, vraiment très mal. Il se croit condamné.

Complètement démoralisé, persuadé que ses jours sont comptés, il se saoule et se bagarre avec un client du bar où il avait échoué, un soir de grande déprime. On l'arrête et, étant donné son état, on le transporte à l'hôpital, on le soigne et, constatant son état dépressif — il pleurait et clamait qu'il allait se suicider —, on le fait voir par un psychiatre, je devrais dire «une», en l'occurrence : sœurette !

Au cours d'une séance avec elle, pendant qu'elle s'était absentée pour je ne sais trop quelle raison, le malheureux Teddy a eu le tort de dérober une boîte d'échantillons de médicaments, bien en vue sur son bureau. Un geste impulsif...

Au rendez-vous suivant, Carina a joué les justicières. Elle savait ce qu'il avait fait. Elle allait devoir informer les autorités de l'hôpital et la justice de son larcin, à moins que...

— À moins que quoi ? martèle Samuel, suspendu aux lèvres de Carroll.

— À moins qu'il n'accepte de collaborer avec elle pour coincer un grand dépravé sexuel agresseur d'enfants. «Très intelligent, il commet ses agressions sans laisser de trace. Jusqu'ici, on n'a pas réussi à le coincer. L'homme habite Montréal, lui a-t-elle expliqué, tout comme vous.»

«En quoi ça me regarde?» a demandé Teddy, interloqué.

Le vilain petit pot de fiel a tendu sa ligne. «Je veux que vous le suiviez, arrangez-vous pour devenir son confident, pour qu'il croie que vous êtes vous aussi attiré par les enfants, faites-vous inviter et tâchez de gagner sa confiance, pour faire en sorte qu'il accepte que vous séjourniez chez lui.»

«En admettant que je réussisse, qu'est-ce que je devrai faire après?» a demandé Teddy.

«En son absence, vous fouillerez son appartement, vous prendrez des photos, surtout de sa chambre, car c'est là que le salopard entraîne ses proies, qu'il les drogue pour ensuite les agresser et enfin aller les déposer dans un parc, jamais le même, évidemment.»

«Pourquoi moi? a interrogé l'homme, complètement déboussolé. Pourquoi ne pas confier l'enquête aux policiers qui obtiendront sans aucun doute l'autorisation de fouiller l'appartement de cet homme?»

«Parce que j'en fais une affaire personnelle», a rétorqué ma juju, l'air digne et outré de celle à qui on a confié le sort de l'humanité. «Disons que je connais l'une des jeunes victimes qu'il a sodomisée de façon abjecte. Cet enfant, que j'ai traité et que je revois encore de façon ponctuelle, a été en mesure de me décrire la chambre où l'agression s'est déroulée... Vous voyez où je veux en venir? Si j'obtiens des photos de la chambre, je pourrai comparer les clichés avec le témoignage du petit et les autorités policières pourront enfin l'interroger.

Teddy a hésité. Mais sœurette lui a fait comprendre qu'il n'avait pas le choix. Ce qu'elle attendait de lui était relativement simple. Il jouerait au détective, sans courir le moindre risque s'il manœuvrait avec un minimum d'habileté. Elle était prête à le dédommager pour ses frais de déplacement. Elle lui fournirait une caméra numérique miniature et suffisamment d'argent pour qu'il s'achète quelques vêtements élégants, histoire d'avoir l'air branché... Elle lui donnerait, bien sûr, une photo de sa cible, l'adresse de son appartement et de quelques endroits qu'il fréquentait.

L'homme a accepté, contre son gré. Il ne voulait surtout pas être accusé de vol et courir le risque d'être emprisonné. S'il devait mourir, il ne souhaitait pas que ça se passe derrière les barreaux...

— Dans quel roman policier avez-vous piqué cette intrigue tirée par les cheveux? s'exclame Samuel, ahuri par le récit de son patient.

Tout à son histoire, Carroll poursuit:

— Le type est retourné à Montréal et il a commencé à me filer.

— Abrégez, Carroll. Si vous avez décidé de tester mes limites, je vous avoue que votre manœuvre est en train de réussir. Où voulez-vous en venir au juste? Vous n'allez tout de même pas me faire croire que vous êtes en possession de photos prises dans votre appartement, à votre insu, et avec un appareil appartenant à votre jumelle?

— Si vous cessiez de m'interrompre, *Docincrédule*, ça me donnerait la chance d'aller jusqu'au bout!

Résigné, Samuel croise les bras, tentant d'empêcher ses mains crispées de pétrir le tissu de sa veste.

— Poursuivez...

— J'ai croisé le type un jeudi soir dans un bar où j'allais souvent terminer la soirée. Physiquement, c'était tout à fait mon genre. Belle gueule intelligente et sensible, silhouette élancée, musculature naturelle, corps juvénile, un peu amaigri, mais bon... On s'est plu. J'ai tout de suite deviné qu'il était gai. Je lui ai offert un verre. On a jasé de tout et de rien. Il était drôle, un tantinet cynique, il m'a vraiment allumé, quoi. À un moment donné, la conversation a dérivé sur la beauté troublante des enfants qu'il a comparés à des fleurs en bouton sur le point d'éclore. «On doit se retenir pour ne pas écarter les pétales de force afin de voir ce qui se cache à l'intérieur du calice...»

Ce qu'il disait est vrai. La beauté des enfants émeut parce qu'elle est sans artifice. J'ai enchaîné en lui faisant remarquer que la publicité avait trouvé le filon depuis longtemps et l'exploitait allègrement. Ces gamins et ces gamines que l'on fait défiler sur les podiums, ces gros plans saisissant leur beauté et leur vulnérabilité ; cette lumière sophistiquée, délibérée, sur leurs attaches de faons, sur le satin de leur peau... Bref, on a causé beauté, séduction, candeur et pubs racoleuses.

Je l'ai invité à venir terminer la soirée chez moi. Évidemment, il a dit oui. Même si le désir nous talonnait, je voulais en savoir un peu plus sur lui et, instinctivement, j'ai bien vu que lui aussi avait des questions à me poser. Teddy m'a alors révélé qu'il était atteint d'une maladie chronique dont il ne souhaitait pas parler. J'ai pensé au cancer ou au sida, vu sa pâleur et sa maigreur.

Il me fixait avec une intensité que j'imputais au désir. Tout à coup, il m'a dit que je lui faisais très fortement penser à quelqu'un. Je lui ai répliqué que chaque être humain a au moins un sosie sur cette terre et peut-être aussi ailleurs, dans une autre galaxie. C'est alors qu'il m'a demandé si j'avais des frères ou des sœurs. Quand je lui ai révélé que j'avais une jumelle prénommée Carina, il a voulu savoir ce qu'elle faisait dans la vie.

« Elle est psychiatre à Québec. Nous ne nous aimons pas du tout, nous n'avons rien en commun et donc nous ne nous voyons jamais. »

Teddy est devenu blême. La voix chevrotante, il a murmuré :

« Tu n'aurais pas une photo d'elle, par hasard ? »

Je me suis levé, j'ai marché jusqu'à la bibliothèque, ouvert un livre et extirpé une vieille coupure de journal qui contenait une photo prise le jour où Carina a reçu son diplôme de psy. Je la lui ai tendue. Il a fermé les yeux et murmuré :

«C'est elle, c'est bien elle!»

«Tu connais ma sœur?» me suis-je aussitôt exclamé.

«C'est ma psychiatre, c'est elle qui me traite et c'est elle qui m'a chargé de t'espionner.»

Et c'est ainsi que le chat est sorti du sac. Teddy m'a tout raconté. Il m'a montré la photo qu'elle lui avait remise. J'ignore par qui elle a été prise. Peut-être par le détective?

Samuel, d'une voix qu'il essaie de maîtriser, interroge :

— L'inconnu que vous avez ramené chez vous vous a révélé que votre jumelle se servait de lui comme appât. Bien. Une fois sa confession terminée, que s'est-il passé pour que tous les deux vous en déduisiez qu'elle complotait votre assassinat? Vous ne trouvez pas que vous charriez? Franchement, Carroll, vous devriez vous lancer dans la rédaction de thrillers, vous feriez fortune!

— Allez-vous vous taire, à la fin! Ça devient indécent, votre façon de m'interrompre chaque fois que je fais sauter un boulon de la statue de votre idole!

— Vous faites erreur, Carroll, votre jumelle n'est absolument pas mon idole. C'est seulement une personne-ressource. Tenez-vous-le pour dit et tâchez d'en finir avec votre roman à l'eau sale...

— La confession de Teddy m'a jeté par terre. Que devais-je faire ? Évidemment, la première chose qui s'est imposée à mon esprit a été de le rassurer. Je n'étais pas un dépravé sexuel. J'aimais coucher avec les hommes et les femmes, mais pas du tout avec les enfants ! Teddy a hoché la tête. Je voyais bien qu'il était ambivalent. Il ne demandait qu'à me croire, certes, mais il ne comprenait pas pourquoi ma sœur l'avait chargé d'une telle mission, si je n'étais pas ce qu'elle prétendait que j'étais.

Je lui ai expliqué qu'elle avait l'habitude de manœuvrer son entourage pour arriver à ses fins. Pour elle, il n'était rien d'autre qu'une marionnette. Elle avait besoin de lui pour violer mon intimité, découvrir dans quel univers je vivais et m'attaquer.

« Mais, ça lui donne quoi de faire ça ? » s'est exclamé Teddy.

« Du pouvoir sur moi, le pouvoir de me faire mal, de m'anéantir. C'est ce qu'elle veut depuis toujours. »

« Ben ça alors, c'est dingue ! Alors maintenant, on fait quoi ? Moi, je suis dans le pétrin. Elle va sûrement me faire arrêter. Je n'aurais jamais dû piquer ces maudites pilules. Je voulais les revendre pour me faire un peu d'argent et aller passer une semaine à Cuba.

Je souffre de la maladie de Crohn. Mon père en est mort. On m'a affirmé qu'il existe maintenant des médicaments efficaces, capables de guérir les poussées et de maintenir la rémission. Je n'y crois guère. C'est une saloperie auto-immune dont tu ne peux pas guérir. C'est pour ça que j'ai voulu en finir. Après avoir raté mon suicide, je me suis dit que je n'avais pas grand-chose à perdre et j'ai finalement accepté d'avaler les pilules qu'on m'a prescrites. J'apprends à fractionner mes repas, j'évite les épices, les agrumes... et les grosses émotions! Je m'accroche comme je peux. Quand ta jumelle m'a offert de l'argent, j'ai repensé à Cuba...»

Cet homme qui me regardait avec une intensité que je n'avais encore jamais connue, je voulais le consoler, lui donner le goût de lutter.

«Cesse d'avoir peur, lui ai-je intimé. Ton beau voyage, tu vas le faire. Tu vas commencer par donner à ma sœur ce qu'elle attend de toi, des photos. Tout plein de photos. Reviens me voir demain soir. Je me charge de la mise en scène. Tout ce que tu auras à faire, c'est d'apporter l'appareil qu'elle t'a donné. Nous allons souper, vider une bonne bouteille, et ensuite, tu prendras des clichés et tu les lui enverras.»

«Je dois lui retourner l'appareil sans rien imprimer, sans rien télécharger.»

«Parfait, remplis ta mission, joue son jeu. Mais pour l'amour du ciel, prends le temps de mettre sur un CD les photos que tu vas lui envoyer. C'est la seule façon de te protéger.»

Teddy est revenu. On a commandé des tapas. On a pris un verre de vin de glace avec une petite mousse de mangues. Et après, j'ai joué au metteur en scène. En suivant mes indications, Teddy a pris une bonne douzaine de photographies, dont plusieurs dans ma chambre. Mon lit défait vu sous différents angles, ma penderie, ma salle de bains. Un gros plan de ma bouteille d'eau de Cologne. Il est resté avec moi toute la nuit. Nous avons parlé de son état, de sa cure, de Cuba…

Le lendemain matin, je lui ai proposé d'appeler ma sœur à l'hôpital pour lui annoncer qu'il avait rempli sa mission : il avait pris les photos.

«Ensuite, dis-lui que tu te sens coupable. Ce n'est pas bien de mettre son nez dans les affaires des autres.»

Vous savez ce qu'elle a répondu quand il lui a fait part de son malaise?

«Quand on veut éliminer un salopard, tous les moyens sont bons. Dites-vous que avez accompli votre devoir de citoyen. Grâce à votre collaboration, un prédateur sexuel sera arrêté et ne pourra plus jamais faire de mal à des enfants innocents. Maintenant, il vous reste à me remettre l'appareil. Postez-le à l'adresse que je vais vous donner et après, oubliez tout, comme moi je vais oublier ce que vous avez dérobé dans mon bureau. La suite des évènements appartient à la justice. En ce qui vous concerne, je vais demander que l'on transmette votre dossier médical au Centre hospitalier de l'Université de Montréal. Un gastro-entérologue vous donnera un rendez-vous. Si vous prenez vos médicaments et suivez votre diète, tout ira bien.»

L'adresse fournie par le petit pot de fiel était celle de la maison de nos parents! Nous avons préparé le colis ensemble et j'ai pris soin de le photographier avec ma caméra avant d'aller le poster, avec la mention «recommandé», il va sans dire.

Avouez, *Douxdouxdoc*, que vous ne vous attendiez pas à une aussi grosse bavure. Elle a de l'ambition, ma jumelle! Faire fouiller la vie très intime d'un ennemi en vue de l'éliminer, ça demande pas mal plus de cran que de trucider un malheureux clébard! Avouez aussi qu'une psy qui laisse traîner des échantillons de médicaments psychotropes bien en vue sur son bureau commet une faute professionnelle pour le moins gênante!

Habituellement, c'est Carroll qui se promène à travers la pièce, pendant les séances. Aujourd'hui, les rôles sont inversés. Carroll est assis, dos droit, pieds joints, mains sur les genoux, économe de ses gestes, tandis que Samuel fait les cent pas en se frottant les tempes du bout de ses index et majeurs réunis.

Rompant le silence, il affronte son patient et parvient à ne pas hausser le ton:

— Qu'essayez-vous de me faire avaler, aujourd'hui, Carroll? L'hameçon est vraiment gros, trop gros. Cette fois, vous dépassez les bornes! Je ne crois pas un traître mot de ce que vous venez de me révéler, je devrais plutôt dire d'inventer, pour noircir votre jumelle.

Carroll lâche un grand soupir, la mine chagrine.

— Vous pensez sérieusement que j'ai tout inventé?

— Oh oui! Vous êtes peut-être ceinture noire en judo verbal, mais je ne suis pas une valise!

— Homme de peu de foi! déclame Carroll sans ciller. Il vous faut donc des preuves? D'accord. Je vais vous en donner. Maintenant, au lieu d'user le plancher, déposez votre mignon derrière sur la chaise et laissez-moi terminer mon histoire, même si elle vous déplaît souverainement.

— Parce que vous n'avez pas fini?

— Oh que non! J'arrive au meilleur, au punch! À la preuve que vous réclamez! Quand j'ai rendu visite à La chambre, la deuxième fois, elle m'a dit qu'il y avait un objet caché qu'il me fallait trouver. J'ai fouillé partout, avec méthode. J'avais le sentiment d'être guidé: «Tu gèles, c'est tiède, attention, c'est chaud, woh! tu brûles, bingo, tu y es! C'est dans le placard!»

J'ai ouvert la porte. Il y a eu un grand *floush*! Point d'incandescence! J'ai tout de suite repéré ce stupide ours en peluche, le double de l'autre qui trônait sur le lit du petit pot de fiel. Je m'en suis emparé. La chambre jubilait! Spoc, Toc et Foc s'étaient roulés en boules de billard et bondissaient partout comme des fous.

En examinant l'animal avec soin, j'ai découvert une fente sur son ventre, une coupure que l'on avait pris soin de recoudre sommairement. J'ai tiré sur les fils et écarté le tissu. Il y avait une enveloppe cachée dans les entrailles de l'ursidé. Vous savez ce qu'il y avait dedans? Les photos prises par Teddy!

Pourquoi ma diabolique jumelle avait-elle dissimulé ça dans le ventre d'un jouet m'appartenant? Voulait-elle que je le trouve? Espérait-elle qu'un sorcier vaudou allait pouvoir me torturer à distance? Je suis sorti de la maison en emportant l'enveloppe. Les photos et le CD fait par Teddy sont dans mon coffre, à la banque. Je vous les remettrai si vous le désirez. Alors, ça vous en bouche un coin, *Docmouché*?

Samuel respire profondément. Il sait ce qu'il faut faire quand un patient raconte n'importe quoi. Valider, de façon systématique, avec opiniâtreté.

— Très bien, Carroll. Nous allons reprendre votre histoire depuis le début et l'analyser avec rigueur, propose-t-il froidement.

Un: votre sœur a engagé un détective pour vous suivre et enquêter sur votre passé. Et alors? Où est le problème? Elle voulait peut-être tout simplement s'assurer que vous n'étiez pas dans la misère? Ça ne fait pas d'elle le monstre que vous m'avez décrit.

Deux: un dénommé Teddy téléguidé par Carina vous suit, vous drague. Vous l'invitez chez vous et soudain, coup de théâtre, il vous trouve une ressemblance avec quelqu'un. Tel un magicien, vous sortez une photo de votre jumelle et bingo! Il reconnaît la psy et se confesse. Il avoue son larcin, la mission qu'on lui a confiée, l'obligation de prendre des photos de votre appartement. Vous entrez dans le jeu, vous l'aidez à prendre des clichés, vous lui demandez d'appeler votre sœur et, selon vous, ses propos laissent entendre qu'elle projette de vous éliminer, rien de moins!

— Vous oubliez les photos...

— Celles que vous affirmez avoir trouvées dans le ventre d'un ourson? Eh bien oui, je demande à les voir. Néanmoins, en admettant qu'elles existent, elles ne constituent pas pour autant une preuve valable. Vous avez très bien pu planifier seul une petite séance de photos. Qui plus est, vous avez peut-être vous-même mis les photos dans le bide de la peluche. Pendant qu'on y est, dites-moi la vérité «vraie»: c'est évidemment Spoc, Toc et Foc qui ont pratiqué l'opération. Le premier a ouvert, le deuxième a inséré l'enveloppe et le troisième a suturé!

Suffoqué par la réaction de Samuel, Carroll pointe un index indigné dans sa direction.

— Ma tête à couper si, en fouillant dans les affaires de ma sœur, vous ne trouvez pas un appareil numérique! Ma tête à couper si, en allant voir Teddy, vous ne recueillez pas un témoignage en tout point conforme à mon récit! Vous voulez procéder avec rigueur, dites-vous, pourquoi ne commenceriez-vous pas par rencontrer Teddy? Je vous donnerai son numéro de téléphone si vous voulez. Je suis persuadé qu'il ne refusera pas de vous parler.

— Parlons-en de ce Teddy. Que fait-il dans la vie?

— Il travaille quelques jours par semaine comme guide touristique dans le Vieux-Montréal. Il prend fidèlement ses médicaments, même si certains lui causent des effets secondaires fâcheux. On lui a expliqué que c'était temporaire. Son organisme finira par s'habituer. La dernière fois qu'on s'est vus, il allait mieux, il m'a affirmé qu'il se préparait à partir pour Cuba où, si j'ai bien compris, il a des amis.

J'ai une idée. Vous savez ce que vous devriez faire? Organiser une petite réunion de famille: le détective de l'agence, Teddy, Carina, vous et moi. On pourrait tous s'expliquer, jouer au chat et à la souris, à la chatte et au mulot... Ce serait un très beau spectacle qui pourrait s'intituler «Après le Cirque du Soleil, voici celui de la Lune noire».

Déboussolé, Samuel ne sait que répondre. Des récits abracadabrants, il en a entendu pas mal depuis qu'il pratique la psychiatrie, mais l'histoire de Carroll les bat tous.

Devrait-il le prendre au mot et téléphoner au fameux Teddy? Et s'il s'agissait d'un coup monté? Le type, s'il existe vraiment, est peut-être un comédien... Carroll a fréquenté le milieu en Europe, peut-être s'agit-il d'un acteur québécois qui a séjourné ou étudié là-bas?

En réalité, il n'a pas le choix, il doit parler à cet homme, afin de savoir. Teddy est peut-être une créature inventée par le patient tout comme son trio de nains? Si jamais il découvre qu'il existe vraiment, il devra d'abord vérifier s'il a, oui ou non, été soigné par Carina. Ensuite, il pourra poser une ou deux questions à cette dernière.

La voix de Carroll interrompt sa réflexion.

— Ah oui, j'oubliais un truc vachement important! lance Carroll. Curieusement, juste avant de sortir de la chambrette neurasthénique, je me suis souvenu d'un truc dont je ne vous ai pas parlé jusqu'ici. Je pense que je ne voulais pas me souvenir…

Tout jeune, je devais avoir huit ou neuf ans, guère plus, j'ai souffert de cauchemars à répétition. Certaines nuits, je voyais un monstre raser les murs de ma chambre en grimaçant. Ça durait une trentaine de secondes. Inutile de vous dire que je plongeais sous les couvertures et que je retenais mon souffle, mort de peur.

— Tiens donc, votre petite armée cachée sous le lit ne vous a pas défendu? Quelle bande de trouillards. À votre place, je les aurais congédiés sur-le-champ!

— Très drôle, *Docfléchette!* Je poursuis, même si vos oreilles refusent de m'écouter.

— Mais je ne fais que ça, vous écouter! Poursuivez donc votre histoire de monstre…

— De nuit en nuit, la chose monstrueuse s'enhardissait et s'approchait de mon lit. Une nuit, elle a bondi sur moi et s'est mise à s'agiter en grognant. Elle a essayé de tirer sur les couvertures tout en me flanquant des coups. Elle a presque réussi, mais elle a commis une erreur en s'approchant trop près de moi.

Vous devinez qui était le monstre, j'espère ? Carina, eh oui ! Je l'ai repérée à son odeur ! Elle portait un masque sur son visage et ses mains étaient recouvertes d'une énorme paire de mitaines très poilues. Elle avait probablement utilisé du papier journal froissé pour lui donner la forme de mains d'ogre. Je suis parvenu à la repousser, à lui arracher son masque, et elle s'est enfuie. Je me suis recouché, heureux de l'avoir démasquée. Et j'ai hurlé comme un putois, de joie cette fois, pas de peur. Neutraliser un monstre quand on est petit et fin seul, c'est héroïque !

Tout ça a fait un tel boucan qu'au matin, mon père a parlé de m'emmener voir un docteur. Je l'ai envoyé promener en dardant mes yeux sur le visage écarlate du petit pot de miel qui ne savait plus où se mettre. Je la sentais sur la défensive, prête à la riposte, déterminée à tourner l'affaire à son avantage. Je savais que l'accuser ne servirait à rien d'autre qu'à me faire encore haïr davantage. J'ai passé ma colère en invectivant mon père. Je ne l'ai pas ménagé, ah ça non !

Le lendemain, j'ai demandé que l'on change la poignée de la porte de ma chambre, je voulais sécuriser les lieux. Avoir une porte que je pourrais fermer à clé mettrait un terme à mes cauchemars, j'étais prêt à le jurer sur les Évangiles.

Mes parents ont d'abord refusé, mais devant mon insistance et mes yeux larmoyants, ils ont fini par accepter de poser une chaîne à ma porte, à la condition que je m'engage à ouvrir à ma mère en tout temps.

Ça me convenait. Le petit monstre n'allait pas pouvoir récidiver. Plus tard, j'ai tenté de retrouver le masque et les mitaines, sans succès. Sœurette avait sûrement détruit les preuves de ses agressions.

Samuel se souvient du récit de Carina. Se pourrait-il que...

— Hé, *Docsidéré*, vous êtes devenu catatonique ?

Samuel sursaute :

— Si ce que vous dites est vrai, pourquoi ne pas avoir dénoncé Carina à vos parents ?

— J'y ai songé, je vous l'ai dit. Qu'est-ce que vous croyez ? Franchement, vous pensez qu'ils m'auraient cru ? Leur sacro-saint petit pot de miel était incapable de la moindre offense, de la moindre méchanceté. C'était moi, le raté, le crétin, le petit pervers, le fêlé, le monstre en devenir !

Alors, que pensez-vous de ma déposition, *Cookidoc* ?

Samuel n'en peut plus. Une tempête souffle au centre de son crâne, charrie le vent et la pluie jusque dans ses oreilles. Un torrent gronde, fait vibrer ses tempes et durcit ses mâchoires. Quelque chose va éclater. Ses poumons? Son cœur? Son cerveau? Sa boussole intérieure est, encore une fois, hors d'usage. Il est seul face à un tsunami.

Non. C'est impossible! Il ne peut s'être à ce point trompé sur Carina. Elle est tout, sauf un monstre. Mais, si jamais les preuves que fait valoir Carroll tenaient la route, ça voudrait dire qu'il est en train de se faire baiser... Et ce n'est pas son sexe, l'enjeu de l'aventure.

Non, non et non, tout ce que vient de raconter le patient est pure fabulation. Il a raison quand il se qualifie de monstre. Que faire maintenant? Samuel se souvient d'une réflexion commentée longuement par Henri Laborit dans un bouquin dont il ne se souvient plus du titre: *Le salut est dans la fuite.*

Voilà. Il lui faut fuir avant d'être phagocyté par Carrroll... ou par Carina. Ou peut-être par les deux?

— L'entretien est terminé, parvient-il à articuler en frottant ses tempes du bout de ses doigts. Mais sachez que j'ai la ferme intention de vérifier le bien-fondé de chacune de vos accusations. Vous... vous...

— Quelque chose sur le cœur, toubib? Moi, peut-être, ou Carina?

— Vous ou elle, c'est pareil! s'entend-il répondre avec exaspération. Elle est en vous, vous l'hébergez, vous la séquestrez depuis toujours, vous la nourrissez juste assez pour qu'elle survive! Et maintenant, vous voulez vous en débarrasser parce que vous venez de comprendre qu'elle vous empêche de vivre, qu'elle a pris vraiment trop de place dans votre existence ! Vous n'avez plus le choix. Je vois juste, Carroll ? Répondez !

— C'est vrai. J'ai déjà voulu qu'elle meure ! Je veux dire... physiquement. Plus maintenant. Plus depuis quelques semaines. J'envisage désormais une mort symbolique. Je voudrais juste trouver un moyen pour l'effacer de moi, pour l'*amnésier*. Le mot n'existe pas, mais il décrit bien ce que je ressens. Comment effacer une femme en chair et en os qui a gâché votre enfance, qui s'est emparée de votre cœur et de votre esprit, qui veut vous avaler, vous digérer, qui vous force à respirer en même temps qu'elle ?

Vous dites que je l'héberge, que je la séquestre, mais vous vous trompez. Vous vous fiez à l'image que vous renvoie le miroir. Il faut la renverser, cette image ! Autrement, vous vous faites avoir, mon pauvre *Docaveuglé*.

Carina vous a trompé comme elle m'a trompé. Le prisonnier, la victime de l'histoire, c'est moi. Le gardien, c'est vous ! Si je la tue pour de vrai, je meurs aussi, en même temps qu'elle ! Alors, je dois trouver un moyen pour sortir son esprit de moi. Je compte sur vous pour m'y aider, pour me défendre, et d'elle... et de moi. J'espère que vous avez compris l'essentiel : l'ennemie est puissante, mais je le suis aussi, et comme elle a commis quelques faux pas...

Samuel ne quitte pas Carroll des yeux. Sa boussole intérieure sort lentement du coma, elle vibre et se stabilise. Le patient vient de verbaliser une chose capitale : il veut se libérer du joug de sa jumelle ! La porte de la prison dans laquelle il s'est barricadé est sur le point de sauter.

— Vous souhaitez la mort de votre jumelle sur un plan symbolique, pas physique, n'est-ce pas ? Mais vous êtes effrayé. Vous vous demandez ce qu'il restera de vous une fois que vous aurez effacé Carina... Vous craignez de ne pas pouvoir survivre à l'exorcisme ?

— Oui, c'est peut-être ça, répond Carroll en frottant à son tour ses tempes avec ses index et ses majeurs réunis, comme si le geste accompli par Samuel il y a quelques minutes, et repris par lui, avait le pouvoir d'arrêter la guerre qui fait rage et mène grand tumulte dans sa tête.

D'une voix un peu rauque, tout en esquissant un sourire amer, il ajoute :

Je dois admettre que vous avez fait du chemin depuis notre première rencontre, *Docluciole*, et moi aussi. Néanmoins, ce que vous n'avez pas encore compris, c'est que mon armée secrète exige toujours la mort physique de Carina. Elle veut m'obliger à exécuter la besogne. Spoc soutient que la seule façon pour moi de réussir à me libérer, c'est de devenir le fou du petit pot de miel, à n'importe quel prix, d'injecter ma folie dans sa vie, dans son esprit, dans son sang.

Toc et Foc, pour leur part, comptent lui faire un tatouage à la grandeur de son corps, un tatou à l'image de mon corps. Ils disent que l'effet sera radical. Elle sentira un pénis grouiller entre ses jambes, une pomme d'Adam grossir dans son cou, des poils pousser sur ses joues, son torse, ses cuisses, ses mollets, et ses cordes vocales seront envahies par une colossale poussée de testostérone.

Mon armée croit qu'une fois «transsexuée», la divine Carina finira par se tuer parce qu'elle réalisera que si elle possède enfin mon enveloppe corporelle, elle n'aura jamais mon âme. Et si jamais elle tarde à le faire, ils se chargeront personnellement de l'expédier dans les bras de la Canarde.

Soudain, dans un élan du cœur et de l'âme, Carroll s'accroche aux épaules de Samuel, un geste qu'a déjà fait Carina…

— Aidez-moi, docteur! Je ne veux plus jouer au fou. Je suis fatigué d'héberger un commando dont l'unique but est de blesser, de faire souffrir, de tuer… J'ai beau leur expliquer qu'en la trucidant, elle, ils me trucident aussi, ils n'ont pas l'air de comprendre. Je n'arrive plus à les maîtriser, j'ai peur d'eux!

Samuel sent son estomac se crisper. Il repousse son patient. Sa boussole intérieure s'affole à nouveau. Quelque chose pèse sur son thorax. Une odeur bizarre et désagréable se faufile dans ses narines. Instinctivement, il se bouche le nez. Mais son odorat alerte sa peau qui se hérisse.

Une présence malfaisante rôde dans la pièce. Tout son être se rebelle et repousse les doigts invisibles qui se referment sur sa gorge. La chose puante lâche prise. En une fraction de seconde, il reconnaît le parfum maudit qu'il a déjà senti pendant sa résidence en médecine. C'est celui de la mort, qui est entrée dans la pièce.

Moitié poulpe, moitié homme, elle le dévisage, recroquevillée sur le sol. Sa tête dodeline et ses yeux globuleux font le tour de la petite salle, en quête d'une proie. Ils se fixent sur Carroll et semblent indécis. Qui convoite-t-elle, Carroll ou Carina ?

— Vous en faites une tête, tout à coup, doc.

Samuel, les paupières baissées pour ne pas voir la créature qui bave et halète, répond :

— Carroll, je me sens vraiment très fatigué. Nous avons largement dépassé le temps prévu pour notre entretien, mais je pense que nous avons progressé. Je dois partir. Vous êtes d'accord pour que nous mettions un terme à cet entretien ?

— À la condition que vous reveniez demain, oui. Nous parlerons de la mort, vous et moi. De la mienne, de la vôtre, de celle de la planète, de celles des enfants innocents et des bourreaux d'enfants, de celle des amants de Vérone que je préfère appeler de la Variole, l'une des grandes copines de la mort !

Samuel tressaille. Pourquoi son patient évoque-t-il soudain la mort ?

— Vous savez ce que je pense? poursuit Carroll. La pire tragédie qui guette l'humanité, c'est d'avoir à jongler avec l'idée qu'il n'y a peut-être rien du tout après la mort. Rien! Vous êtes d'accord, j'espère?

En entendant prononcer son nom, la mort sursaute, agite ses tentacules, bondit par-dessus la table, atterrit devant la porte, gonfle ses chairs flasques, les agite et dévisage Samuel avec gravité.

Sortie bloquée. Comment faire décamper cette créature froide et visqueuse qui le nargue? Par la force ou par la ruse?

L'estomac de plus en plus noué, Samuel demande à Carroll, sans perdre la mort du regard:

— Vous ne croyez pas en une quelconque forme de survie? Pour vous, la mort, c'est la fin de tout?

— Je n'ai jamais dit ça! Je vis d'espoir, *Doccrispé*, vous n'avez jamais détecté ça en me sondant les reins, les neurones et la *pestostérone*? L'espoir, c'est le plus beau mot du monde.

Si vous l'écrivez à l'envers, ça fait RIOPSE, RIOPSE. Et comme le S n'est pas à sa place, il y a toujours des lettres qui se croient tout permis... Si on le déplace, ce S prétentieux, on obtient RIS, et HOPE. RIS et ESPÈRE. Espère n'être pas né pour mourir bêtement sans avoir laissé une trace, même infime, de ton passage, un mot inventé qui a fait mouche, une photographie surréaliste, un poème nocturne craignant la lumière du soleil... Et vous,

Douxdoc, que pensez-vous qu'il se passe après le dernier soupir?

Au bord de l'évanouissement, Samuel s'entend rétorquer, ses yeux plongés dans ceux de la mort qui le toise, celle-ci soudain amusée par ce qui se dit sur elle:

— Je ne sais pas. J'aimerais assez pouvoir me retrouver, en mieux, de l'autre côté...

Disant cela, il fait un pas en direction de la porte. Intérieurement, il ordonne à la mort de déguerpir. Si elle ne s'écarte pas, pense-t-il, c'est qu'elle convoite Carroll, mais son instinct lui dit que c'est Carina qu'elle cherche. Seulement, pour la trouver, elle réclame la complicité de son jumeau. Peut-être est-ce lui qui l'a appelée, lui par l'intermédiaire du trio tordu de son armée secrète?

Une main lui donne une amicale tape sur l'épaule et le fait sursauter. C'est Carroll.

— Allez, *Hérodoc,* retournez faire HOPE lalaire! avec cette belle enfant dont il vous arrive de partager les nuits, et, surtout, soignez-vous! On dirait que vous êtes brouillé avec vous-même. Que vous avez un gros paquet sur le cœur...

Samuel tourne la tête pour regarder son patient, il découvre un visage souriant, détendu. En se retournant vers la sortie, il trouve la voie libre. La mort s'est envolée.

L'aveu

Au bord de l'épuisement, Samuel a tout essayé pour retrouver la sérénité et faire cesser le tremblement qui le secoue. Ses muscles sont douloureusement tendus, son sang semble avoir atteint le point d'ébullition. Il se dit qu'il a sûrement la fièvre. Il a chopé un virus, voilà qui explique tout.

Il prend sa température corporelle. Normale. Donc, la fièvre est à l'intérieur. Il se regarde dans le miroir. Son visage est d'une pâleur anormale. Une veine joue du tambourin sur sa tempe gauche : tam-tam-tam. Sa langue est pâteuse et son estomac noué.

Une voix ironique se moque de lui. On dirait qu'elle émane du miroir :

«Alors, *Bobodoc*, tu vas devoir te rendre au service des urgences d'un quelconque hôpital, montrer ta langue à un inconnu, faire pipi dans un petit contenant en plastique, donner une veine à une infirmière qui en a vu d'autres pour qu'elle te pompe un peu de sang, bref, confier ton corps à la science. Beau travail, mon ami! Voilà ce qui arrive quand on joue à Superman!»

Samuel s'éloigne du miroir, éteint la lumière et sort de la salle de bains, bien décidé à lutter contre le mal mystérieux qui le ronge. D'abord, il doit retrouver son calme. Se coucher et dormir afin de permettre à son organisme de réparer les dégâts et gommer sa fatigue.

«J'ai les piles à plat, ronchonne-t-il. Le congrès, Carina, Carroll... C'est vraiment une trop grosse bouchée à avaler! Du repos, voilà ce qu'il me faut.»

Il ne lésine pas sur les moyens. Retour dans la salle de bains. Douche chaude et froide suivie d'un bain parfumé à la lavande. Préparation d'une tisane à la camomille qu'il sirote en écoutant une musique relaxante. Il n'obtient aucun soulagement.

Pour la première fois de son existence, victime d'une fuite majeure d'énergie et de lucidité, Samuel éprouve un sentiment de désarroi total. Il n'arrive plus à réfléchir correctement, à ordonner le cours de ses pensées.

Résigné, il se couche. Au bout de vingt minutes, incapable de trouver le sommeil, il se relève, excédé. Heureusement qu'il n'y a pas de somnifères dans la pharmacie, il serait tenté d'avaler tout le contenu du flacon. Reste l'alcool. Il débouche une bouteille de porto de la cave paternelle et boit au goulot.

✦

Très tôt le lendemain matin, la mine abattue, Samuel Leduc se traîne jusqu'à Pinel. Dès qu'il arrive à l'étage des bureaux, il aperçoit la frêle silhouette du docteur Simosa sortant du sien.

— Docteur Simosa, ne devriez-vous pas être chez vous en train de vous soigner?

— Oui, mais rester chez moi et tourner en rond, ça me fatigue! Les sulfamides font effet et un bon vieux sirop à la codéine aidant, je passe de meilleures nuits. Alors, j'ai décidé de recommencer à travailler... quelques heures par jour, seulement. Puisque vous êtes là, venez donc faire un brin de causette, suggère-t-il en donnant une poignée de main chaleureuse et un peu appuyée à Samuel, qui le suit dans son bureau et s'assoit dans le fauteuil que le directeur lui désigne.

— Alors, ce congrès, ça valait le déplacement?

— Oui, je vous remettrai un compte rendu d'ici peu.

Perspicace, le docteur Simosa se rend compte que Samuel n'est pas dans son état habituel. Quelque chose le préoccupe. Peut-être a-t-il décidé d'abandonner le malade qu'il lui a confié, ce fameux Carroll qui nargue le personnel et prend un malin plaisir à dérouter quiconque s'intéresse à lui, se plaignant à l'un qu'il a froid et à l'autre qu'il a chaud. Sans oublier les propos parfois obscènes et dérangeants qui jaillissent de sa bouche de façon inopinée. Samuel ne serait pas le premier à mettre les pouces. Le vieux médecin va donc droit au but :

— Comment va votre patient, Sam ?

— C'est justement pour vous parler de lui que je suis venu. À la prochaine réunion des membres du service, je compte recommander sa libération, assortie de deux obligations : poursuite de la thérapie à raison de deux rencontres de deux heures par semaine et respect strict de l'encadrement que ne manquera pas d'exiger le tribunal.

— Vous êtes sûr de vous ?

— Je crois avoir trouvé la ligne de cassure chez ce malheureux garçon.

— Est-il lucide ? Reconnaît-il qu'il s'est livré à des actes répréhensibles ? Qu'il a causé du tort à des personnes innocentes ? Le juge insistera sur ce point.

— Oui, tout à fait. Il sait qu'il s'est très mal comporté. Au fait, j'ai rencontré sa jumelle et…

Le docteur Simosa échappe un « Ah, ah ! » dans lequel Samuel perçoit une certaine ironie.

— Vous la connaissez ?

— Intimement, non. Un de ses patrons m'a parlé d'elle, il y a quelques semaines à peine. Curieux hasard, non ? Joli brin de fille, à ce qu'il paraît. Bon médecin, mais avec des hauts et des bas sur le plan caractériel. Et un sacré tempérament au lit, selon certains. La rumeur veut qu'elle ait rendu fou d'amour un cuisinier de l'hôpital. Un jeune Pakistanais, très beau, qui a préféré remettre sa démission quand il a pris conscience de ce qu'il représentait pour elle. Un jouet! Vous n'avez pas fait tchin-tchin à l'horizontale avec elle, j'espère?

Samuel avale sa salive et avoue sans pourtant baisser les yeux:

— Oui, mais l'aventure est terminée.

Le docteur Simosa grimace.

— Vous n'auriez pas dû, Sam, vous le savez?

— Oui. Si vous décidez de confier Carroll à un autre psychiatre, dans les circonstances, je comprendrais. Néanmoins... je suis persuadé que ce serait une erreur de ma part de l'abandonner maintenant. J'ai l'impression d'avoir réussi à enfoncer les portes de son donjon. Cesser la thérapie à ce stade serait une erreur encore plus grave que celle que j'ai commise. Je suis rendu trop loin avec lui.

— Vous êtes allé trop loin avec la sœur aussi! ironise le docteur Simosa en donnant machinalement des petits coups de coupe-papier sur le bord de sa table de travail.

— Vous avez raison. Je vous donne ma parole que je ne la reverrai plus. Enfin, à l'horizontale... Je la rencontrerai une dernière fois, mais sur un plan strictement professionnel. Au départ, mon intention était claire: je voulais la faire parler de son jumeau.

— Mais elle a habilement éludé et vous a plutôt proposé une rencontre de type rapproché?

— Oui, enfin non. J'ai éprouvé un violent désir... Et elle aussi. Mais j'aurais pu, j'aurais dû refuser sa proposition. J'ai cru qu'un corps à corps me rendrait la tâche plus facile. Évidemment, j'ai obtenu les renseignements que je voulais.

— Vous a-t-elle donné l'impression que c'était le prix à payer? Inconsciemment, vous avez peut-être estimé qu'il vous fallait en passer par là?

— Non, ou plutôt si. Il est arrivé une chose étrange avec le jumeau, après. Il savait ce que nous avions fait. Comme s'il nous avait vus!

— Clairvoyance? La gémellité n'a pas encore livré tous ses secrets, vous le savez. Et maintenant, où en êtes-vous?

Soucieux, Samuel frotte ses doigts comme s'il voulait se débarrasser d'un corps étranger qui colle à sa peau, et il finit par articuler:

— Quelque chose me chicote. Je sens un danger planer. Mais j'ignore de quoi il s'agit. Qui est en péril, elle ou lui?

— Je vois, vous êtes coincé entre le frère et la sœur et vous ne savez plus sur lequel miser?

— Je pense que tout sera beaucoup plus clair, une fois que Carroll sera sorti d'ici. Une chose est sûre. Je compte valider un certain nombre de très précieux renseignements que les deux m'ont fournis. Et je n'exclus pas de les mettre l'un en face de l'autre si cela s'avère indispensable. Je sais que l'un des deux jumeaux ment à propos d'un certain nombre de choses, et le seul moyen que j'ai de débusquer le menteur est la confrontation.

— Je pourrais assister à la rencontre, si vous le voulez. Non... qu'est-ce que je dis là. Ils se méfieraient.

Le docteur Simosa contemple longuement Samuel qui soutient son regard perçant sans ciller.

— Je risque gros en ne vous retirant pas ce dossier *illico*. Seulement, vous êtes la dernière chance de ce pauvre garçon, là-dessus vous avez tout à fait raison. Je vais donc vous soutenir, mais en même temps exiger de vous des comptes rendus réguliers.

Ne me cachez plus rien surtout et regardez-vous aller, Sam. Soyez très prudent et méfiez-vous de ces élans subits par lesquels le sexe essaie de se faire passer pour le cœur. Je ne pense pas me tromper en vous avertissant que vous allez jouer une très grosse partie au cours des semaines qui viennent.

Allez, dégagez avant que je change d'avis et n'oubliez pas que je suis là pour vous écouter et vous soutenir en cas de besoin.

Une fois Samuel parti, le docteur Simosa soupire et pose machinalement ses mains ridées sur ses yeux. Éros, toujours lui! Il a le chic pour s'immiscer dans les relations professionnelles et les transformer en buisson ardent. «Si l'on pouvait remonter aux racines du désir, se dit-il, et qu'on parvenait à le mettre à nu, peut-être que les hommes et les femmes, découvrant sa fragilité et surtout sa fuga-cité, feraient moins de bêtises...»

À mi-voix, le vieux médecin se réprimande :

«Tais-toi donc, vieille taupe ! Tu es jaloux, jaloux de cette femme qui a tenu Samuel dans ses bras. Tu as choisi d'être chaste dans le fond de ton placard, alors débrouille-toi avec tes désirs et laisse les autres passer à l'acte !»

Jour de congé

Les collègues de Samuel entrent dans la grande salle de réunion à la queue leu leu. Chacun a sa pile de dossiers dans une main et une tasse de café dans l'autre. L'ordre du jour a déjà été distribué et chaque médecin, une fois assis, le consulte rapidement.

Le cas de Carroll est le premier point dont l'équipe aura à débattre. Le docteur Simosa donne donc la parole à Samuel, seul responsable du patient, qui le remercie d'un bref signe de la tête. Tous les regards convergent vers le psychosomaticien.

— Au cours des dernières semaines, j'ai rencontré Carroll à une vingtaine de reprises. D'abord frondeur et récalcitrant, il a fini par entrouvrir une porte et il a commencé à me raconter son enfance. Ce récit, haut en couleur, m'a permis de faire céder des digues et d'entamer une thérapie intensive. Il y a, je suis heureux de vous l'annoncer, de très nets progrès.

En conséquence, je compte recommander au juge de libérer monsieur Leblond, avec l'obligation pour lui de poursuivre la thérapie en consultation externe, à raison de deux rencontres par semaine. Et à la condition que le travailleur social qui lui sera attitré suive ses allées et venues de près, au moins pour les trois prochains mois, et reste en contact étroit avec moi.

— Il va devoir hanter les rues malfamées et les bars louches de Montréal, ce travailleur social, s'il veut suivre votre lascar ! ricane le docteur Bernard Lanctôt, un homme trapu toujours tiré à quatre épingles, spécialiste des cas de cleptomanie. Selon la rumeur, il passe ses dimanches dans les centres commerciaux à suivre la trace de personnes, particulièrement de femmes, dont le comportement lui paraît louche et précurseur d'un délit, la plupart du temps d'un vol.

Samuel s'est toujours demandé si, par hasard, cette quête frénétique du flagrant délit ne cachait pas un secret. Se tournant vers son collègue, il demande poliment :

— Pourquoi dites-vous ça, Bernard ?

— Parce que vous vous êtes laissé embobiner, mon cher ! On voit que vous avez encore des croûtes à manger ! Votre patient est un ringard totalement asocial et inapte au travail. On dirait que ça vous a échappé ! Si vous recommandez au juge de le lâcher dans la nature, tôt ou tard, il finira par commettre un acte criminel, dont vous porterez la responsabilité.

— En tant que thérapeute de Carroll, je ne partage pas cette opinion.

— Vous devriez! fulmine le docteur Lanctôt. Vous semblez oublier qu'il y a eu escalade dans les délits commis par ce bouffon. Des broutilles du début, il en est rendu aux agressions à l'arme blanche. Il vaudrait mieux demander son internement avant qu'il ne commette l'irréparable. Ainsi, du même coup, vous serez sûr qu'il ne manquera de rien : il aura un toit sur la tête et trois repas par jour, sans oublier la supervision médicale et la médication sur mesure auxquelles il ne pourra se dérober, que ça lui plaise ou pas.

— Vous parlez du patient comme s'il était un pauvre type sans ressources, un parasite, riposte Samuel. Saviez-vous que Carroll est propriétaire d'un condominium? Qu'il a un métier, des amis dans son entourage immédiat et aussi à l'étranger? Il est loin d'être démuni. Il me paraît donc raisonnable d'envisager une réadaptation progressive, pourvu que la thérapie soit maintenue, j'insiste vraiment sur ce point. Contrairement à ce que vous affirmez, il est apte au travail, peut-être pas à plein temps au début, mais au fur et à mesure qu'il retrouvera son équilibre, il sera en mesure de s'assumer.

Un murmure de réprobation accueille sa réplique.

— Vous n'êtes pas sérieux! Carroll est un grand malade! s'exclame Henriette Lanthier, la psychiatre qui l'a examiné à son arrivée à l'Institut Pinel. Cet homme est totalement imprévisible, je partage entièrement l'avis de Bernard, votre patient constitue un véritable danger pour la société. Il pourrait habiter la suite royale de l'hôtel Saint-James, compter des ministres dans son cercle d'amis et posséder un compte en banque à six ou sept zéros que ça ne le rendrait pas inoffensif pour autant.

— Carroll n'est pas dangereux, maintient Samuel sans élever la voix. Je vous assure qu'il a fait de réels progrès. Il se montre très coopératif et reconnaît qu'il a commis des erreurs. De récalcitrant qu'il était, il est devenu collaborant.

La docteure Lanthier l'apostrophe d'un ton acerbe :

— Je vous répète que Bernard a raison. Vous croyez qu'un homme qui se promène dans le métro avec une paire de ciseaux et qui agresse les femmes blondes pour leur couper les cheveux est sain d'esprit ? Qui vous dit que la prochaine fois, il ne voudra pas se faire une collection de pouces de petites filles ?

Agacé, Samuel réplique :

— Carroll invente des mises en scène, des personnages. Il soigne, à sa manière, de terribles blessures d'enfance. C'est essentiellement un provocateur, un prodigieux metteur en scène, c'est d'ailleurs ce qui le sauve, d'une certaine manière. Son imaginaire tient la folie à distance.

Évidemment, l'histoire des cheveux coupés n'est pas anodine. Mais elle a une explication, il s'agissait d'un acte de sublimation et… de désespoir total !

Carroll voulait qu'on l'arrête ! Il savait qu'on réclamerait un examen psychiatrique. Il espérait que les conséquences de son acte rejailliraient sur sa sœur jumelle, psychiatre à Québec comme vous le savez probablement tous. Tout se passe comme s'il jouait une partie d'échecs avec elle...

En réalité, c'est à elle qu'il voulait couper les cheveux, mais la docteure Leblond dont les cheveux, incidemment, sont longs et blonds, a choisi fort judicieusement de se tenir loin de son jumeau. Elle a... coupé les ponts avec lui, désolé, ce n'est pas un jeu de mots, et ce dernier a voulu se venger de ce rejet. Ne pouvant l'atteindre, au comble de la colère, il a choisi des jeunes femmes blondes aux cheveux longs en guise de substituts. Nous sommes en face d'un transfert très intéressant...

— Originale, votre interprétation de cette histoire de vengeance et de sublimation capillaire ! s'exclame le docteur Simon Daigle, chargé de la première évaluation des hommes violents à leur arrivée à l'Institut et qui a brièvement rencontré Carroll à la demande de sa collègue, la docteure Lanthier.

Le souvenir que j'ai de votre patient n'est pas négatif. Un grand parleur et un petit faiseur, comme dit l'adage. Il a besoin d'être remarqué, besoin qu'on parle de lui, en bien ou en mal. Mais franchement, je le crois incapable de blesser sérieusement ou de tuer. Il y a dans les scénarios extravagants qu'il a ébauchés et concrétisés jusqu'ici quelque chose de... puéril. Un gamin qui s'amuse pour attirer l'attention.

Le docteur Lanctôt réagit avec force :

— Un gamin ! Franchement, Simon, vous m'inquiétez. Cette brute transpire la violence ! Je ne lui confierais même pas la garde de mes perruches !

Samuel se tourne vers son collègue en colère et, tout en plongeant son regard dans le sien, il riposte :

— Écoutez-moi bien, Bernard, et tâchez de me suivre. Depuis sa plus tendre enfance, Carroll poursuit un but. Il cherche l'affrontement ultime avec sa jumelle qu'il déteste. Il s'est revêtu du manteau de la folie, il veut nous faire croire à sa démence et rendre sa sœur responsable de son état : « Vois ce que tu m'as fait ! Que dois-je encore inventer pour que tu te décides à réagir ? »

Un silence envahit la salle de réunion.

— Le vrai problème, soupire la docteure Dany Verger, doyenne du groupe, c'est que nous ignorons de quoi souffre ce patient. En dépit de tous nos efforts et d'une excellente camisole chimique, Carroll est imprévisible.

Et d'une voix d'une grande douceur, elle ajoute :

Pourtant, je partage votre avis, Samuel. Le fait que vous soyez parvenu à vous glisser par la porte qu'il a ouverte sur son enfance est un bon signe. Même s'il a encore besoin d'être suivi, je pense que nous devons lui laisser une chance. J'endosse votre recommandation, mon cher. Cependant, encadrement extrême !

Indifférente au regard furibond que lui lance le docteur Lanctôt, elle conclut :

Puisque vous estimez qu'il répond bien à l'approche psychosomatique, je pense qu'il faut poursuivre en ce sens.

Samuel pose ses mains à plat sur la table.

— Permettez-moi de résumer la situation. Carroll n'est pas fou. Il me parle, il vous a parlé, à travers des personnages qui commettent des actes, parfois délictueux, complètement déconnectés de la réalité, qui défient l'ordre public, la morale, la logique et l'ordre des choses, je ne le nie pas.

Ce qui vous a échappé, c'est sa stratégie : il déploie des efforts considérables pour nous déranger, nous convaincre de sa folie. Ce qu'il faut décoder, c'est ce qui se passe en coulisse ! Il s'est produit chez lui, lorsqu'il était enfant, un ou des événements qui ont entraîné toute une série de microtraumatismes.

Pour ne pas mourir, l'enfant, puis l'adolescent, et ensuite l'adulte ont fabriqué des capsules de protection à la chaîne. Et aussi ce troublant trio de guerriers lilliputiens, Spoc, Toc et Foc, gardiens des capsules pouvant lui servir de précieux alibis : «Ce n'est pas moi, c'est eux !» Vous êtes au courant qu'il héberge ces personnages depuis son enfance ?

— Évidemment ! J'ai, moi aussi, eu le patient en thérapie, rappelle d'un ton plaintif le docteur Jérôme Dodier, qui s'est tenu à l'écart de la discussion jusque-là. J'ai eu droit aux présentations officielles des petits monstres, figurez-vous. En vérité, je peux bien l'avouer, puisque nous sommes entre nous, Carroll a failli me rendre fou ! Au bout de deux séances avec lui, j'en avais assez ! C'est pourquoi j'ai demandé au docteur Simosa de confier ce malade à un autre médecin. Selon moi, cet homme souffre de personnalités multiples. J'en ai identifié six, en comptant le trio maudit.

— Vraiment ? Lesquelles ? s'informe Samuel en se retenant pour ne pas rire.

— Il y a l'Italien qui délire, le grand Blasphémateur et le Philolinguiste. Pas piqué des vers, celui-là. Mais… peut-être vous a-t-il caché ces trois personnalités ? insinue le spécialiste d'une voix narquoise. En ajoutant le trio des fêlés, nous arrivons à six.

La mine songeuse, Samuel s'empare de son stylo et tapote machinalement sur la table. Il scrute des yeux ses collègues, l'un après l'autre avant de leur poser une question :

— Quel personnage, selon vous, peut le mieux affronter la Raison, l'Équilibre et le Savoir, sinon le Fou ? Tous les délits commis par Carroll jusqu'ici forment une escalade, en cela, vous avez raison, Bernard.

À chaque incartade, le petit garçon en lui a cru que sa jumelle entrerait dans son jeu, qu'elle le prendrait en pitié. Carroll rêvait d'un face-à-face. Mais la jumelle, une fois mise au courant, n'a jamais réagi. Soit dit en passant, je l'ai rencontrée et elle a bien voulu répondre à mes questions. Je peux vous assurer qu'elle se fiche complètement de ce que son frère peut dire ou faire. Elle est convaincue qu'il joue la comédie. Son indifférence totale a obligé Carroll à pousser plus loin l'aventure ! L'aiguillon de la colère lui a fait franchir une fron-tière : celle de l'assaut et du châtiment symbolique. Il a rêvé de raser le crâne de sa jumelle, un geste d'humiliation, de punition. Ne pouvant l'atteindre, elle, il a décidé de s'attaquer à des femmes qui lui ressemblaient. Heureusement, j'ai de bonnes raisons de penser que l'escalade est terminée et si vous...

Les exclamations indignées des docteurs Lanctôt et Dodier lui coupent la parole.

La voix grave du docteur Simosa s'élève au-dessus du tollé :

— Silence, tous ! J'en ai assez entendu. J'ai lu très attentivement tout le dossier du patient. J'ai bien écouté Samuel et chacune de vos réflexions. Voici ma décision : j'endosse la recommandation du docteur Leduc.

Puis, s'adressant à Samuel :

— Écoutez-moi bien, Sam, si le juge accepte votre recommandation, je veux que vous suiviez ce garçon de très près. Encadrement extrême, comme

vous le recommandez, Dany. Je vous autorise donc
à vous présenter au tribunal. Attachez bien toutes
les ficelles avec les intervenants qui seront plus tard
désignés par le juge et les services de libération
conditionnelle, et tenez-moi au courant. Un dernier
point : puisque la jumelle vit à Québec, interdiction
à votre patient de s'y rendre, sous aucun prétexte.
Tout bien pesé, il serait pertinent de passer un coup
de fil à la docteure Leblond afin de l'informer de
la sortie de son jumeau et de lui demander sa
collaboration. Si son jumeau tente quoi que ce soit,
elle vous en informe sur-le-champ.

Soulagé, Samuel s'exclame sans chercher à
cacher sa joie :

— Merci, docteur Simosa ! Et merci aussi à vous
docteure Verger, pour m'avoir soutenu. M'autorisez-
vous à quitter la réunion ? J'ai du retard à rattraper
à cause de la couverture du congrès dont je vous
ferai un compte rendu à notre prochaine rencontre.

Main ouverte, paume tendue, dans un geste
empreint de douceur, le patron fait signe au jeune
médecin qu'il peut partir.

— Un dernier mot, Samuel. Je tiens beaucoup
à ce que vous preniez tous les moyens pour que
Carroll soit fidèle à sa thérapie. Et méfiez-vous en
permanence de son apparente docilité, d'accord ?

Samuel hoche la tête en signe d'acquiescement.
Il adresse un sourire franc et reconnaissant au
docteur Simosa, qui en est profondément remué.

«Décidément, ce garçon me ferait danser le tango sur un pétale de marguerite», pense-t-il en constatant à quel point il se laisse influencer par lui.

Un reptile dans l'oreille

Samuel compose le numéro de téléphone de Carina. Mais avant que ne résonne la première sonnerie, d'un geste précipité, il remet le combiné en place. Il n'est pas encore prêt à lui parler. Auparavant, il doit faire son autocritique, analyser sa conduite des dernières semaines sans complaisance et réfléchir à la façon la plus simple et la plus loyale d'annoncer à la jeune femme les deux raisons de son appel. Un, Carroll sera très prochainement libéré. Néanmoins, des conditions très strictes lui seront imposées et elle n'aura rien à craindre. Deux, ils ne se reverront désormais que dans un cadre professionnel. Leur aventure est terminée.

Samuel s'allonge par terre, place ses mains sous sa nuque et ferme les yeux.

Jusqu'ici, la vie lui a toujours fourni, à point nommé, les réponses à toutes les questions qui ont surgi dans la trame de son quotidien. Il n'a jamais manqué de repères, de bouées, de signaux pour éviter les obstacles, les pièges, les culs-de-sac. Et pour avancer droit devant lui, sans être contraint

de bifurquer, de trébucher, de faire du surplace, sans jamais commettre la moindre erreur ou regretter ses décisions.

Depuis la thérapie suivie alors qu'il étudiait au collège Brébeuf, sa boussole intérieure qu'il a appris à maîtriser ne l'a jamais trahi, sauf qu'elle s'est sérieusement agitée à deux reprises pendant ses entretiens avec Carroll.

Une chose est claire. Depuis qu'il s'occupe de Carroll et qu'il a rencontré sa jumelle, il accumule des questions sans réponses.

«Pourquoi ai-je été si sensible au charme de Carina? Pourquoi de façon aussi foudroyante? se demande-t-il pour la dixième sinon la vingtième fois. On peut dire que j'ai fait une fameuse sortie de route! Ce n'est pourtant pas dans mes habitudes, ce comportement de mâle en rut. Qu'est-ce qui m'a attiré vers elle? Son exceptionnelle beauté? Son étrange magnétisme? Que suis-je à ses yeux, un amant de passage, un protecteur ou un complice? Et elle, qu'est-elle à mes yeux, un instrument de plaisir, une clé pour atteindre la face cachée de l'inconscient de Carroll ou davantage?»

Samuel n'a d'autre choix que de jouer ces questions sur le mur de sa raison, comme au squash, jusqu'à ce que des réponses rebondissent. Voilà ce qu'il doit faire. Et surtout, surtout, reprendre la maîtrise de son quotidien, de ses émotions.

S'il veut voir clair, la rupture avec Carina s'impose. Les réponses viendront plus facilement

après, quand il aura pris du recul. Autre avantage non négligeable, sa relation thérapeutique avec Carroll sera plus limpide, sans interférence.

Samuel se relève, s'étire, et posément, sans hésitation cette fois, reprend à nouveau le combiné et compose le numéro de Carina.

Celle-ci répond à la première sonnerie. Comme si elle avait deviné qu'il l'appellerait.

— Hello ! Tu lis dans mes pensées, j'allais te téléphoner. Des amis m'ont prêté une maison à Saint-Joseph-de-la-Rive, veux-tu que nous y passions le week-end qui vient ensemble ? demande-t-elle d'une voix suave.

— Non, désolé, je suis très en retard dans mes rapports, à cause du fichu congrès et du temps que nous avons passé ensemble… Écoute, je t'appelle parce que j'ai une nouvelle importante à t'annoncer. En tant que thérapeute de Carroll, j'ai pris une décision qui a été endossée par notre comité consultatif et par mon directeur.

Si le juge accepte ma recommandation, ton frère recouvrera bientôt sa liberté. Il a fait d'énormes progrès, mais il va sans dire qu'il devra poursuivre sa thérapie avec moi et se rapporter régulièrement à son travailleur social. Il lui sera rigoureusement interdit de quitter Montréal et de tenter de communiquer avec toi, par courrier ou par téléphone, je compte insister sur ce point auprès du juge. Ainsi, tu ne seras pas importunée.

La jeune femme prend quelques secondes avant de riposter :

— Vous risquez fort de regretter votre décision, ton patron et toi. Très franchement, je suis sidérée par ce que tu m'apprends. Ça ne va pas. Il faut qu'on s'explique, Sam, et ce week-end en tête-à-tête que je te propose arrive à point nommé. À quelle heure penses-tu arriver à Québec ?

— Non, je suis navré, mais je dois décliner ton invitation. Nous n'allons plus nous revoir, Carina. C'est là la deuxième raison de mon appel.

Samuel sursaute. Un silence froid, déguisé en reptile, se faufile dans son oreille.

— Te rends-tu compte de ce que tu es en train de faire ? demande la jeune femme.

— Mon travail, du mieux que je peux.

La voix féminine pique un fard auditif.

— Ahhh ! Ton travail ! Et coucher avec moi faisait aussi partie de ton travail ? Tu devrais faire la même chose avec Carroll, tiens ! Tu devrais te payer une bonne partie de jambes en l'air avec lui, ainsi tu pourras te vanter de nous avoir bien baisés tous les deux ! Tu seras à même de comparer notre capacité orgasmique, de nous noter, par-devant et par-derrière !

Une sonnette tinte avec frénésie dans la tête de Samuel. Serait-ce le serpent qui s'énerve ou sa boussole en train de déraper, encore une fois ?

— Pourquoi es-tu soudain si agressive, Carina ? Nous avons vécu ensemble des moments agréables, mais l'aventure est terminée. Nous n'aurions pas dû. De façon consciente ou inconsciente, tu l'as d'ailleurs compris, et c'est pour ça que tu m'as demandé de partir lorsque j'ai accepté de t'accompagner à Québec... Tu as vu clair avant moi. Je t'en suis reconnaissant.

La réplique fuse :

— Absolument pas ! Tu n'as vraiment rien compris ! Je t'ai demandé de me quitter parce que tu étais en train, consciemment ou inconsciemment, de distiller le venin de la méchanceté de Carroll dans notre relation !

— Tu fais fausse route. Il faut que tout soit clair entre nous, Carina. Nous avons vécu une sorte de magnifique coup de foudre, c'était très physique, cette attirance mutuelle. Nous avons assouvi notre désir, seulement désormais...

— L'attirance dont tu parles ne disparaîtra pas parce que tu éprouves soudainement des scrupules qui n'ont pas lieu d'être. Nous devons poursuivre l'aventure parce qu'il y a effectivement autre chose entre nous. Tu es différent de tous les hommes que j'ai connus jusqu'ici et ce que j'éprouve pour toi, je ne l'ai encore jamais ressenti. Dis-moi que c'est un test. Que nous allons continuer...

— Non. C'est impossible. Ce que je dois poursuivre, c'est ce que j'ai commencé avec Carroll.

— Et ce que tu as commencé avec moi, que fais-tu de ça ? Tu veux m'effacer de ta vie, me jeter ?

— Ne m'as-tu pas dit que tu étais une adepte des aventures sans lendemain? Que tu ne voulais pas te sentir attachée?

— Si, j'ai dit ça, je l'admets. Mais je ne suis tout de même pas une femme que l'on baise en vitesse, juste pour avoir la satisfaction de dire «je me la suis faite, celle-là!» Habituellement, mes relations avec les hommes durent un peu plus longtemps qu'une nuit. Tu t'interroges sur la force exceptionnelle de notre désir, eh bien sache que moi aussi, cette attirance très forte m'intrigue. Je veux vivre notre aventure jusqu'au bout. Pourquoi refuses-tu aussi obstinément de nous accorder cette chance? C'est peut-être toi qui crains de t'attacher? Qui te dit que je ne suis pas la dame Bulle que tu attends?

Samuel prend conscience que Carina est accrochée, alors que lui a décroché. Il se demande s'il ne vaudrait pas mieux faire preuve de diplomatie et l'amener à partager progressivement sa décision.

— Je n'ai pas dit que je ne voulais plus jamais te revoir. Nous allons probablement le faire, au moins une fois, pour des raisons strictement professionnelles toutefois, et en présence d'un tiers, si tu préfères. Carroll m'a fait certaines révélations, très graves, qui te concernent, et je souhaiterais t'en faire part. C'est capital parce que si jamais tes commentaires les invalidaient, je devrais revoir ma recommandation au juge.

Carina ne répond pas. Mais il entend sa respiration devenue haletante. La logique est en train de prendre le dessus, espère-t-il.

Il poursuit et demande :

— Tu acceptes que nous nous revoyions, n'est-ce pas ? J'ai vraiment besoin que tu me renseignes sur un certain nombre de points qui me paraissent toujours nébuleux. Toi seule, désormais, peux m'aider à voir clair, à démêler le vrai du faux. Et je tiens à te rassurer : quand je ne serai plus le thérapeute de ton jumeau, si je suis toujours dans ta mire, on verra pour la suite à donner à notre aventure.

— C'est ça, tu me sonneras pour savoir si la place dans mon lit est toujours libre ? On ne vit pas sur la même planète, Samuel ! Ton appel a ceci de bon que je suis fixée sur mon avenir immédiat. Et sur ce que tu penses de moi. Une femme avertie en vaut deux. Tu sais ce que ça veut dire, docteur *Psytraître* ? *And now, just watch me, sweetheart !*

La voix de la jeune femme lui fait l'effet désagréable d'une lame de rasoir qu'une main invisible s'amuse à promener sur sa gorge, là où palpite la carotide.

— Carina, tu es très en colère et j'en suis désolé.

Tout en exprimant son sentiment, Samuel pense vite. Les chances sont grandes pour qu'elle refuse de le rencontrer une dernière fois, comme il le souhaite. Pourtant, il faut impérativement qu'il élude le mystère entourant le dénommé Teddy. La révélation de Carroll est d'une extrême gravité. Puisque la principale intéressée est encore au bout du fil, autant en profiter et tenter une approche indirecte, une sorte de confrontation subtile par la bande, en faisant appel à son expérience de clinicienne.

— Écoute, je t'appelais aussi pour une autre chose, je m'adresse maintenant à toi en tant que collègue. J'ai un cas à te soumettre et ton opinion m'intéresse. Tu pourras peut-être me conseiller. Un nouveau patient vient d'arriver à Pinel, un jeune homme atteint d'une maladie chronique grave diagnostiquée récemment. Sous l'effet des médicaments qu'on lui a prescrits pour soigner son état dépressif aggravé par la prise d'alcool, il a pété les plombs et littéralement assommé le petit ami d'une femme, dans un bar. Évidemment, il a été arrêté et incarcéré. Il a fait une tentative de suicide dans sa cellule et on me l'a confié.

Là-dessus, Samuel prend une pause, espérant une quelconque réaction. Rien. Carina écoute, mais elle ne réagit pas. Il enchaîne :

— J'hésite sur la façon d'approcher ce malheureux désespéré, qui est totalement convaincu de sa mort prochaine. On a eu beau lui expliquer que l'espérance de vie des personnes souffrant de la même maladie que lui est excellente, pourvu que la prise de médicaments et la diète soient respectées, il ne veut rien entendre. Il vit dans un tel état de frayeur et de colère qu'il est incapable de raisonner.

Je n'ai jamais eu affaire à un cas de ce genre, jusqu'ici. As-tu déjà été confrontée à une telle situation? Le désespoir et la colère intimement mêlés? Le refus farouche de la médication? Comment soigner ce malheureux? Si seulement il voulait bien m'écouter...

Le silence qui suit sa question se prolonge encore une fois. Au point où il se demande si la jeune femme est toujours au bout du fil.

— Tu es toujours là, Carina?

— Oui. Tu es très habile, tu as trouvé le moyen de faire dériver la conversation, n'est-ce pas? Tu veux m'obliger à quitter la sphère du personnel pour plonger dans le professionnel. Je ne sais pas si je dois gober l'histoire que tu me racontes. Elle me paraît tirée par les cheveux et ça ne m'étonnerait pas que ce soit encore une fois un scénario signé Carroll! Dans quel dessein? Toi seul le sais, s'il a bien daigné ouvrir son jeu. Tant pis, je vais faire semblant de te croire et me comporter en bon médecin.

J'ai eu, il y a quelques mois, un patient séropositif. Sa colère et son désarroi étaient pathétiques. Il rêvait de se venger en contaminant le plus de partenaires possible. Un type bizarre. Pendant nos entretiens, il n'arrêtait pas de me fixer, de me dire combien j'étais belle. Je lui donnais le goût d'expérimenter ce que c'était que de coucher avec une femme. Avec moi, il prendrait les précautions d'usage.

Vraiment givré, le type. Une préposée m'a avertie qu'il posait toutes sortes de questions sur moi. Où j'habitais, s'il y avait un homme dans ma vie, si j'avais des enfants. Par mesure de prudence, j'ai mis fin à la thérapie avec lui et je l'ai confié à un collègue masculin.

Voilà. Je ne vois pas ce que je pourrais te conseiller. Tu es psychiatre, comme moi. Tu sais très bien que la peur exprimée par ton patient est normale, dans les circonstances. La maladie dont il souffre lui rappelle de manière brutale qu'il est mortel. Il doit apprendre à vivre avec ça, comme le font les personnes atteintes du cancer, de la sclérose en plaques, de l'emphysème pulmonaire et de quantité d'autres maladies chroniques graves que la médecine est incapable de guérir, voilà tout! Permets-moi d'ajouter que je trouve ton appel à l'aide suspect. Des gens qui ont peur de mourir, tous les psychiatres en voient. Tout le monde est un jour ou l'autre confronté à la mort. Moi aussi, j'ai peur de la mort. Et toi aussi, à certains moments. Alors ton petit numéro «Qu'est-ce que je devrais faire?» mets-toi-le où je pense, je ne suis pas dupe!

Maintenant, à ton tour de m'écouter. Je quitte la sphère du professionnel pour revenir à notre histoire, la seule qui compte à mes yeux. Tu veux mettre fin à notre relation, soit. Je ne vais tout de même pas te ligoter pour t'empêcher de me fuir et encore moins me jeter à tes pieds pour te supplier de rester. Mais ne te fais aucune illusion. Depuis soixante secondes, tu es devenu un étranger, pire, un ennemi téléguidé par Carroll, en fait, mon pire ennemi. Et je te l'ai dit : *Just watch me, sweetheart ! And have a nice week-end !*

Un début de colère envahit Samuel. Colère contre elle, qui ne cesse de le manipuler et qui verse maintenant dans la menace. Colère contre lui, de s'être laissé mener par le bout de sa queue. Il se dit qu'il a bien fait de ne pas franchir la porte du canal affectif entre elle et lui.

Et s'il essayait de l'inciter à réparer les dégâts et à assumer sa part de responsabilité en ne lui cachant pas ce qu'il éprouve ?

— Je me sens vraiment mal à l'aise, Carina. Il y a quelque chose de trouble, un non-dit, une profonde détresse en toi. Je sais que ce sentiment est lié à ta relation avec Carroll. Pourquoi n'accepterais-tu pas de m'aider à aider ton jumeau, et par ricochet toi-même ? Je ne veux pas être ton bras vengeur, et quoi que tu en penses, je n'ai jamais été et ne serai jamais celui de ton jumeau.

— Seigneur ! Quel connard tu fais ! C'est toi qu'on devrait soigner, pauvre psy à la dérive ! Tu parles comme un *preacher* ! Sais-tu que tu es un vrai danger public ? Un type dont les couilles sont coincées dans son trou du cul qui, lui, se prend pour un cerveau !

Samuel sursaute. Il déteste les insultes gra-
tuites.

— Stop, Carina! On a une conversation de fond
de casserole usagée... Il vaut mieux y mettre fin.

— Super! Tu me compares à un chaudron,
maintenant?

— Pas du tout. J'essaie seulement de te dire que
toi et moi nous raclons notre problème de la même
manière. On pourrait essayer autre chose, la franchise par exemple, autrement, on n'arrivera à
rien.

La riposte, cinglante, vrille son tympan et fait
siffler le reptile.

— Parfait. Puisque tu me prends pour une
casserole et une menteuse, je vais me soulager et
larguer le raisin moisi que tu es!

Un petit clic ponctue la fin de la réplique. Carina
a mis fin à la conversation.

Il devrait se sentir soulagé d'avoir passé ses
messages, mais ce n'est pas le cas. Elle l'a appelé
docteur *Psytraître*. Il entend la voix du serpent
chantonner l'injure et il a froid dans le dos. Pourtant, ce n'est pas le qualificatif qui le fait frissonner.
C'est autre chose...

Soudain, le reptile sort de son oreille et s'enfuit,
éraflant la peau de son lobe au passage.

Samuel décortique la réponse de Carina à sa
dernière question. Le patient désespéré qu'elle a
traité se prénommait-il Teddy? Carroll n'a pas parlé
du VIH. Selon lui, l'homme souffre de la maladie

de Crohn. Bon, faisons abstraction de la maladie, admettons que le Teddy ait été le patient de Carina, ce dernier aurait-il obtenu les coordonnées de Carroll en fouinant dans la vie privée de sa psy? Comment savoir si cet homme a joué un rôle créé par lui ou s'il a été réellement téléguidé par Carina? Et pour commencer, l'homme existe-t-il vraiment? Se pourrait-il qu'il soit seulement une créature sortie tout droit de l'imagination de Carroll, tout comme ses affreux lilliputiens?

Le serpent, lové sur la chemise contenant le dossier de Carroll, s'est roulé en boule. Il dort profondément et un son comparable à celui d'une cigale enrouée sort de sa gueule.

La reine et son fou

Carina lime distraitement ses ongles. Elle les préfère courts, presque carrés et simplement polis, sans la patine d'un vernis, même incolore. Elle n'a nul besoin d'artifices ou de colifichets pour affirmer sa féminité et sa sensualité. Elle sait, depuis sa première conquête masculine — elle avait tout juste dix-sept ans et son adorateur en avait vingt —, que son corps et son visage aux proportions quasi parfaites n'ont que faire des fards, des coiffures sophistiquées, des vêtements très féminins, des bijoux.

Elle s'autorise une exception. Une eau de Cologne, toujours la même, *Acqua di Parma, Colonia intensa,* dont elle use avec discrétion. Et c'est pour elle qu'elle la porte. Que ceux qui ne l'aiment pas la tolèrent, et que ceux qui l'aiment en profitent, telle est sa devise.

Un souvenir lui vient en mémoire. Celui d'un interne de deuxième année, qui la lorgnait avec concupiscence depuis des semaines, et à qui elle avait finalement accordé certaines privautés. Au plus fort d'une séance de baisers brûlants, le jeune homme avait eu l'audace de murmurer à son oreille tout en lui palpant un sein et en humant son cou: «Ton parfum me dérange, il ne convient pas à ton genre.» Surprise par la remarque, elle l'avait repoussé avec un souriant mais glacial «Restons-en là, coco. L'odeur de ta peau ne me convient pas!»

Carina sourit en se rappelant la mine dépitée de son prétendant. Elle se perçoit comme étant une femme libre, moderne, lucide, directe, qui répugne à utiliser les stratagèmes chers aux femmes en général — agacerie, minauderie, crise de larmes, fausse candeur — pour susciter l'intérêt des hommes. Elle préfère miser sur cette sensualité qui l'encercle comme un halo, qui s'exprime dans son regard, sa démarche, sa voix, et qui ne lui demande aucun effort.

Évidemment, son magnétisme est moins subtil et peut-être moins puissant que celui, absolument mystérieux, que possède son jumeau et dont elle est toujours, encore aujourd'hui, incapable de dire de quoi il est fait.

Habituée à charmer et à conquérir sans effort particulier hommes, femmes, enfants et animaux, Carina n'a jamais compris pourquoi seul Carroll lui résiste aussi farouchement. De quelle matière est donc fait son bouclier? Ils ont tout de même passé neuf mois de leur existence collés, enlacés, chacun ressentant spontanément le moindre mouvement fait par l'autre et s'en accommodant.

Lorsqu'ils étaient petits, elle rêvait déjà de gagner son admiration et son amour inconditionnel. Elle aurait tellement voulu qu'il accepte de devenir, uniquement pour elle, un grand livre ouvert, qu'il la laisse s'abreuver à sa source intérieure, si différente de la sienne.

Enfant, son jumeau était déjà doté d'une force de caractère qui lui permettait de résister aux contrariétés et aux rebuffades de tous azimuts. De survivre en dépit de la solitude au long cours, mieux, de s'isoler volontairement dans sa bulle de silence et de s'autosuffire sans dépérir.

Tout le contraire d'elle qui avait besoin de bouger, de gagner l'estime de son entourage, d'avoir des amis. Des amis qu'il refusait de rencontrer. Évidemment, son éternelle mine renfrognée n'aidait en rien sa cause. On ne le trouvait pas aimable, on ne souhaitait pas l'inviter. À dire vrai, on l'évitait.

Et pourtant, elle se sentait si près de lui. Il y avait des ondes télépathiques entre eux. Le simple fait de passer devant la porte de sa chambre, toujours close, l'informait de ce qu'il pouvait y faire. Elle n'avait qu'à fermer les yeux pour le voir croupir dans son affreuse prison verdâtre. Lui aussi sentait sa présence, elle en était sûre. Elle s'était prise à espérer qu'un jour, n'en pouvant plus de la savoir à l'affût, il ouvrirait la porte et accepterait de discuter, de s'excuser, de faire la paix avec elle.

Hélas, la vérité est qu'il n'a jamais voulu d'elle. Et un jour, il a tiré sa révérence !

«C'est moi qu'il a fuie lorsqu'il est parti vivre en Europe. Bizarrement, je suis la seule à avoir décrypté le motif de cette fuite subite. Il ne pouvait plus supporter les regards de convoitise dont je le gratifiais chaque fois qu'il lui arrivait de me croiser.»

Elle lui était allergique! À croire qu'il redoutait un choc anaphylactique en frôlant par mégarde ce qu'elle avait touché!

À force d'être repoussée par lui, elle avait préféré fréquenter un autre cégep que celui qu'il avait choisi. C'était la seule manière d'échapper à ses regards brûlants de haine. De haine, oui. N'est-ce pas pour lui faire mal qu'il avait tué son petit chien Poxi? Elle avait bien saisi le sens du message: «Je te prends ce que tu aimes, alors fais très attention à qui tu aimes…»

Il n'avait donc rien compris? L'être qu'elle aimait par-dessus tout, c'était lui! S'il refusait ce qu'elle avait à lui offrir, alors elle allait devoir trouver une stratégie pour remettre les pendules à l'heure, d'une manière ou d'une autre.

Dès que la chance s'était présentée, Carroll avait déguerpi, mettant une fin abrupte à son espoir de le conquérir, de l'habiter, pour qu'ils reforment l'unité gémellaire originelle.

Pourquoi la détestait-il autant? Ils n'étaient pourtant pas nés ensemble pour rien. Dans un couple de jumeaux, il y a toujours un dominant et un dominé. Le premier vit à la périphérie de la cellule, la protège, l'approvisionne, tandis que le deuxième en habite le cœur, l'entretient et l'enrichit. Elle était certaine d'être la partie dominante, et elle était aussi convaincue que sa vie ne pourrait avoir de sens tant qu'elle n'aurait pas réussi à convaincre Carroll qu'elle faisait partie de lui, comme il faisait partie d'elle, et qu'ils devaient tout partager. En la quittant, il lui imposait sa loi, il la faisait se sentir incomplète, pire, handicapée !

Le jour où il avait quitté la maison et mis une douloureuse distance entre eux deux, elle avait d'abord paniqué et pleuré de chagrin et de dépit. Puis, l'évidence avait progressivement fait son chemin. Son jumeau venait de commettre un geste regrettable dont il n'avait apparemment pas mesuré les conséquences à long terme. « Empoté et sauvage comme il était, j'étais persuadée qu'il allait finir par revenir au bercail en piteux état, paumé. Et alors, j'aurais eu le beau rôle. Je lui aurais ouvert les bras et le miracle de la fusion originelle se serait enfin produit… ».

Contre toute attente, une chose inouïe était arrivée. Il était revenu, oui, mais transformé, littéralement méconnaissable ! En Europe, Carroll s'était épanoui, il avait ôté son masque et montré qui il était vraiment à de purs étrangers. Physiquement et psychologiquement, il était devenu un fort bel homme, sûr de lui, volubile et amène, avec un vocabulaire remarquable et un goût très sûr. Sur le plan psychique, une énergie nouvelle semblait l'habiter. Chose stupéfiante, il avait réussi à se faire des amis et à trouver du travail valorisant et lucratif.

Elle se souvient encore de la douleur qui l'avait déchirée lorsqu'il avait franchi le seuil de la demeure familiale, à son retour. Il avait suffi d'un seul regard pour qu'elle saisisse ce qui se passait. Il était revenu pour se pavaner, pour la narguer avec ses succès et son argent, et surtout, surtout, pour lui déclarer une guerre sans merci.

Non seulement il refusait encore et toujours la fusion, mais il constituait désormais une sérieuse menace à son identité, d'autant plus qu'elle ignorait tout des forces nouvelles qui l'habitaient.

Peut-être voulait-il d'elle ce qu'elle voulait de lui ? Si seulement il avait daigné l'avouer, ils auraient pu discuter et trouver un terrain d'entente.

Carina lève une jambe, pose le talon sur le bord de la chaise et s'attaque à ses ongles d'orteils avec le polissoir. Les souvenirs, par grappes, continuent d'affluer. Elle ne les craint pas, elle les savoure, car ils forment le canevas de sa vie.

Elle revoit l'image de son frère, frais débarqué des vieux pays, vêtu d'un élégant complet de velours côtelé gris, la main gauche dans la poche, le regard fier, la détaillant comme si elle avait été une marchandise en solde.

Elle n'était pas intervenue lorsque ses parents, mal à l'aise devant le discours ronflant de leur fils et l'étalage complaisant de ses bons coups, de sa

Mercedes et de sa fortune, avaient cru pertinent de l'interrompre pour parler d'elle, de sa réussite en tant que futur médecin spécialiste. Sa jumelle serait bientôt psychiatre et un poste avantageux l'attendait dans un prestigieux centre hospitalier de Québec. Prudente, elle s'était tue. N'avait risqué aucun commentaire. Ne jamais provoquer un ennemi dont on ignore les intentions réelles et la nature de ses munitions. En étant patiente et vigilante, elle finirait bien par découvrir quelles armes il avait fourbies pendant son long séjour en Europe.

Une fois réinstallé à Montréal, le nouveau Carroll s'était tenu tranquille, trop tranquille. Pas normal. Il ne faisait aucun doute qu'il machinait quelque chose. Elle avait jugé pertinent d'engager un détective privé afin d'en apprendre un peu plus sur son passé, sur ses actuelles allées et venues. Elle voulait savoir pour qui il travaillait, qui il fréquentait, s'il avait des dettes.

Le rapport l'avait laissée pantoise. Carroll se débrouillait bougrement bien. Il sortait beaucoup, tantôt avec des filles et tantôt avec des garçons. Il travaillait comme contractuel et il choisissait lui-même pour qui il voulait bosser. Il voyageait pas mal, le plus souvent par affaires, et il n'avait aucune dette connue. Il honorait ponctuellement toutes ses cartes de crédit.

Elle, qui se préparait à jouer la grande sœur maternelle, se frappait le nez sur un mur en béton. Elle allait devoir réfléchir et trouver une autre tactique. À moins que le destin ne lui soit favorable.

Et soudain, il s'était passé une chose inouïe, tout à fait inattendue. Carroll l'avait attaquée sur son terrain professionnel! Il avait simulé la folie! C'était un fameux coup de dés! Audacieux, le Carroll! Elle, qui avait consacré près de dix années de sa vie à la psychiatrie, allait pouvoir répliquer avec *maestria*. Elle connaissait tous les méandres des maladies mentales. Alors, jouer au fou avec lui allait être un plaisir.

Elle avait préféré ne pas réagir à ses premières incartades. Mais, intérieurement, elle avait savouré chaque écart de conduite, chaque arrestation. Elle avait deviné qu'il y aurait escalade et elle allait attendre le pic, l'instant où Carroll franchirait la frontière des interdits pour se manifester.

Lorsqu'elle avait appris qu'il avait été incarcéré à l'Institut Pinel pour une évaluation psychiatrique après une agression à l'arme blanche, elle avait ressenti une violente émotion. En s'en prenant à de jeunes femmes dans le métro de Montréal, il avait enfin basculé dans l'interdit. Une peine d'emprisonnement lui pendait donc au bout du nez! Un à zéro, petit frère!

Et voilà qu'il y avait peut-être du nouveau. Cette histoire un peu trop tarabiscotée de patient désespéré atteint d'une maladie chronique que Samuel venait de lui raconter... C'était bizarre. Qu'est-ce que ça pouvait bien cacher? Et si son jumeau avait contracté une saloperie mortelle, le virus du sida, pourquoi pas? Mal à l'aise, Samuel cherchait peut-être un moyen détourné pour lui annoncer la nouvelle? Si c'était le cas…

«J'attendrai qu'il soit très malade pour lui rendre visite. Affaibli, enfin vulnérable, il souhaitera sûrement faire la paix, gagner mon soutien, me donner enfin ce que j'attends de lui et qui me revient de droit. Après tout, les jumeaux ne doivent-ils pas tout partager?»

Carina passe en revue les incartades de Carroll et ce qu'elles ont entraîné. Au cours des trois dernières années, des psychiatres l'ont déjà contactée pour qu'elle les aide à comprendre la personnalité complexe de son jumeau. Mais aucun ne lui a paru suffisamment intelligent, sensible et souple pour lui servir d'instrument, pour accepter, si jamais il s'enferrait dans son histoire de fou, de le faire interner. Elle a donc refusé poliment de les rencontrer.

Samuel, qui est entré dans sa vie de façon inopinée, lui a semblé le candidat idéal, mais il est évident qu'elle l'a jugé un peu trop vite. À l'usage, il est trop fougueux, trop imprévisible. Il a dépassé les bornes en décidant, sans même l'avoir consultée, de libérer son jumeau. Lâcher Carroll dans la nature? Ah non! Pas question! Elle n'est pas encore prête. Elle n'a toujours pas décidé quelle carte elle abattra pour le soumettre et tuer dans l'œuf toute possibilité de rébellion.

Si seulement Samuel n'avait pas eu l'idée saugrenue de mettre fin à leur relation de manière aussi brutale... Elle aurait su comment le manœuvrer, l'amener à endosser son point de vue. Elle aurait obtenu non seulement qu'il recommande l'enfermement ou l'emprisonnement de Carroll, mais peut-être même une mise en tutelle. Maintenant, elle allait devoir composer avec la libération du fou...

«Non, oh que non! Tout n'est pas irrémédiablement perdu, murmure-t-elle, les yeux mi-clos. Une fois relâché, Carroll commettra sûrement une autre bêtise. Le trop naïf Samuel Leduc devra inévitablement réviser sa stratégie et admettre qu'il s'est trompé. Qu'il a remis en liberté un animal dangereux, peut-être porteur du virus du sida?»

Oui, elle finira par lui faire découvrir le vrai visage de Carroll. Au préalable, elle doit faire une ultime tentative pour s'attacher solidement celui qui sera son allié, son chevalier protecteur. Samuel a été séduit dès leur première rencontre, elle sait qu'elle a touché en lui un point névralgique. Elle va stimuler ce point, avec tous les moyens dont elle dispose. Après tout, Carroll est devenu un danger public. Et qui veut la fin prend les moyens.

Carina ouvre un tiroir et y lance lime et polissoir. Tandis qu'elle s'étire avec volupté, ses yeux font le tour du loft, fort en désordre. Bah, la femme de ménage y verra, comme d'habitude.

Son regard se fixe sur un cadre renfermant un portrait de famille. Elle pose entre son père et sa mère, seule. Carroll avait refusé tout net d'être photographié, ce jour-là. Son père avait tempêté, menacé et finalement attrapé l'enfant par la peau du cou pour l'installer de force à ses côtés.

Instinctivement, elle avait passé un bras protecteur autour de ses épaules. Il avait frémi, comme si le seul contact de sa peau sur la sienne l'avait brûlé et, d'un petit coup d'épaule, il lui avait signifié de retirer son bras. Mécontent, Carroll avait pris son air de chien battu et refusé obstinément de relever la tête et de sourire à l'objectif. Excédée et outrée par ce comportement ridicule, gênée par l'impatience grandissante du photographe, leur mère avait envoyé le petit rebelle réfléchir dans sa chambre. Il avait détalé non sans avoir décoché à toute la famille un incroyable et très vexant sourire de vainqueur.

Finalement, elle s'était sentie soulagée et fière de se retrouver seule avec ses parents. Grappiller et habiter le terrain de son jumeau était devenu pour elle un jeu passionnant. Elle s'y adonnait avec méthode et retenue en espérant épuiser les forces de ce double d'elle-même qui constituait une menace à son existence, puisqu'il refusait la fusion. Elle avait besoin de son esprit et, pourquoi pas, de son corps pour être vraiment complète, à la fois mâle et femelle...

Carina se déshabille et sourit à l'image que lui reflète son miroir. Quand elle sera en possession du pouvoir énigmatique de son jumeau, elle se sentira enfin entière. Et si les événements ne se déroulent pas comme elle le prévoit, eh bien…

Non. Son plan de match est tout tracé. D'abord, conquérir Samuel. Ce sera facile. Jusqu'ici, jamais un homme ne lui a résisté bien longtemps. Et cet homme, c'est vrai qu'il est différent des autres qu'elle a connus. Ce qui la stupéfie, c'est qu'elle éprouve quelque chose quand il la touche.

«Finalement, j'en pince pour lui et je n'aurai pas à déployer trop d'effort pour jouer à la femme amoureuse. À nous deux, cher Sam…»

Le sacre du chevalier

Voilà deux jours que Carroll a quitté l'Institut Philippe-Pinel. Avant de partir, au cours de son dernier entretien avec Samuel, il s'est montré serein et joyeux. Il s'est engagé à respecter rigoureusement les conditions fixées par le juge et à poursuivre la thérapie. Il a aussi promis de ne pas quitter Montréal et de ne pas téléphoner à Carina, sous aucun prétexte.

— Voyons, c'est la dernière chose qui me viendrait à l'esprit, *Docliberator!* Même un fusil sur la tempe ne pourrait me contraindre à composer son numéro. Quant à entrer à nouveau dans la maison de Québec... je n'ai plus rien à y faire, vous le savez. La chambre m'a donné les preuves dont je vous ai parlé et que je vous remettrai aussitôt que possible.

Néanmoins, Samuel a tenu à ce que l'engagement verbal fasse aussi l'objet d'une promesse écrite et signée par son patient, qui a tenu à lui manifester sa reconnaissance.

— Je me sens fin prêt à retourner vivre en société, docteur Leduc. Si j'ai largué ma défroque de cinglé volontaire, c'est parce que vous avez cru en moi, lui a avoué le patient impatient de recouvrer sa liberté.

— Il était temps! s'était-il exclamé, sourcils légèrement froncés. À force de jouer au fou, j'ai fini par déraper, j'ai fait des trucs dont j'ai vraiment honte. Mais la comédie est terminée. Rideau! Je vais vous montrer que je mérite votre confiance. Je ne vous remercierai jamais assez...

Samuel avait cru bon de mettre un bémol à cet élan de gratitude:

— Je suis heureux de ce revirement pour vous, mais rappelez-vous que ma confiance a des limites. Et qu'une nouvelle arrestation vous mènerait tout droit en prison. Cette fois, je ne pourrais plus intercéder en votre faveur.

— Ne craignez rien, je ne ferai plus de connerie.

Les deux hommes avaient marché côte à côte jusqu'à la sortie de l'Institut. Et, après avoir échangé une chaleureuse poignée de main avec Samuel, Carroll avait franchi la grande porte la tête haute.

À deux reprises, il s'était retourné et avait gratifié son thérapeute d'un grand salut et brandi bien haut son majeur et son index écartés pour marquer sa victoire.

Un chapitre était terminé, un autre commençait et Samuel éprouvait un léger malaise, comme si une main invisible lui pinçait la nuque.

✦

Depuis des heures, Samuel tourne en rond. Il a l'impression de mal faire son travail. Il lutte contre une sensation grandissante de danger imminent. Impossible de le localiser, de l'évaluer, de l'inter-préter. Et si Carroll remettait ça ? Carina serait très probablement sa cible, pense-t-il. Et lui serait le premier responsable des conséquences.

Il tente de maîtriser son trouble en même temps qu'il imagine le pire. L'agression au couteau, à la machette, au fusil, à l'acide…

Le seul moyen d'apaiser ses craintes, c'est d'agir avec méthode. D'abord, il doit retracer le fameux Teddy. S'il existe, il faudra valider son témoignage. S'il s'agit d'un personnage inventé par Carroll, il réagira en conséquence et le questionnera pour qu'il avoue ce méchant tour de coyote.

Il se souvient que Carroll s'est engagé à lui donner les coordonnées de Teddy. « Pourquoi ne pas faire d'une pierre deux coups en rendant visite à mon patient, histoire d'en profiter pour faire le tour de son appartement ? Les pièces que l'on habite révèlent bien des choses. Si jamais il mijote un mauvais coup, je repérerai peut-être des indices ? » murmure-t-il.

Samuel saisit le combiné et compose le numéro de Carroll.

À son grand étonnement, ce dernier ne semble surpris ni par son coup de fil ni par sa demande.

— Eh bien, petit docteur fouineur, vous me faites un grand honneur ! J'accepte avec plaisir de vous recevoir quand bon vous semblera. Évidemment, je ne suis pas assez naïf pour croire que votre visite sera désintéressée, strictement amicale, j'entends, surtout que ce n'est pas jour de thérapie. Vous êtes à la recherche de quelque chose et pas seulement d'un numéro de téléphone que je peux, du reste, vous donner à l'instant même. Mon petit doigt me dit que vous espérez davantage.

Vous ne lâchez pas prise, hein? Vous avez le tempérament d'un bon chien de chasse, en dépit de votre tout petit nez. Vous reniflez sans vous en cacher l'haleine, les aisselles, les pieds et, s'il le faut, l'habitat de vos patients. Vous mordillez les quatre coins de leur âme, vous prenez l'empreinte de leur esprit, bref, vous êtes un fameux *Psychasseur*. Vous me faites penser à un noble chevalier en quête de dragons à domestiquer.

Sauf qu'en réalité, ce ne sont pas les dragons cracheurs de flammes qui vous intéressent, ce sont les fous! Vous chassez les fous, vrais ou faux! Bien. Je suis un gibier consentant…

Vous connaissez mon adresse, alors affaire conclue! Je vous attends, disons demain, vers seize heures trente. Mon condo est situé au sixième étage de l'immeuble, appartement vingt-six, et l'ascenseur, bien que très âgé, fonctionne. Il faut juste accepter ses tremblements et ses gémissements de vieillard contraint au travail forcé.

✦

Samuel contemple l'immeuble où habite Carroll. Il lui fait penser à un vieux lord anglais amoureux d'une dame théière. Élégant, gris, digne, guindé. Le portail est impressionnant. Un concierge s'avance, le salue avec déférence, s'informe de la personne qu'il vient visiter et l'accompagne jusqu'à l'ascenseur dont il ouvre cérémonieusement la porte.

La cage exhale une odeur discrète de lavande anglaise. Il appuie sur le bouton affichant le chiffre six et se laisse emporter. L'ascenseur monte en hoquetant. Vieux, sûrement, mais solide.

Appartement vingt-six. La porte est entrouverte. Samuel la pousse du plat de la main. Carroll, vêtu d'un survêtement de jogging noir est affalé dans une bergère en velours à imprimé tigré. Ses pieds déchaussés reposent sur un guéridon de cuir noir. On dirait une image pensée pour une pub haut de gamme d'eau de Cologne ou de désodorisant.

Sans se lever, d'un geste de la main, Carroll invite Samuel à s'asseoir sur le canapé qui lui fait face.

— Bienvenue, valeureux chevalier. Je détecte de l'étonnement dans vos yeux. La piaule est luxueuse, hein ? C'est grâce à l'argent de papa et maman et à de judicieux placements. J'ai fait profiter le petit magot qu'ils ont bien voulu me laisser, faute de pouvoir me déshériter, comme le font certains parents rancuniers et incapables de décolérer. Je vous ferai visiter les lieux, tout à l'heure. Je suis sûr que vous brûlez d'envie de voir ma chambre.

Croyez-moi, elle vaut le coup d'œil. Sœurette a dû en rester baba…

J'ai fait remplacer la fenêtre, trop moderne à mon goût, par une autre, faite de petits carreaux reliés entre eux par des soudures au plomb. C'est tout à fait… mystique, vous verrez! Cette pièce est devenue mon oratoire, le cercle magique qui s'ouvre et se referme sur moi chaque fois que j'y pénètre, le succédané de la merveilleuse chambre qui fut mon cocon. J'avoue sans honte qu'elle m'a manqué pendant mon séjour à Pinel. Depuis ma libération, nous avons renoué, elle et moi; j'y bois, j'y lis, j'y mange à tire-larigot.

Samuel écoute avec attention le monologue de son patient. La lumière ambiante souligne la finesse de ses traits. On dirait un autre homme, pense-t-il.

— Vous avez eu de la veine de trouver un appartement aussi agréable. C'est votre agent qui vous l'a déniché, je suppose?

— Non, j'ai trouvé tout seul. Les appartements de cet immeuble ont été rénovés et transformés en condominiums. À mon retour d'Europe, j'ai sauté sur le dernier qui restait. Une vraie chance, vous avez raison, et je ne regrette pas mon choix.

Il n'y a personne au-dessus pour me marcher sur la tête. Ma voisine de gauche est professeure de mathématiques à l'Université du Québec, on se salue, deux et deux font quatre, quatre et quatre font huit, bonjour bonsoir.

L'appart à la droite du mien est habité — peut-être hanté? — par une charmante vieille dame qui fait moins de bruit qu'une souris en pantoufles. Je lui rends visite, de temps à autre. Elle fait de délicieux biscuits à l'anis étoilé et un thé indien tout à fait exquis.

Mais je suis là à papoter et je manque à tous mes devoirs. Voulez-vous boire un scotch, une vodka, un pastis, une anisette, une petite absinthe? Je suis un hôte réputé attentif, je me fais un point d'honneur de toujours satisfaire les désirs et les soifs, même insolites, de mes invités. Alors?

— Je suis un fana de porto. Mon père m'a laissé quelques fameuses bouteilles et peu à peu, je suis devenu connaisseur.

— Du porto? J'ai. Et du bon! Je prendrai la même chose que vous.

Carroll se dirige vers une armoire vitrée qui semble servir de bar, il en sort une bouteille et deux verres.

— C'est un Dow vintage 91. Robe encore sombre, jolis reflets ocre, arômes de figues et de petits fruits rouges très mûrs. Puissant, réconfortant, un doux péché pour le palais! commente-t-il en versant le précieux alcool. À se rouler par terre, avec un chocolat noir grand cru... que je n'ai pas. J'ai des emplettes à faire pour reconstituer mes réserves.

Samuel prend le verre tendu.

— *Santé!* s'exclame-t-il.

— *Prost! Mir i Droujba! Salute!* Paix et amitié! répond Carroll, d'un ton solennel, en humant le porto, yeux mi-clos.

Une, deux, trois gorgées. Samuel commence à se détendre. Ses yeux font le tour de la pièce tandis que Carroll savoure son étonnement.

— Dites, avez-vous remarqué les feuilles sur les trottoirs, en venant ici? La pluie les a collées sur le ciment des dalles. Elles sont mortes et pourtant, encore pleines de grâce. Elles n'ont pas encore abandonné leurs couleurs d'automne. On dirait qu'elles essaient de se fondre dans la matière. C'est si réussi, ce collage! Dommage que le vent n'ait aucun respect pour leur fragilité et leur solitude. Il les charrie, il les rudoie...

Enfant, je refusais farouchement de leur marcher dessus. Je les contournais avec précaution. Je me demandais d'où venait cette mystérieuse consigne à laquelle elles semblaient obéir en se laissant choir sans bruit sur le sol. La main d'un architecte invisible les avait dispersées, et ce dernier avait en tête l'intention de composer un tableau, une chorégraphie.

Il m'est arrivé de verser quelques larmes devant le spectacle pathétique de la pluie des feuilles. Au fond, je suis un grand sentimental, vous ne trouvez pas? Et l'arrivée de l'automne aggrave mon cas, j'en ai bien peur. Ma captivité a exacerbé mes émotions...

— Je dirais que vos yeux captent ce que la plupart des gens ne voient pas parce qu'ils ne savent plus regarder.

— C'est une qualité ou un défaut?

— Je ne sais pas, répond Samuel avec un sourire malicieux.

— Vous l'ignorez! Vous avez fait plus de dix ans d'études universitaires et vous êtes incapable de répondre à une question aussi élémentaire?

— Si savant soit-on, on ignore toujours tellement de choses, au fond! Et vous oubliez, on dirait, que je ne suis pas en service, en ce moment. Je suis un simple visiteur.

Sans transition, il déclare:

— La décoration de votre appartement est vraiment réussie, Carroll. Je vois que vous avez déniché de belles pièces au cours de vos voyages. Très sincèrement, le résultat est impressionnant. Que représente cette statue? interroge-t-il en pointant un bibelot.

— C'est Ganesh, un dieu tribal hindou que l'on représente toujours avec une tête d'éléphant. Sur cette table, devant vous, c'est encore lui, mais dans une version plus moderne et plus épurée.

Et maintenant, si vous en veniez à l'objet de votre visite, docteur?

— Cette façon que vous avez de me rappeler à l'ordre signifie-t-elle que vous avez des choses à m'avouer? riposte Samuel en réprimant un sourire amusé.

Carroll s'esclaffe:

— Je vous aime bien, Samuel Leduc. Vous êtes le premier être humain qui m'écoute vraiment, avec un authentique intérêt. Vous avez surmonté stoïquement mes petites crises, vous avez toujours essayé de comprendre. Les fois où vous avez haussé le ton et m'avez rappelé à l'ordre, j'avoue que je l'avais un peu beaucoup cherché... J'apprécie. Vous êtes un *Superdoc*, vraiment !

Vous avez eu le courage de recommander ma sortie au *tribunalanal*, de m'épargner la prise quotidienne de cochoncetés chimiques tout juste bonnes à me brouiller les idées au lieu de les clarifier.

Vous ne vous êtes pas laissé leurrer par les rapports apocalyptiques de vos collègues, vous avez su voir au-delà des apparences, et... vous avez habilement déculotté tous mes personnages, si je puis dire !

Maintenant, grâce à vous, je vais devoir entamer le processus de ma réintégration sociale, de ma réhabilitation. Qui sait, je vais peut-être retourner en Europe, refaire du cinéma, me trouver une âme sœur dont le sexe, franchement, importe peu ? Au fait, le petit carton bleu, sur la table, c'est pour vous : j'y ai inscrit le numéro de téléphone de Teddy. Demain, je vais à la banque et je rapporterai le CD et les photos dont je vous ai parlé.

Samuel se penche et prend le carton, soulagé de n'avoir pas à le demander.

— Je vais téléphoner à votre copain dès que possible, assure-t-il.

— Saluez-le bien de ma part ! J'ai pensé qu'il était préférable de ne pas renouer avec lui... du moins, pas avant que vous lui ayez parlé. Comme on dit en cour, le témoin est à vous !

Samuel glisse le carton dans sa poche.

Un silence s'installe entre les deux hommes. Un cortège d'anges passe dans la pièce avec une nonchalance étudiée, répandant sur leur passage une délicieuse odeur d'eau de rose.

Comme sous influence, soudain, la bouche de Samuel s'ouvre et cinq mots en sortent. Cinq mots qui font jubiler les anges :

— Voulez-vous vraiment guérir, Carroll ?

— Si ma chère sœur n'y voit pas d'inconvénient, je ne dis pas non… répond le jeune homme, qui ne s'attendait pas à une pareille demande.

— C'est à vous que je pose la question.

— Guérir ? Ça me paraît être une démarche très périlleuse.

— Pourquoi ?

— Ma vie est menacée et je n'ai pas l'intention de me laisser trucider. Je suis déjà mort un trop grand nombre de fois au vif plaisir de vous savez qui.

— Vos allusions à votre jumelle ne m'intéressent pas. C'est la voix emmurée de Carroll que je veux entendre ! Je sais que cette voix m'écoute, depuis le début.

Carroll cligne plusieurs fois des paupières et murmure :

— Si vous saviez à quel point je voudrais trouver la paix intérieure ! Je rêve d'une vie paisible, sans mine personnelle qui peut vous sauter au cœur ou vous faire exploser les boyaux sans prévenir. Mais, «... la vie est une histoire dite par un idiot, pleine de bruit et de fureur et qui ne signifie rien...», Shakespeare, *Macbeth*, acte cinq, scène cinq.

Samuel ne peut retenir un geste d'impatience de la main. Carroll essaie encore de se défiler en se réfugiant derrière le paravent des mots.

— N'essayez pas de me distraire avec vos adages, formules latines ou tirades de comédien en répétition. Maintenant, vous allez m'écouter attentivement, sans m'interrompre.

Ce n'est pas en poursuivant Carina de votre haine que vous allez parvenir à la paix de l'âme! Sortez-la de votre cœur, de vos souvenirs, de votre enfance! Pendant que vous y êtes, larguez votre armée secrète, qui vous enfonce et vous maintient inutilement dans une spirale émotive aussi douloureuse que dangereuse. La chambre qui vous appelait... c'est ça qu'elle voulait vous faire comprendre! À ses yeux, vous êtes un être magnifique, bien plus fort que vous ne l'imaginez, et vous seul pouvez décider de mettre fin à la guerre et à la torture que vous vous infligez depuis tant d'années. Oubliez votre jumelle! Donnez-vous l'ordre à haute voix, allez-y, je veux vous entendre exprimer ce désir!

— Hé, ho! Vous n'allez pas me faire le coup du cri primal? Pas vous!

— Certainement pas. J'ai mieux à vous proposer. Je vous offre les ciseaux pour couper, de façon symbolique, le cordon qui vous lie à Carina. Vous avez déjà, dans une tentative maladroite, coupé des cheveux en vous imaginant qu'il s'agissait des siens. Oubliez les cheveux qui ne sont qu'accessoires et attaquez-vous au cordon !

Carroll ricane et fronce les sourcils.

— Cette coupure, essentiellement symbolique comme vous dites, ne me protégera pas contre l'arsenal de mon ennemie.

— Et si vous laissiez tomber vos idées de lutte ?

— Je ne peux pas ! Je ne veux pas être agressé. Je ne veux pas mourir. Je dois être prêt à riposter si elle m'attaque et il est évident qu'elle le fera. Je me demande si je ne devrais pas me préparer à attaquer le premier, par surprise si possible, plutôt que de devoir me défendre et risquer d'être trucidé.

— Qui vous dit que votre jumelle se prépare à vous attaquer ?

— Je sais, vous savez qu'elle le fera. Vous n'êtes pas dupe. Vous commencez à voir ma chère frangine comme elle est : belliqueuse, fourbe, opportuniste, vicieuse, bref, extrêmement dangereuse !

— Carina n'est rien de tout ça. C'est une construction de votre esprit. Vous êtes encore en train de fabuler.

— Oh que non ! riposte doucement Carroll d'une voix empreinte de tristesse. Cessons cette conversation, s'il vous plaît. Vous l'avez dit vous-même : ce n'est pas jour de thérapie.

Samuel se tait. Sa boussole intérieure ne s'affole pas. Son patient parlerait donc vrai?

— Dites, vous voulez voir ma chambre avant de partir?

Samuel hoche la tête et se lève. Lorsque Carroll ouvre la porte, il reste bouche bée. Tout ce qu'il voit d'abord, c'est un lit à colonnes, immense, surplombé d'un baldaquin de voilage prune. Le matelas est recouvert d'un édredon en toile de Jouy dont les motifs de couleur parme façon fusain s'égaient sur un fond crème.

La fameuse toile de Jouy qui avait enchanté la petite enfance de Carroll, voilà qu'il l'a fait revivre dans un décor à la fois viril et sensuel! Sur un mur, un meuble en bois de manguier massif, dont les portes peintes à la main rendent hommage aux danses sacrées de l'Inde, est encadré par deux impressionnants candélabres en bronze et malachite.

Carroll suit le regard de Samuel.

— Ces candélabres, je les ai achetés en Italie. On prétend que la malachite est un puissant dépuratif du corps et de l'âme. Alors, je me suis dit qu'il n'y avait pas de mal à essayer de me faire du bien.

— J'aime beaucoup votre fauteuil. Sa forme, sa couleur...

— Je l'ai trouvé en Malaisie. Il est fait en *shorea*, une matière peu connue en Amérique.

Samuel se dit qu'il a bien fait de s'inviter chez Carroll. Il découvre, non sans émotion, le cocon reconstruit par l'enfant devenu adulte. Carroll s'est fabriqué un refuge sacré que Carina a tenté de violer en exigeant des photos, comme si elle avait su qu'il existait.

Insatiable, le regard de Samuel dérive sur les placards dont les portes sont agrémentées de panneaux *sohjis* en verre dépoli sertis d'un cadre prune. Puis ses yeux tombent — par hasard? — sur un magnifique bouclier de métal orné de signes héraldiques, une réplique probable d'une arme du Moyen Âge. Et il saisit aussitôt le langage muet que lui renvoie l'objet. Il est ce bouclier...

— Carroll, quand je suis entré chez vous, tantôt, vous m'avez appelé chevalier, n'est-ce pas? Ai-je bien entendu?

— Ouais, sans m'en rendre vraiment compte, mais...

— Non, en tant que thérapeute, je suis votre chevalier! Vous savez que je suis prêt à défendre vos intérêts et même à vous protéger contre vous-même s'il le faut. Il y a un mais. Si j'accomplis ma mission, vous devez vous charger de la vôtre.

— Je sais. Vous me l'avez déjà dit: vous ne ramerez jamais à ma place. Compris, mon capitaine.

Samuel proclame, l'air grave:

— La fin de vos souffrances approche, Carroll. Je crois bien que j'ai un plan à vous proposer. Mais avant de vous l'exposer, je veux que vous me promettiez de ne rien tenter contre Carina, quoi qu'il arrive.

— Je vous l'ai déjà promis. Seulement, qu'est-ce que je fais si elle m'attaque ? Je la sens, tapie dans l'ombre, en train de fourbir ses armes. Je suis très sérieux ! Je ne veux pas...

Samuel l'interrompt :

— Vous avez un afficheur et un répondeur ?

— Évidemment !

— Puisque vous avez peur, nous allons nous montrer prudents. Chaque fois que votre téléphone sonnera, vérifiez qui appelle avant de décrocher. Si l'on frappe à votre porte, n'ouvrez pas, à moins que vous ne sachiez qui est là. Et sortez le moins possible. En d'autres termes, mettez-vous aux abonnés absents. Un petit mot au concierge ne serait pas superflu, dans les circonstances. Avertissez-le que vous n'y êtes pour personne, sauf pour moi.

— Bigre ! Vous aussi, alors, vous prévoyez une attaque imminente de l'ennemie, hein ?

— En vérité, je n'en sais rien. Je dois rapidement trouver des réponses à quelques questions vitales avant d'avoir une opinion franche. Ah ! Un dernier conseil avant que je ne parte : le temps est venu de vous séparer de votre armée secrète. Vous n'avez plus besoin d'elle, désormais. Je suis là et je suis bien plus fort qu'elle, vous êtes d'accord avec moi là-dessus ?

Carroll baisse la tête.

— Je me doutais bien qu'un jour, vous exigeriez leur congédiement.

Ému, Samuel a l'impression d'être adoubé par une force supérieure. Sa boussole exulte et son instinct bat la mesure avec énergie.

— Bien. Symboliquement, j'emmène votre armée dont je prendrai le plus grand soin. Elle a droit à une retraite bien méritée, en dépit de quelques bavures de parcours...

✦

Une fois de retour à son appartement après avoir passé une journée passablement occupée à l'Institut Pinel, Samuel se dit qu'il ferait bien de se coucher tôt. Demain commencera le dernier chapitre de l'histoire de Carroll et de Carina. Il manque encore quelques pièces pour que le casse-tête soit complet et que la vérité apparaisse enfin.

Qui ment? Qui dit vrai?

Le danger qui plane est-il réel ou ne serait-il pas une construction de l'esprit de Carroll qui squatte le sien?

Bientôt, il saura.

SOS Nadim

Samuel s'éveille en sursaut. Sueurs froides sur peau moite. Il rêvait. Mauvais rêve. Vraiment mauvais.

Revêtu d'une combinaison d'astronaute blanche luisante comme un ciré, il survolait la maison de Carina à bord d'une capsule métallique ressemblant à un bilboquet. Il tournait en rond silencieusement sachant que, grâce à un dispositif de brouillage sophistiqué, nul ne pouvait déceler sa présence. Il était invisible!

À bord de l'appareil, des instruments de détection ultra-sensoriels lui permettaient d'espionner la jeune femme dans les moindres de ses déplacements. D'enregistrer non seulement ses conversations téléphoniques, son rythme cardiaque, mais aussi ses pensées les plus secrètes, ses désirs les plus inavouables, les palpitations de son sexe, la température de sa peau, la sueur de ses aisselles. Toute l'information était stockée et ferait ultérieurement l'objet de rigoureuses analyses suivies d'une savante interprétation scientifique.

Excédé, Samuel repousse ses draps. Il attrape et secoue vigoureusement ses oreillers, s'y adosse et réfléchit. Quel rêve idiot! Idiot, oui, mais instructif tout de même. Il est évident qu'il a besoin d'en savoir plus sur celle qui a semé le trouble dans sa chair et dans son esprit.

Que cherche Carina? Quels motifs peuvent expliquer son étrange comportement? Pourquoi a-t-elle fait espionner Carroll par un de ses patients, si tant est qu'elle l'ait fait? Elle avait déjà engagé un détective privé et demandé une enquête sur son passé et son présent. Elle ne s'en est pas cachée et lui a fait part des renseignements obtenus par cette filature. Pourquoi une deuxième, touchant l'intimité de son jumeau, cette fois? Comment trouver les réponses à toutes ces questions dans les circonstances? Il n'est pas question qu'il revoie celle avec qui il a rompu et qu'il a profondément blessée.

Frappé par une idée soudaine, il s'exclame en se tapant la cuisse:

«Mais oui! Pourquoi ne la ferais-je pas suivre, moi aussi? Fichtre! Je sais qui pourrait me rendre ce service de filature: Nadim, Nadim Choqué!»

✦

Samuel a fait la connaissance de Nadim alors qu'il terminait sa résidence à l'Hôpital du Sacré-Cœur. Hospitalisé pour une grave dépression nerveuse, le pauvre homme lui avait balancé sa souffrance au visage sans ménagement. Les mots sortaient de sa bouche, drus, crus, désorganisés, fielleux. On aurait dit des confettis de verre acéré crachés par une mitraillette en délire.

Une suite invraisemblable de catastrophes avait frappé Nadim. Le pauvre était persuadé que le destin avait voulu se moquer de lui, de son honneur et de ceux qu'il aimait tendrement, sa femme et ses deux fils.

«Il a fait de moi un homme complètement, totalement choqué!» clamait-il en se labourant la poitrine avec ses doigts crispés comme des pattes d'oisillons tentant de se cramponner à une branche.

En l'espace de trois semaines, Nadim avait pratiquement tout perdu, sauf la vie: d'abord sa petite entreprise d'importation de noix et de fromages libanais qu'il avait mise sur pied et qui commençait à rapporter joliment. Le comptable en qui il avait mis toute sa confiance, et qui travaillait pour lui depuis une dizaine d'années, s'était envolé avec l'argent et la camionnette de l'entreprise. On n'avait jamais réussi à retrouver le filou et Nadim avait été contraint de vendre sa belle maison de bois du boulevard Gouin que son épouse et lui avaient amoureusement rénovée pour aller habiter dans un logement miteux de quatre pièces.

Trois mois après ce premier choc, sa femme et ses deux fils avaient été heurtés de plein fouet par un camionneur ivre, alors que le trio se promenait paisiblement à bicyclette.

Comme si le destin avait jugé que ce n'était pas encore assez, quelques jours plus tard, son vieux père qui habitait à Byblos, désireux de porter une assistance morale et financière à son malheureux fils en venant le rejoindre au Québec, était mort dans son sommeil, la veille de son départ pour Montréal.

Pour clôturer la cascade de drames, une pelade spectaculaire lui avait fait perdre ses cheveux, ses cils et ses sourcils.

Samuel avait soigné le malheureux Nadim pendant quelques mois et assisté à sa lente et douloureuse guérison. Des cheveux blancs, drus et raides comme des poils de brosse avaient fini par repousser sur le crâne du sinistré. La résignation avait suivi la formidable période de révolte. L'homme brisé avait recollé les pièces les plus importantes de sa vie, tout en sachant que le mot vie venait de prendre pour lui un sens hautement ironique.

Vivre, ou plutôt survivre, en dépit des cassures, des collages. Dans sa chair, des plaies souterraines se conduisaient comme des sources. Elles giclaient sans prévenir, pour un soupir, une note de musique, un courant d'air et se tarissaient en fichant des épines dans sa chair vive. Vivre ou plutôt faire semblant de vivre, pourquoi pas?

Deux ans après la fin de la thérapie, Samuel avait reçu une lettre de Nadim dans laquelle ce dernier lui exprimait toute sa reconnaissance pour les bons soins reçus et l'oreille compatissante qu'il lui avait prêtée.

Samuel bondit hors de son lit, résolu à retrouver la missive. Il sait qu'il l'a conservée, très touché par la délicatesse et le caractère exceptionnel du geste. Il est rare que les patients songent à dire merci et à prendre la peine d'exprimer leur reconnaissance par écrit. Sa main glisse le long d'une pile de livres. Il croit se souvenir de l'avoir rangée dans un traité de médecine.

Il finit par trouver assez rapidement ce qu'il cherche, entre les pages 202 et 203 du *Manuel diagnostique et statistique des troubles mentaux*, familièrement appelé DSM-IV.

Il déplie fébrilement les deux feuilles de papier artisanal gris incrusté de minuscules pétales de fleurs, œuvre de l'épouse bien-aimée de Nadim, en fauteuil roulant depuis son accident :

Cher docteur Leduc,

Merci d'avoir cru en moi à un moment de ma vie où je ne croyais plus en rien et surtout pas en moi. Merci de m'avoir aidé à recoller les morceaux de ma vie brisée et piétinée par un destin aveugle et cruel.

Bien sûr, je ne suis plus et ne serai plus jamais celui que j'étais avant ma dépression. Je suis un vase restauré. Fragile de partout et le sachant. Donc, prudent, fuyant les émotions trop fortes, et pourtant curieux.

À l'issue de ma thérapie, je me suis demandé comment manœuvrait le destin sur la planète Terre.

Frappe-t-il les humains au hasard? Pourquoi m'a-t-il choisi et martyrisé encore et encore? Y a-t-il des signes précurseurs de ses agressions? Que se cache-t-il derrière les apparences, les façades, celles des maisons, des visages, des paroles? La mort est au service de qui? Qui se cache derrière elle?

Je suis donc devenu très observateur de mon prochain et du temps qui défile en essayant de tromper tout le monde (même les montres sont dupes!) sur sa réelle vitesse de croisière. Du visible et de l'invisible. Des couleurs de la vie et des saisons, de leur propension à vous filer entre les doigts.

Que se passe-t-il à l'autre bout du monde quand un bébé meurt à Montréal, quand une mouche se frappe contre une vitre à Grenoble, quand un rêve d'enfant s'écroule à Pékin, quand un homme trompe sa femme et réciproquement, à Tunis? Alors, j'aimerais bien savoir où se sont répercutés les effets de mes drames successifs. Peut-être sont-ils en train de tourner en rond? Pourvu qu'ils ne se transforment pas en boomerang!

De fil en aiguille, j'ai découvert que je pouvais suivre des pistes, remonter dans le temps, le prendre en flagrant délit de vol. Ça m'a ouvert les portes d'un drôle de passe-temps devenu progressivement un métier: l'espionnage, le petit, évidemment.

Je possède depuis quelques mois une agence de filature. Je travaille pour des particuliers et aussi pour des entreprises. Je mène des enquêtes, je déterre des secrets, je traque de flagrants délits, je résous *des énigmes, des disparitions. Si jamais vous aviez besoin de mes services, souvenez-vous de Nadim, qui sera fier de vous prouver sa gratitude.*

Samuel note l'adresse de la carte jointe à la lettre. Reste à s'assurer que ledit Nadim a toujours pignon sur rue : «Agence Choqué, discrétion assurée». Il s'empare du bottin jaune, cherche et pousse un soupir de soulagement. L'agence existe toujours, seule l'adresse a changé. Il appellera son ancien patient à la première heure et lui demandera un rendez-vous. Il retourne se coucher et se rendort presque aussitôt.

✦

Bien sûr, Nadim avait accepté avec empressement le contrat de filature, refusant toutefois énergiquement d'être payé, même s'il allait devoir passer plusieurs jours à Québec avec l'un de ses employés.

— Nous observerons madame Leblond, nous la suivrons dans ses moindres déplacements, vingt-quatre heures sur vingt-quatre pendant quelques jours. Cela devrait suffire à dresser un horaire de ses déplacements quotidiens et de ses activités, avait décrété Nadim. Si quelque chose semble louche, vous en serez informé.

Samuel s'était empressé de remercier chaleureusement son ancien patient.

L'entente conclue avec un professionnel de la filature l'avait contraint à prendre la mesure de ce qu'il était devenu. Un thérapeute que l'on avait bien failli piéger, mais farouchement déterminé à départager le vrai du faux. Pas très orthodoxe comme comportement, mais il y avait urgence.

Qui était l'agresseur? Qui était l'ennemi? Ne pouvant s'occuper aussi de Carina, Nadim allait le faire à sa place. Lui allait garder Carroll dans sa mire, puisqu'il était son patient.

✦

Les coups de fil donnés pour joindre Teddy n'avaient rien donné. L'homme était absent et il n'avait pas de répondeur. Peut-être était-il en voyage ou encore malade et hospitalisé? À moins qu'il n'existe tout simplement pas! En tout cas, son nom ne figurait pas dans le bottin.

Mis au courant de ce petit problème, Nadim avait tiré des ficelles et il était parvenu à dégoter l'adresse du jeune homme. Samuel s'y était rendu, impatient de vérifier les faits. Il avait sonné à plusieurs reprises, sans obtenir de réponse. Il s'était résigné à sonner à la porte voisine. Une petite jeune fille arborant une chevelure noire striée de mèches bleu électrique avait fini par répondre.

— Teddy? Il est à Cuba. Je m'occupe de son courrier et de ses plantes pendant son absence. Z'avez un message pour lui? D'après sa dernière carte postale, il revient dimanche. Celui qui vient ou le prochain, je sais pas trop. Le calendrier et moi, on est en froid...

Samuel avait remercié et laissé ses coordonnées à la voisine.

«Voilà enfin une question élucidée, conclut-il. Teddy existe vraiment. Reste à savoir s'il a reçu pour mission d'espionner Carroll et de prendre des photos de son appartement.»

Effraction

Mercredi, treize heures. Se faufilant avec un plateau entre deux allées de la cafétéria du personnel, pratiquement vide en ce début d'après-midi, Samuel avise une table libre le long du mur du fond. Il s'y installe et commence à avaler la soupe du jour, un minestrone plus riche en pâtes obèses qu'en légumes.

Il n'a pas très faim depuis quelques jours. L'impression pénible qu'il a de marcher sur un fil de fer tendu au-dessus d'un gouffre dégageant des vapeurs de soufre s'accentue de jour en jour. Ses nuits sont agitées, peuplées de cris de détresse, de poursuites effrénées dans des couloirs sans issue aux murs gluants et exhalant des odeurs de cadavres en putréfaction.

Carroll, qu'il a reçu en consultation au cours de la matinée, lui a trouvé une petite mine. Il lui a gentiment posé une question inattendue. Il se remémore leur entretien :

— Faites-vous partie de la race des thérapeutes qui prennent grand soin de leurs patients et négligent de s'occuper d'eux, *Doctoutpâlot* ?

Il avait répondu, embarrassé, qu'il se sentait un peu fatigué et qu'il comptait prendre prochainement une semaine ou deux de vacances, en décembre.

— Avec votre douce amie, j'espère? avait rétorqué Carroll.

— Si elle arrive à se libérer en même temps que moi, sûrement! avait-il cru bon de répondre, se souvenant de son mensonge pieux.

— Je suis content et… rassuré! s'était exclamé Carroll en brandissant comiquement le poing droit. Je ne voudrais pas vous perdre. Vous êtes devenu un personnage important dans mon univers, *Doctedoc*. Je sais qu'il subsiste encore un doute dans votre esprit quant à mon honnêteté, même après avoir vu les photos. Aussi, j'ai très hâte que Teddy soit de retour de voyage. C'est pour bientôt, non?

— Je pense, oui, c'est ce que m'a affirmé sa voisine, s'était contenté de répondre le médecin en réprimant un bâillement.

Si son sommeil était perturbé, celui de Carroll, en revanche, était exemplaire.

— Je pratique un nouveau sport extrême, le lâcher-prise. Je largue des tas de vieilles choses. Des émotions si mitées qu'on voit à travers. Des souvenirs empestant le fond de cale pourri, le cambouis et la mort-aux-rats. Des paquets de souffrances éventrées. Des désirs variqueux. Bref, je deviens chaque jour un peu plus léger, un peu plus zen. Je finirai par devenir si léger qu'un beau matin, je m'envolerai comme un ballon, sans le moindre souffle d'hélium, grâce à un saint d'esprit sain, vous !

Conscient que sa déclaration pouvait laisser sous-entendre autre chose, Carroll s'était empressé de préciser :

— *Docgourou*, ne vous inquiétez surtout pas. Je n'ai pas du tout l'intention de fuir à l'étranger. L'exemple du ballon était essentiellement symbolique ! Je n'irai nulle part sans votre bénédiction. Je vous ai donné ma parole d'honneur et j'entends bien la respecter. Pour le reste, je suis vos recommandations à la lettre. Je filtre mes appels et je sors le moins possible. Uniquement pour ma thérapie. L'épicerie me livre mes achats que je fais par téléphone.

Cela dit, je crois que j'aimerais assez retourner en Europe quand vous m'y autoriserez. Oublier ici. Tourner la page et recommencer à zéro, comme on dit dans les mauvais romans à l'eau de «roses fanées».

Samuel avait hoché la tête et déclaré qu'il n'était pas inquiet le moins du monde. Ébaucher des plans d'avenir, entreprendre de larguer son passé, voilà qui démontrait la progression de la convalescence.

✦

Une main effleure l'épaule de Samuel et le fait sursauter. Évelyne, la réceptionniste du service, se penche vers lui. Elle sent le freesia, constate-t-il en l'interrogeant du regard.

— Docteur Leduc, je suis navrée de vous déranger, mais il y a un appel urgent pour vous. Une collègue de Québec. Elle dit qu'elle vous connaît et que vous devez la rappeler le plus vite possible, c'est vraiment très urgent.

Samuel prend et déplie le billet qu'elle lui tend.

D^{re} Carina Leblond, très urgent.

Il repousse son plateau et remonte à son bureau au pas de course, après avoir remercié la réceptionniste désolée de lui avoir gâché son repas.

Carina l'a appelé depuis son portable. Il se passe certainement quelque chose, mais quoi ? Il compose son numéro. Elle répond à la première sonnerie.

— Samuel, enfin ! Il faut que tu viennes chez moi aussi vite que tu le peux. Carroll est entré dans ma maison, encore une fois. Le loft est un vrai champ de bataille ! Il a déchiré mes vêtements, arraché les boutons, lacéré les poches. Mes chaussures sont dans le congélateur, détrempées, et en train de geler. Ma pelisse a reçu un traitement à l'huile d'olive et au vinaigre balsamique. Mes gels douches, mes savons et mes shampooings enduisent les bords de la baignoire. L'évier déborde. On y a versé tout ce que contenait le réfrigérateur. Mes sous-vêtements baignent dans une mixture nauséabonde dont on ne peut ignorer la nature... J'ai été vandalisée de la manière la plus odieuse qui soit. J'aimerais que tu sois avec moi quand les policiers arriveront.

— Dois-je comprendre que tu ne les as pas encore prévenus?

— Je compte le faire quand tu seras là. Je veux te parler avant! Ils auront besoin de ton témoignage. Viens tout de suite, je t'en supplie! J'ai besoin de toi. Ne me laisse pas tomber, Sam, j'ai tellement peur qu'il revienne et qu'il m'agresse…

Samuel s'efforce de garder son calme.

— Quand est-ce que c'est arrivé? s'informe-t-il. Je veux dire… quand Carroll serait-il entré chez toi?

— Ce matin, entre neuf heures trente et onze heures trente, je crois. J'ai quitté la maison vers neuf heures et je suis revenue vers midi. J'avais oublié un sac de vêtements à porter chez le nettoyeur.

— Comment sais-tu que c'est Carroll qui a tout saccagé?

La voix de Carina change de registre.

— À ton avis? Qui d'autre que lui possède une clé de la maison? Qui d'autre que lui m'en veut? Qui d'autre que lui peut commettre des actes aussi insensés et délictueux?

J'en ai assez, Samuel! Cette fois, il a dépassé les bornes! Je ne vais pas attendre qu'il me laisse une vidéo signée de ses infamies ou qu'il m'accueille avec une arme et me transforme en chair à fondue pour me défendre! Tu dois absolument réviser ton jugement. Mon frère doit impérativement être interné!

Samuel serre si fort le combiné du téléphone que les tendons de sa main saillent. Son front se couvre de sueur. Son esprit travaille à la vitesse du son.

Ce mercredi matin, à dix heures, Carroll était dans son bureau. Il en est sorti vers onze heures. Il ne pouvait donc pas être à Québec, comme le soutient Carina. Pourrait-il avoir payé quelqu'un pour agir à sa place ? Teddy, par exemple ? Impossible, puisqu'il est à Cuba. À moins qu'il n'y soit pas, qu'il n'y soit jamais allé, que lui et Carroll aient fomenté cet acte de vandalisme. Encore des choses à vérifier. La voix à l'autre bout du fil se fait de plus en plus implorante et insistante. Elle le ronge, elle l'irrite comme si elle était dotée de petites dents pointues spécialisées dans le mordillement compulsif.

— Samuel, mon chéri, j'ai besoin de toi à mes côtés. J'ai l'impression d'avoir été violée... C'est une sensation épouvantable, je t'en prie, viens à mon secours !

— Carina, je ne peux pas quitter Montréal aujourd'hui. Le mieux serait que tu appelles les policiers... et ta compagnie d'assurances. Tu dois faire vite, sinon on risque de te demander pourquoi tu as tardé à rapporter l'agression. Tu as besoin d'un constat en règle. Les policiers interrogeront probablement tes voisins. L'un d'eux a peut-être vu quelque chose ? Pourquoi n'appelles-tu pas un ami ou une copine qui pourrait rester avec toi pour la nuit et la matinée de demain? Ou mieux encore, pourquoi ne pas aller passer quelques jours ailleurs, sans avertir personne?

La voix de la jeune femme devient stridente, elle assène les mots avec la force d'une matraque qui frappe avec rage là où elle sait qu'elle peut faire mal.

— Tu me laisses seule avec mes problèmes, alors que tu portes une grande part de responsabilité dans toute cette histoire. C'est toi qui as recommandé la libération de Carroll. Tu vois ce que ça donne! Tu dois venir ici, tout de suite! Je te rends responsable de tout ce qui m'arrivera à partir de maintenant!

— Écoute, Carina, je suis le thérapeute de Carroll, pas le tien. Je suis mal placé pour...

— J'ai peur, Samuel! Tu as lâché sur moi un chien enragé et tu lui as enlevé sa muselière! Tu veux assister à la curée et t'en repaître? Tu veux ma mort? Dis-le, espèce de lâche! Aie le courage d'avouer que tu n'as rien, strictement rien entre les deux cuisses. Un pauvre bout de saucisse dont ne voudrait pas une centenaire qui a oublié à quoi ça sert!

— Carina, je comprends ce que tu peux ressentir, je t'assure. Mais t'énerver comme tu le fais, recourir à l'insulte pour exprimer ton angoisse ne feront qu'empirer la situation.

— Tu ne comprends rien du tout! Tu es un pauvre type! Depuis le début, tu as abusé de moi. Tu as couché avec moi dans l'intention de m'exploiter. Tu es le complice de Carroll! Je comprends tout, maintenant.

Je vais te dire une bonne chose. Cette histoire n'en restera pas là, crois-moi. Tu es psychiatre, mais je le suis aussi! Je vais déposer une plainte au Collège des médecins. Tu vas devoir répondre de tes actes, mon espèce de salopard!

— Carina, je refuse de poursuivre cette conversation. Tu ne sais plus ce que tu dis, reprends-toi pour l'amour du ciel!

— Ah, je divague!

— Tu m'insultes, tu m'accuses, tu imagines des trucs...Tu as quitté la zone du raisonnement pour celle du résonnement, je t'en prie, calme-toi et agis. Téléphone immédiatement au poste de police de ton quartier. Dis-leur ce qui s'est passé et laisse-les faire leur boulot. En attendant leur arrivée, dresse une liste des biens endommagés ou manquants. Et si ça peut te rassurer, donne-leur mon numéro de téléphone. De mon côté, je vais vérifier l'emploi du temps de Carroll. Je m'engage à te rappeler pour te dire ce que j'ai trouvé. Et si je découvre que ton frère a quitté Montréal, je ferai une déposition aux policiers.

— Tu es un monstre, Sam, tu me fais vomir! Va au diable!

L'insulte précède un bruit caractéristique. Celui d'un combiné que l'on repose avec dépit.

Samuel regarde l'appareil, soulagé. La voix agressive du «petit pot de fiel» s'est tue. Il peut enfin respirer normalement. Il est sûr d'une chose : il n'ira pas à Québec. Si Carroll est derrière tout ça, s'il tire les ficelles à distance, il vaut mieux qu'il l'ait à l'œil. Et qu'il découvre le reste de son plan de match.

Entre chaperon et louve

Dimanche, vingt heures. Samuel a invité Nadim Choqué à souper au restaurant libanais *Aux Lilas*, avenue du Parc: Il a demandé une table dans un coin tranquille. Benoît, le maître d'hôtel, les a installés au fond de l'étroite terrasse chauffée et couverte, toute en longueur, lovée entre le restaurant et un bloc appartement.

Le parfum suave d'arbustes de jasmin en fleurs disposés en demi-lune, tout au fond de la terrasse, se faufile entre les tables et monte à l'assaut des nez.

Nadim s'exclame, ravi :

— Belle floraison de début d'hiver! Saviez-vous que c'est le soir, un peu après la tombée du jour, que le jasmin chante et se pâme?

— Vous me l'apprenez, et j'aime assez votre façon de décrire ce parfum enivrant, rétorque Samuel, impatient d'entendre le rapport de son ancien patient qui, en dépit des effluves qui le mettent en joie, met un point d'honneur à résumer le fruit de son travail.

Lui et son employé ont bien travaillé et consciencieusement consigné toutes les activités visibles de la «personne désignée». Les deux détectives se sont relayés de façon à exercer une surveillance de vingt-quatre heures sur vingt-quatre. Ils n'ont rien observé de particulier jusqu'au mercredi matin.

Tout en sirotant un verre de blanc libanais, un Fakras blanc Éternel, Vallée de Kfardebian, recommandé par Benoît, fin connaisseur en la matière, Samuel, le cœur battant, écoute Nadim lui rapporter les observations qu'il a recueillies.

Quelque chose serait donc survenu le mercredi, jour où la maison de Carina a été vandalisée?

— Ce matin-là, la doctoresse ne s'est pas rendue à son travail, commente sobrement Nadim. J'en ai déduit qu'elle prenait congé ou qu'elle était malade. J'ai appelé l'hôpital pour m'en assurer. Dans notre profession, il ne faut jamais rien laisser au hasard.

On m'a informé que, ce jour-là, sa première consultation était à onze heures. Elle avait prévenu le service qu'elle souhaitait étudier quelques dossiers chez elle avant de commencer sa clinique. On avait donc pris soin de remettre ses deux premiers rendez-vous.

Vers neuf heures, un homme d'allure bizarre est sorti de chez elle à la sauvette, par la porte de côté de la maison. Il avait une démarche que je qualifierais de furtive. Il ne souhaitait pas être vu, c'était tout à fait évident. Un foulard de laine marron dissimulait son cou et son menton.

Samuel hoche la tête, il connaît cette porte. C'est celle qu'il a empruntée pour entrer dans la maison et aussi celle que prend toujours Carina.

Le détective marque un temps d'arrêt et ses yeux pétillent à la vue de tous les petits plats que l'on dépose à l'instant sur la table : makanek, kibbi, hommos, petites saucisses de bœuf, kafta, feuilles de vigne, taboulé, babaganouche, amandes rôties...

Puis il reprend le fil de son récit.

— Depuis quand ce monsieur était-il à l'intérieur ? Qui était-il ? Pourquoi ce comportement d'évitement suspect ? Je l'ai regardé s'éloigner. J'ai bien observé son physique. Une silhouette grande et mince. Une démarche empruntée, un tantinet saccadée, avec quelque chose de maniéré. Il était vêtu d'un pantalon gris et d'un blouson de cuir noir, ses mains étaient gantées et sa tête recouverte d'un feutre à large bord. Impossible de voir les cheveux. Il était chaussé de bottillons très élégants, en cuir fin. Il a marché jusqu'au coin de la rue et a tourné...

L'homme disparu, j'ai relu les observations consignées la veille par mon assistant. La dame était rentrée du travail fin seule. Elle n'avait reçu aucune visite. J'en ai conclu que l'homme était là depuis un certain temps, avant même que nous ne commencions notre faction. Peut-être hébergeait-elle exceptionnellement un patient venu de loin, un lointain parent ou un ami ?

Il s'est écoulé une trentaine de minutes et soudain, j'ai vu l'homme revenir. Il marchait rapidement, d'un pas élastique, mais il n'essayait plus de se cacher, cette fois. Il est monté sur le perron de la porte d'entrée en affichant une certaine nonchalance. Il a mis du temps avant d'ouvrir la porte et a jeté à plusieurs reprises un coup d'œil faussement circonspect autour de lui. Il frimait! On aurait juré qu'il souhaitait être vu là, à cet instant précis, en train de tripoter une serrure apparemment récalcitrante.

J'ai trouvé ça de plus en plus suspect. Il ne portait aucun colis. Jusqu'où avait-il pu se rendre en aussi peu de temps et pour quoi faire? S'il était revenu avec un sac d'épicerie, un carton de lait ou un pain, j'aurais compris. L'hypothèse d'un ami ou d'un jeune amant à ses premières galipettes aurait pu tenir la route.

Mais je n'étais pas au bout de mes surprises! Une heure plus tard, la doctoresse sort par la porte latérale. Seule. Un détail m'a frappé. Elle a retroussé légèrement un long manteau de drap de laine prune à col de fourrure avant de monter rapidement dans son véhicule… Elle portait les mêmes bottillons que l'homme, là-dessus, je suis catégorique.

Cerise sur la Chantilly, personne d'autre n'est sorti de chez elle au cours des deux jours suivants. Ni homme, ni femme, ni animal, ni ectoplasme!

Alors, voici mon hypothèse. Si Elle était Il? Car enfin, si j'ai vu la dame docteure sortir avec aux pieds les bottillons de l'homme au va-et-vient louche, la seule explication possible, c'est que c'est elle qui a joué au monsieur qui revient! Rayon stature, ça colle.

Le reste de la filature s'est déroulé sans rien de particulier. La routine. Maison-hôpital, hôpital-maison. Une livraison d'épicerie. Trois sacs.

Ah oui! J'allais oublier les bottillons! Je ne les ai pas revus. Le mercredi soir, la dame docteure est revenue de l'hôpital chaussée d'une paire de bottes noires à talons compensés.

Si, comme je le soupçonne, Il est Elle, les bottillons sont peut-être restés dans son casier? Il y a des hommes qui éprouvent le besoin de se déguiser en femme, je ne vous apprends rien en disant ça, mais le contraire est aussi vrai. Si cette femme aime s'habiller en homme, il n'y a pas de problème. Mais pourquoi avoir utilisé la porte latérale pour sortir à la sauvette et celle du devant pour entrer avec l'air de dire «Vous me voyez bien, j'espère?» Pourquoi cette mascarade? Mon adjoint a réussi à trouver quelques renseignements sur ses finances. Pas de grosses dettes. Pas de gros achats récents. Il a fait parler deux ou trois personnes qui travaillent dans son service: un tempérament fort, une profession-nelle, mais pas commode. Pas mal d'aventures sans lendemain.

Tout en nappant un morceau de pain pita avec le hommos onctueux comme une crème, Nadim demande:

— Devons-nous poursuivre la filature, docteur Leduc? Voulez-vous que j'essaie de retrouver les bottillons?

— Non, c'est inutile. Vous venez de me soumettre une brillante hypothèse qui expliquerait pas mal de choses.

Nadim tend une enveloppe de papier brun à Samuel.

— Voici le rapport de l'agence et quelques photos.

Le psychiatre sort les clichés et les regarde en écoutant les commentaires de Nadim.

— Vous voyez, si vous mettez côte à côte les clichés de Il et de Elle, c'est surprenant. On voit bien que la stature est la même. Le blouson donne une petite carrure aux épaules, mais à part ce détail imputable à la coupe…

Appelez-moi si vous pensez que je peux vous être encore utile. Je vous avoue que je regrette de ne pas avoir réveillé mon adjoint afin qu'il vienne me remplacer et me permette de coller au train de l'homme… ou de la femme ! Car enfin, il a bien fallu que la personne se planque quelque part avant de revenir faire son numéro « turlututu chapeau pointu, regardez-moi bien, j'entre ! »

— Vous n'avez rien à vous reprocher, Nadim. Vous avez fait du très bon travail.

Après avoir dégusté leur dessert, une savoureuse mousse de mangue parsemée de brisures de pistaches et quelques dattes farcies accompagnées d'un café blanc à l'eau de fleur d'oranger, Nadim et Samuel sortent du restaurant et chacun se dirige vers son véhicule.

✦

En arrivant à son appartement, Samuel se déshabille et prend une douche tiède. Puis, à moitié nu, à l'exception d'une serviette nouée autour de ses hanches, il s'étend par terre, mains sous la nuque, sa position favorite quand il veut réfléchir.

«Elle pourrait-elle être Il»? Mais pourquoi s'être déguisée? Pour se faire passer pour son jumeau? Pour vandaliser elle-même sa maison et ensuite accuser Carroll? Carina est excentrique, imprévisible, avec une tendance à l'hystérie, soit, mais elle n'est pas à ce point cinglée. Ça me paraît excessif!»

Samuel se demande s'il n'est pas en train de rêver. Il se secoue.

«Logique, reste logique, mon vieux, sans tenter d'imaginer! Les faits, tiens-t'en aux faits.

Carina a été vandalisée, je valide.

Elle est persuadée que c'est l'œuvre de Carroll, je valide.

Mais ce dernier était avec toi lorsque l'incident est survenu, donc l'homme à la démarche suspecte ne peut être lui, je valide encore.

Reste, bien sûr, la possibilité d'un acte commis par personne interposée. Possible, oui, mais reste à le prouver.»

Il faut impérativement qu'il rencontre Teddy. C'est la première chose à faire s'il veut éliminer la possibilité que ce soit lui, téléguidé par Carroll. D'ici là, halte à la réflexion.

Déterminé à s'en tenir aux faits, rien qu'aux faits, il commence par appeler Carina.

Le téléphone sonne. Pas de réponse. Il laisse un message :

«Bonsoir Carina, je n'ai pas eu de tes nouvelles depuis ton appel de mercredi. Je t'avais promis de mener ma petite enquête. J'ai tenu parole. Je peux te donner l'assurance que Carroll n'est pas l'auteur des actes de vandalisme perpétrés chez toi. Je veux parler de sa personne physique. À l'heure où l'incident est survenu, il était en ma compagnie, dans mon bureau. Si tu n'avais pas été aussi en colère, quand tu m'as appelée, j'aurais pu te le signifier.

Reste, évidemment, la possibilité d'un comparse qui aurait agi pour lui, à sa demande. Je compte poursuivre ma recherche dans ce sens.

Pour l'instant, je m'en tiens aux faits et j'envisage des hypothèses plausibles. Par exemple, on ne peut pas, à ce stade-ci, écarter la possibilité qu'un voleur se soit introduit chez toi et, parce qu'il ne trouvait pas ce qu'il cherchait, il a décidé de se venger.

Rappelle-moi demain, au bureau, et dis-moi où en est l'enquête des policiers. Peut-être ont-ils trouvé des indices qui permettront d'arrêter le vandale ? Peut-être est-ce déjà chose faite ? J'espère que tu vas bien, à bientôt.»

Il n'a pas sitôt reposé le combiné qu'une idée surgit. Et s'il appelait les compagnies aériennes afin de savoir si un dénommé Teddy est inscrit sur un vol de retour depuis Cuba?

«Bonne idée, marmonne-t-il, mais il y a un hic. Tu ne connais même pas le nom de famille du mec. Ah! Elle va bien s'amuser, la préposée au bout du fil! Du reste, elle n'a probablement pas le droit de fournir un tel renseignement.»

Le récit de Teddy

Le lundi matin suivant, Samuel, franchement surpris, reçoit un coup de fil de Teddy. La voix grave du jeune homme dissimule mal une certaine inquiétude.

— Vous êtes venu sonner chez moi, docteur, et vous avez aussi laissé un message à ma voisine. Je suis rentré de voyage hier. Ce que vous avez à me dire semble urgent, on dirait. Seriez-vous un spécialiste de la maladie de Crohn? Vous allez m'annoncer que mes derniers tests sont mauvais? s'informe-t-il en guise de préambule. Je présume que le gastro-entérologue qui me suit vous a donné mes coordonnées? Ce qui m'intrigue, c'est qu'en composant votre numéro, j'aboutis à l'Institut Pinel, je ne comprends pas...

Samuel s'empresse de rassurer son interlocuteur.

— Je suis psychiatre, et mon coup de fil n'a strictement rien à voir avec votre maladie, monsieur. En fait, peut-être bien que oui, mais de façon très indirecte. Écoutez, puis-je vous rencontrer?

— Oui, répond Teddy, mais j'aimerais bien savoir pourquoi?

— Connaissez-vous un certain Carroll Leblond?

— Bien sûr, c'est un copain.

— Je voudrais vous poser quelques questions à son sujet.

— Il n'est pas malade, j'espère? s'inquiète le jeune homme. J'aime beaucoup Carroll, je l'ai aimé dès le premier coup d'œil, je l'avoue.

— Votre copain va très bien, soyez rassuré.

— Ah! Alors, ce ne serait pas à propos de cette histoire de filature le concernant, que j'ai fait semblant d'exécuter, il y a quelque temps?

— À question directe, réponse directe: oui. Mais je préférerais que nous en parlions face à face.

Teddy prend quelques secondes avant de demander:

— Vous êtes vraiment médecin, hein? Ni policier ni détective? Vous n'êtes pas au service de la mystérieuse personne qui m'a engagé? Vous n'allez pas me faire arrêter pour avoir dérobé quelques échantillons de pilules?

— Non, vous avez ma parole. Je suis bel et bien psychiatre. Vous pouvez vérifier, si vous le désirez, en téléphonant au Collège des médecins du Québec.

— Bon, je vous crois et j'accepte de vous rencontrer. Je vous inviterais bien chez moi, mais c'est un peu le bordel, ici. Il y a eu un petit dégât d'eau pendant mon absence. Ma charmante voisine, croyant bien faire, a ouvert les fenêtres pour aérer l'appartement avant mon retour. Et comme il a plu à torrents...

— Je comprends. Pourquoi ne pas venir à mon bureau, à Pinel?

— Hum, loin de moi l'idée de vous offenser, mais me rendre là, ça ne m'inspire pas trop. Vous comprenez ma méfiance, j'espère. Les gens que vous gardez enfermés ne font pas dans la culture des orchidées... Et si jamais la psy qui m'a traité pendant quelques semaines a dans l'idée de me faire enfermer chez vous...

— Que diriez-vous de venir chez moi, alors?

— Ça me va, dans une heure, si ça vous convient?

— C'est parfait. J'ai juste le temps de me rendre. Je vous donne mon adresse et aussi mon numéro de téléphone au cas où il y aurait un pépin.

Sitôt le combiné remis sur son socle, Samuel se rue vers la sortie de l'Institut.

Bientôt, il saura à quoi s'en tenir, enfin!

✦

De sa fenêtre, Samuel voit arriver Teddy en moto. Il le regarde se garer et ôter son casque. Ses mouvements sont fluides, naturels, posés. Instinctivement, l'homme lève la tête, repère celui qu'il vient voir et lui fait signe.

Une fois son invité entré et assis, le médecin, après l'avoir remercié d'avoir répondu aussi rapidement à son invitation, aborde sans détour la question qui le préoccupe.

— Je suis le thérapeute de Carroll, qui vient tout juste de quitter Pinel. Il a eu quelques ennuis, il vous en parlera s'il le désire, mais tout va bien, maintenant.

— Merde! Qu'est-ce qu'il a fait? Il n'a pas agressé sa drôle de jumelle, j'espère?

— Je suis tenu au secret professionnel, Teddy. Désolé... Si vous le permettez, je vais aller droit au but. Au cours de nos entretiens, Carroll m'a raconté une histoire étonnante dont vous auriez été le principal acteur, si l'on peut dire. Il m'a autorisé à aborder le sujet avec vous, c'est d'ailleurs lui qui m'a donné votre numéro de téléphone. Pouvez-vous me donner votre version de ce qui s'est passé?

— Ce qui m'est arrivé est tout à fait débile. Pendant un séjour chez une tante, à Québec, j'ai appris que je souffrais de la maladie de Crohn. J'ai très mal réagi à la nouvelle et, un soir, dans un bar, après avoir ingurgité quelques verres de vodka avec des tranquillisants prescrits par le gastro-entérologue qu'on m'avait envoyé consulter, j'ai agressé un homme qui me regardait d'un drôle d'air.

J'avais l'impression qu'il se moquait de moi pour faire le jars devant sa petite amie. J'ai commencé par l'engueuler et après je l'ai frappé, j'étais aveuglé par une colère inouïe. Le mec ressemblait à un ex-petit ami qui m'avait largué, un an auparavant... Évidemment, j'ai été arrêté et conduit au poste, puis vu mon état, je divaguais méchamment, je parlais de suicide à ce qu'on m'a dit, on m'a envoyé au service des urgences d'un centre hospitalier de Québec. J'y suis resté une semaine. Par chance, l'étranger que j'ai attaqué a été compréhensif, il a retiré sa plainte. Malgré ce geste généreux, moi, je ne voulais plus vivre! Je l'ai clamé, je l'ai hurlé jusqu'à en perdre la voix. Sérieusement, je voulais me zigouiller…

C'est à la suite de ça que j'ai été suivi en consultation externe, pour tendance suicidaire, par un psychiatre, en l'occurrence, une femme. C'est deux ou trois semaines après le début de ma thérapie avec elle que j'ai profité de sa brève absence pour dérober des boîtes de médicaments, sans même savoir de quoi il s'agissait. C'était un geste impulsif, maladroit, que j'impute à mon désarroi. Malheureusement pour moi, elle a su ce que j'avais fait. Elle m'a demandé de choisir. Ou bien elle me dénonçait, ou bien j'acceptais d'accomplir un genre de mission pour elle. Je n'avais guère le choix. Avec ma maladie, je ne me voyais pas faire de la prison. C'est alors qu'elle m'a expliqué que l'homme que j'allais devoir espionner était un prédateur sexuel. Il s'en prenait impunément à des enfants depuis des années et la justice n'avait jamais réussi à l'épingler. Elle a dit que je serais bien payé.

Teddy fait une pause et dévisage Samuel:

— Je continue? Y a pas de micros cachés quelque part? Pas de policier planqué dans vos toilettes?

— Nous sommes seuls, ne vous interrompez pas, continuez votre histoire. Si j'ai des questions, je vous les poserai quand vous aurez terminé.

— D'accord. J'ai suivi les indications données par la docteure. Je suis rentré à Montréal avec l'appareil photo qu'elle m'avait remis et une assez coquette somme d'argent. Je suis allé chez Simons et je me suis acheté quelques chemises, un pantalon et un veston en velours côtelé. Il fallait que je sois élégant, elle avait insisté sur ce point. Ensuite, je me suis rendu au bar que l'homme fréquentait. À la deuxième visite, je l'ai repéré. J'ai entendu le barman l'interpeller : « Salut, Carroll, ça va bien ? Un voyage en vue ? » J'ai comparé avec la photo qu'elle m'avait remise. C'était bel et bien lui, à n'en pas douter ; seulement, plus je le regardais, plus j'avais du mal à croire qu'il était pédé.

Je l'ai observé pendant une bonne vingtaine de minutes. Il m'a semblé séduisant, charmant, avec un sens de l'humour très particulier. Il paraissait un habitué des lieux. Finalement, je l'ai abordé. Je pense que lui aussi m'avait repéré… bon, vous avez compris que je suis gai, j'imagine. On a bu un verre en jasant. J'ai tenté de provoquer des confidences, mais ses réponses étaient normales, sans sous-entendus. Quand il m'a invité chez lui, j'ai accepté, comme de raison. Je ne pensais pas que ça serait aussi facile de jouer la taupe.

Il m'a fait visiter son condo. Super classe ! J'ai eu beau regarder, discrètement s'entend, je n'ai vu nulle part d'objets, de photos ayant un quelconque rapport avec les enfants. Intrigué, j'ai un peu cuisiné le mec. Quelles étaient ses préférences sexuelles ? Qu'est-ce qui le faisait bander comme un âne ? Il m'a répondu avec franchise. Il aimait les femmes au tempérament latin, les brunes, mais pas les blondes. Rayon mâles, il avait un faible pour les Apollon chevelus… et les types dans mon genre.

J'ai insisté :

— Et le style bébé bouclé, les silhouettes un peu graciles, les visages imberbes, les petites fesses potelées de pré-ado, ça te branche ?

J'ai eu droit à une grimace hautement éloquente :

— Pouah ! s'est-il exclamé. J'ai besoin de sentir exulter la testostérone !

Sans trop savoir pourquoi, sa réponse spontanée m'a soulagé et… a augmenté ma curiosité. Je ne me rappelle pas avoir dévisagé un homme avec autant d'insistance. Vous avez dû remarquer qu'il est plutôt séduisant, Carroll, tout à fait mon style.

À force de le regarder, tout à coup, il y a eu un déclic. Il ressemblait à quelqu'un que je connaissais. Innocemment, je lui ai demandé s'il avait des frères ou des sœurs. Il m'a parlé de Carina. Quand il m'a signalé qu'elle était psychiatre et qu'elle exerçait à Québec, ça a fait tilt ! J'ai pensé qu'il valait mieux tout lui raconter. Sur le coup, il n'a rien dit. Il est allé préparer un café. Quand il est revenu, heu…

le désir de nous faire du bien a mis un terme momentané à nos confidences.

Jongleur, Samuel fixe machinalement la table. L'homme assis en face de lui paraît sincère. Il a raconté son histoire avec sobriété, sans hésitation.

Une question lui vient à l'esprit :

— Pourquoi croyez-vous que votre mission avait pour but de donner à Carina, pardon, à la docteure Leblond, des munitions propres à nuire gravement à Carroll ? Il est persuadé qu'elle veut sa mort, c'est gros, non ?

— Pour être franc, je dirais que Carroll est plus convaincu que moi. J'ai personnellement un doute, mais vous savez ce qu'on dit : «Pas vu, pas pris, pas péché.» Je n'ai pas de preuve. Juste un doute. Seulement, je dois avouer que cette bonne femme est plutôt bizarre. Belle femme, oui, mais avec un regard polaire qui vous refroidit les hémisphères en une fraction de seconde, si vous voyez ce que je veux dire. Vous la connaissez ?

Jugeant inutile de répondre à la question, Samuel demande :

— Finissez de me raconter votre aventure. Vous avez remis l'appareil photo à la docteure Leblond ?

— Oui. Je devais respecter les termes de notre entente. Je ne voulais pas qu'elle me dénonce, je ne voulais pas courir le risque d'être enfermé, d'avoir un casier judiciaire. Dans mon état, je ne veux pas parler seulement de ma maladie mais aussi de mon orientation sexuelle, la prison, ce n'est pas particulièrement recommandé.

— Elle vous a donné l'argent qu'elle avait promis ?

— Oui, mille dollars en coupures de cent. Elle a ajouté un cinq cents dollars pour mes vêtements et mes déplacements.

— Si jamais je parviens à découvrir que toute cette histoire cache un complot ayant pour but... de nuire gravement à Carroll, seriez-vous prêt à témoigner ?

Le jeune homme répond sans hésiter :

— Pourquoi pas. Après tout, je n'ai rien signé. Ma seule faute, c'est d'avoir piqué des pilules et accepté un travail en échange du silence de la psy. J'ai cru ce qu'elle m'a dit, j'ai fait ce qu'elle m'a demandé et j'ai empoché l'argent. Mais si j'accepte de témoigner, je veux l'immunité comme on dit dans les films. Pas question d'être accusé de quoi que ce soit après !

Une question délicate, mais pertinente, jaillit de la bouche de Samuel :

— Je prends note pour l'immunité. Seulement, si c'était Carroll l'auteur de ce plan ? S'il avait manigancé tout ça pour salir la réputation de Carina Leblond ? Vous pensez que c'est elle qui s'est servie de vous, mais c'est peut-être le contraire ?

La réponse de Teddy fuse, amusée :

— Vous voulez rire, j'espère ? Carroll est un type bien. Il est *clean* ! Il m'a aidé, sur le plan psychologique. Il m'a encouragé, tout le contraire de sa sœur, que je n'ai pas trouvée très compatissante. Selon elle, je devais accepter l'idée de devoir probablement mourir de ma maladie… Elle a beaucoup insisté sur les complications : hémorragie massive, cancer, ablation de l'intestin avec un petit sac en prime… Quand j'y pense, elle a sapé mon moral, déjà bien bas, et ce n'est pas peu dire ! Carroll, lui, m'a tenu un discours réconfortant. Il ferait un bon thérapeute !

Samuel ne peut s'empêcher de sourire à l'idée d'imaginer son patient déguisé en thérapeute.

— Vous poussez le bouchon un peu loin, Teddy. Au fait, quel est votre nom de famille ?

— Aubert, je suis né à Limoilou. Je suis la brebis galeuse de la famille. Mes parents, au courant de mon homosexualité, ont tellement peur que je les contamine qu'ils m'ont demandé de ne plus sonner à leur porte, même pas pour les Fêtes. Mais j'ai encore le droit de leur téléphoner.

— Puisqu'il est question de votre maladie, comment allez-vous, Teddy ? Vous avez vraiment bonne mine !

— Je suis légèrement bronzé, je reviens de vacances, alors il vaut mieux que j'aie bonne mine !

Pour être franc, en gros, je dois avouer que ça va mieux. Grâce au traitement que j'ai finalement accepté de suivre, je commence à reprendre le poids perdu. Ce sont les contraintes liées à la nourriture que je trouve difficile à gérer. Il paraît qu'il existe un groupe de soutien composé de personnes comme moi. Elles se réunissent régulièrement pour échanger des trucs, des recettes, c'est pas bête. Je vais peut-être accepter d'en faire partie.

Oui, bon, je suis là à vous parler de mes bobos… Vous avez sûrement mieux à faire, et moi aussi. Dites, je peux partir? J'ai pas mal de trucs en retard. Des vacances, c'est bon pour le corps et l'esprit, mais gare au retour!

— Je comprends. Je garde vos coordonnées, Teddy. S'il y a du nouveau, je vous appelle. Merci d'être venu.

✦

Samuel regarde le jeune homme enfourcher sa moto et démarrer. Son témoignage lui a paru sincère. Finalement, tout se tient. Les versions concordent. À moins que… Il reste la possibilité d'un coup monté. Un scénario habile, diabolique, inventé par Carroll et exécuté par Teddy. Sauf que… Il doit bien exister un dossier médical dans lequel l'histoire de ce dernier est consignée. Si on peut simuler des symptômes, on ne peut pas trafiquer des résultats d'analyses, tout de même. Le ballon perd de l'air…

Reste enfin en suspens la question de l'argent versé. Comment savoir si Carina n'aurait pas effectué un retrait de mille dollars? Nadim pourrait-il s'en charger? Probablement. Néanmoins, tout bien pesé, même si les dates du retrait concordaient, cela ne prouverait pas qu'elle est l'instigatrice de l'offre faite à Teddy. Elle pourrait avoir retiré cette somme pour acheter quelque chose...

Alors, reste la confrontation: Carina, Carroll et Teddy.

Samuel attrape son blouson au passage et se hâte de retourner à Pinel.

«Le témoignage de Teddy ne constitue pas une preuve hors de tout doute, mais il correspond aux affirmations de Carroll!» conclut-il satisfait.

Transes

Il neige des plumes à profusion. Noires et blanches. Des femmes nues déambulent avec une nonchalance étudiée et les attrapent au vol d'un vif et gracieux geste de la main ouverte en corolle. Avec délicatesse, elles les collent sur leur corps. Lorsqu'elles en sont entièrement recouvertes, elles se couchent sur le sol dans des poses érotiques, de manière à laisser entrevoir leur sexe nacré, objet de chair nue à peine bombé et exempt de plumes.

Elles semblent toutes respecter un ordre de couleur préétabli. Si bien qu'en quelques minutes, un grand damier noir et blanc prend forme. Les femmes plumes sont parfaitement immobiles, telles des figurines de cire destinées à un quelconque musée.

Un homme grand et maigre surgit soudain. Enveloppé dans une cape jaune et brillante comme le soleil, il se promène entre les corps étendus et dépose des fleurs mauves sur les pubis immobiles. Une musique atonale enveloppe la scène. On dirait une vielle à roue qui agonise.

Soudain, un gong résonne, repousse la musique qui s'entête, enfle, devient lancinante. Les pubis des femmes-oiseaux se gonflent, leurs cuisses s'écartent et ressemblent à des calices géants d'hémérocalles.

Comme si une minuterie les contrôlait, elles accouchent toutes en même temps de ballons irisés qui s'échappent dans un frou-frou espiègle et prennent leur envol.

Des cloches tintent, tintent, tintent...

Samuel s'agite. Il finit par émerger du rêve et par réaliser que c'est son téléphone qui sonne. Le réveil indique vingt-trois heures et six minutes. Il tend le bras et saisit le combiné. Une voix, qu'il reconnaît instantanément, l'interroge avec douceur.

— *Dododoc*, je vous dérange? Vous dormiez?

— Oui, je m'étais assoupi, ça va, que se passe-t-il, Carroll?

— L'ennemie a envahi ma boîte vocale! Elle menace de me retourner là d'où je viens! Je n'ai pas effacé le message, afin que vous puissiez l'écouter.

Samuel bondit sur ses pieds.

— Carina vous a appelé? De Québec ou de Montréal?

— *No se.* Numéro confidentiel.

— J'arrive. Surtout, ne quittez pas votre appartement.

— Vous devrez sonner à la porte d'entrée afin que je vous ouvre, le concierge n'est plus de service après vingt-deux heures. On s'entend sur un code?

— Bonne idée. Je sonnerai cinq fois avec un espace entre chaque coup afin que vous sachiez que c'est moi.

— Bien noté. Faites de même une fois rendu à ma porte, d'accord? Cinq petits coups bien détachés.

✦

Un, deux, trois, quatre, cinq. Samuel entre dans l'immeuble dès qu'il entend le déclic de la porte d'entrée. Il prend l'ascenseur. Une fois devant l'appartement de Carroll, de son index replié, il frappe encore cinq coups, comme convenu. Carroll ouvre et s'efface pour le laisser entrer. Une agréable et réconfortante odeur de café frais passé titille ses narines.

— Installez-vous, je vous prépare un bol de café brésilien aromatisé de chocolat, de cannelle et de flocons de sucre d'érable. La nuit sera peut-être agitée, alors il vaut mieux que nous soyons bien éveillés!

Tout en avalant le liquide brûlant et parfumé, Samuel écoute le message laissé par Carina. La voix est rauque, gonflée par une colère dévastatrice. Elle fait penser à une coulée de lave brûlante qui dévale à toute allure et qui consume tout sur son passage, pense Samuel.

— Tu as commencé à m'empoisonner la vie avant même notre naissance, Carroll. Il a fallu que tu squattes l'utérus que j'avais choisi d'habiter. Mais ça, ce n'était pas encore assez. Une fois au monde, année après année, tu as aussi empoisonné l'existence de nos parents et la mienne. Tu n'étais pas aimable et tu n'aimais personne hormis ton odieuse petite personne : *me, myself and I !* Tu n'as jamais eu le moindre geste de reconnaissance envers papa et maman, et encore moins envers moi qui ne demandais qu'à t'aimer et à être aimée en retour. Aujourd'hui, te croyant investi de je ne sais quelle mission, tu poursuis ton œuvre de destruction massive. Tu essaies de me tourner en ridicule avec ta misérable comédie d'homme détraqué.

Je vais te dire ce que je pense de toi. Tu n'es pas un détraqué, tu n'es qu'un pauvre clown sans talent, un minable, une authentique et répugnante coquerelle géante. Et pour se débarrasser d'une coquerelle, il n'y a pas trente-six solutions, tu saisis ?

Mon Dieu... comme j'aimerais posséder une machine à remonter le temps. Je t'y enfermerais et je te renverrais dans le passé, avec un programme en boucle t'obligeant à tourner en rond, longtemps, très longtemps, le temps de me repaître ! Mais avant de t'expédier dans le néant, je te regarderais souffrir par le hublot de la machine, et j'éprouverais le plus grand plaisir de toute mon existence, beaucoup plus jouissif que celui que tu as sûrement éprouvé en te délectant du spectacle atroce du pauvre Poxi en train de se noyer grâce à tes bons soins. Je crois que...

Oui, il est temps que tu saches. J'ai toujours voulu avoir ce que tu as reçu à la naissance, ce que tu m'as ravi, j'en ai la certitude, au moment de notre conception. Ne te méprends surtout pas. Ton sexe physique m'indiffère. L'envie du pénis, très peu pour moi! En fait, j'aurais voulu hériter de ton imaginaire, de ton sens de la rébellion et de la dérision, de cette sensibilité exacerbée qui te caractérise pour le meilleur et le pire et de ton goût très sûr pour ce qui est beau. Nous aurions pu nous partager ces qualités…

Mais non, tu as tout gardé pour toi, l'intelligence émotive présente dans le placenta, l'intuition foudroyante pourtant propre à la femelle, et tu m'as laissé le reste: la beauté physique, le charme, le pouvoir de la chair fraîche. Des cadeaux empoisonnés appelés à se flétrir au fil des ans. Tu n'as jamais voulu de moi dans ta vie. Pourquoi? Je me suis longtemps posé la question, sans trouver le moindre indice pouvant me fournir un début de réponse!

Je vais donc devoir remettre les pendules à l'heure, te traiter comme tu le mérites, comme tu me l'as demandé. Tu m'as appelée à l'aide, n'est-ce pas, alors je ne vais pas te décevoir, j'arrive…

Le message s'arrête net. Samuel le réécoute trois fois. Une bouffée de stupéfaction et de saine indignation l'envahit. Il ne va pas lutter contre, cette fois. Qu'elle s'exprime donc enfin, qu'elle se dévoile, afin qu'il découvre ce qu'il y a derrière, ce qu'il a peur de voir depuis la seconde où… Depuis la seconde où il s'est abandonné dans les bras de Carina !

Il voit, et la vérité lui donne le vertige. Il aime, oui, il aime follement le corps de Carina, sa façon de bouger, de se déplacer dans l'espace. Il est attiré par son côté animal, par cette façon inimitable qu'elle a de s'imposer, de prendre toute la place, de rayonner par le regard et par la chair. Petit pot de miel...

Mais il aime aussi, de façon quasi mystique, l'esprit, l'imaginaire, la passion, le courage, la fantaisie et, oui ! la fausse folie de Carroll. Il est subjugué par cette créativité qui l'anime dans l'expression de sa souffrance, par son entêtement furieux à survivre, peu importe le prix à payer.

Il se voit, tel qu'il est, prisonnier désarmé, à genoux entre deux pôles, entre jumelle et jumeau, coincé entre le corps triomphant de l'une et l'esprit invincible de l'autre. Contenant et contenu. Unité gémellaire ? Non, combat gémellaire.

— Alors ? Qu'en pensez-vous ? s'informe Carroll en remontant machinalement le col châle de sa veste.

Ramené à la réalité, Samuel fait un effort pour s'extraire de la spirale qui lui a fait quitter la pièce où il se trouve, et pour reprendre contact avec l'être humain dont il a la charge. Que répondre à cet homme en convalescence, bousculé par les événements et manifestement en attente de son opinion ?

Il se lève, fait quelques pas, tourne le dos à Carroll afin de se réfugier dans la sphère lumineuse qui souffle derrière ses paupières. Il essaie d'accorder sa respiration à celle de la sphère et espère que la réponse appropriée à la question de Carroll émergera du cercle, à la façon d'une ampoule allumée par une invisible et bienveillante main.

Des mots surgissent : il va laisser son inconscient agir et parler. Il sait exactement ce qu'il faut prévoir, ce qu'il faut dire. Et peut-être taire temporairement ?

Samuel se retourne. D'une voix grave, il ordonne :

— Quittez tout de suite votre appartement, Carroll, et allez-vous-en à l'hôtel pour le reste de la nuit. Ne me dites surtout pas où vous avez l'intention de vous réfugier, je préfère l'ignorer. Mais appelez-moi à l'Institut demain, à neuf heures exactement. J'attendrai votre coup de fil. Nous aviserons, en fonction de ce qui se sera ou non passé.

Carroll balbutie :

— Partir ? Voyons, pourquoi ? Vous pensez vraiment que je suis en danger dans l'immédiat ? Si c'est le cas, pourquoi devrais-je fuir ? Le moment de l'affrontement est enfin arrivé ! Et si vous restez avec moi, je suis certain de vaincre l'ennemie. Depuis que vous avez congédié ma petite armée, je n'ai plus que vous comme allié et conseiller.

Avec un geste impatient de la main, Samuel s'exclame :

— Ne discutez pas ! Je vous appelle un taxi. Ne prenez avec vous que le strict nécessaire. J'ai une idée en tête, une idée radicale qui réglerait tout, je vous l'expliquerai demain matin et vous déciderez.

Carroll soupire tout en se grattant l'occiput.

— Vous me demandez de m'effacer, de me cacher, de vous laisser seul avec mon ennemie. Je vais faire ce que vous voulez, soit, parce que je vous fais entièrement confiance. Vous êtes la première personne à qui je fais confiance, j'en suis abasourdi, je ne me reconnais pas. Je suis si méfiant de nature... À demain matin, donc, *Papadoc.*

Carroll se dirige vers sa chambre. Samuel l'entend ouvrir et fermer des tiroirs. Il le voit revenir et se planter devant lui avec un sac en cuir.

— J'espère que vous savez ce que vous faites et que tout se passera bien, pour vous et pour moi ! Tenez, voici un double de la clé de l'appartement.

— Est-il possible que votre sœur en ait un aussi ? interroge Samuel.

— Impossible. Et, comme vous l'avez sûrement remarqué, le jour et en soirée, le concierge garde un œil vigilant sur les visiteurs. À demain, donc.

Impassible, Samuel le regarde quitter l'appartement. Il se rend à la fenêtre afin de s'assurer de son départ. Une petite neige tombe, lui rappelant le rêve des plumes. Il voit bientôt le taxi arriver et se ranger le long du trottoir. Carroll s'y engouffre et le véhicule démarre.

Les yeux de Samuel font le tour de la pièce. Il retient son souffle. La voix tourmentée de Carina rebondit encore sur les murs, elle agit comme un écho malveillant et les murs absorbent le choc des mots.

Veillée d'arme.

Samuel se sent comme un preux chevalier sur le point de partir chasser le dragon. Il s'efforce de récapituler chacun de ses gestes à venir, de prévoir ce qui se passera dans l'antre et surtout dans le ventre de la bête. Il quitte l'appartement de Carroll dans un état d'exaltation mentale qui devrait l'inquiéter, mais qu'il estime à la hauteur des événements et il rentre chez lui, confiant. Sa boussole intérieure se comporte normalement, à l'exception d'un léger tic-tac semblable à celui d'une horloge.

Une fois entré chez lui, il attrape son cahier de notes et se met à écrire. La plume feutre rouge court sur le papier, accouchant d'une litanie de mots qui la font saigner. Les phrases se succèdent, chacune portant son poids.

Tout est limpide, enfin. Carina en a toujours voulu à son jumeau d'être né en même temps qu'elle. En grandissant, elle a cru qu'en se rendant maîtresse de son cœur et pourquoi pas de sa psyché, elle parviendrait à remonter à la source de son désir de naître et de vivre et qu'elle pourrait le neutraliser afin que seul triomphe le sien propre, dont il devrait se contenter en acceptant d'exister à travers elle.

Depuis leur naissance, elle entretient un rêve d'osmose...

Union impossible de deux respirations, de deux esprits, de deux cœurs, de deux sexes.

En dépit du fait que le père et la mère n'avaient d'yeux que pour leur fille, Carroll, enfant mâle non désiré, s'est accroché, et sa première bouée de survie, une fois né, a été la chambre cocon. C'était son alliée, son bouclier protecteur, sa mère nourricière. Alors, lorsqu'on la lui a enlevée, cette perte brutale a déclenché une vive réaction, somme toute salutaire, et favorisé l'apparition de trois petits guerriers invisibles que l'enfant a hébergés et portés dans son ventre, comme sa mère l'avait porté. Compagnons imaginaires indispensables, dans les circonstances.

Le besoin morbide d'habiter une chambre lugubre et laide, exprimant la morosité et le vide, s'est tout naturellement imposé. En se contraignant à vivre dans un tel lieu, dans une atmosphère confinée et glauque, il envoyait un message clair à sa jumelle: «Je vais surmonter le déracinement, le dénuement et devenir invincible: Tu ne m'auras pas!»

Carina a réagi en maintenant la pression de ses appels tacites à la reddition. Ses agressions nocturnes, déguisée en monstre, ont connu une fin abrupte lorsque Carroll est parvenu à la démasquer. Futé, il a préféré ne rien dire à ses parents, sachant pertinemment qu'on ne le croirait pas. Il s'est contenté de demander qu'on installe un verrou à sa porte.

Un jour, pour se venger de sa jumelle et lui prouver qu'il n'était pas aussi désarmé qu'elle le pensait, Carroll a trucidé le chien Poxi et pris conscience qu'il pouvait non seulement se défendre, mais aussi attaquer et blesser, non pas le corps mais l'âme.

Ce crime inattendu a ébranlé Carina. Elle a tout de suite deviné qui était l'assassin. Comme lui, elle s'est tue et s'est contentée d'une couvade intense et constante par le regard. Elle espérait briser les défenses de son jumeau.

Elle a aussi capitalisé sur le caractère rébarbatif et le comportement asocial de Carroll. Elle allait manœuvrer pour l'isoler encore plus. Mais ce dernier lui a démontré qu'à ce petit jeu-là, lui aussi pouvait être redoutable : ses œillades féroces et chargées de colère ont en effet refroidi Carina. Désormais constamment mise en échec, elle allait se contenter de contribuer, mais très discrètement, à sa solitude et à son isolement. Il voulait le vide autour de lui ? Il l'aurait !

Quand Carroll est parti vivre en Europe, au grand ébahissement de sa jumelle, il a réussi à surmonter tous les obstacles qui guettent l'étranger solitaire et timide. Sa longue réclusion lui a permis de se forger une personnalité secrète qu'il avait soigneusement préservée et nourrie. Loin de sa famille, il est enfin sorti de son cocon, prêt à ouvrir ses ailes…

Des inconnus lui ont offert ce qui, jusque-là, lui avait été refusé ou volé par le père, la mère et la jumelle : l'attention, l'oreille, la parole, la complicité, le partage, la tendresse.

Que Carroll se soit retrouvé dans les milieux du cinéma et du théâtre n'est pas anodin. C'est par l'image, le son et l'expression corporelle et verbale qu'il s'est affirmé, trouvé, aimé.

Lorsqu'il est revenu au Québec et qu'il a tenté de montrer à ses parents qui il était, il a encore été ignoré... au profit de sa jumelle. Le père et la mère ont monté en épingle la réussite professionnelle de la jeune femme. Résultat : la blessure cicatrisée s'est à nouveau ouverte et le sang de la colère a giclé. C'est ce geyser que Carina a détecté dans son regard, un geyser de rage prêt à déferler sur elle.

Pourtant, la haine, le désir de mort, c'est la jumelle qui le porte. Ce désir s'est exacerbé lorsque son ennemi lui a envoyé en pleine gueule l'argument de la folie, lorsqu'il s'est introduit dans sa maison pour se gausser d'elle. Carroll venait de trouver un filon. Voilà pourquoi il s'est inventé un personnage de délinquant, de détraqué, et a pris un malin plaisir à transgresser les règles de la vie en société et à se faire arrêter.

La folie dramatisée à l'excès est devenue son arme privilégiée. Il espérait vraiment heurter Carina, bouleverser sa vie, la rendre responsable de son état, provoquer et entretenir chez elle un puissant senti-ment de culpabilité. Si elle avait répondu à son faux appel de détresse, elle serait tombée dans le piège préparé par Carroll. Face à lui, à ses personnages fin prêts à la mordre, à la torturer, elle aurait fini par perdre pied parce que... parce que... Ça y est, j'y suis!

Dans toute cette histoire, le plus extraordinaire est que Carroll a ressenti la folie de Carina et il lui en a fait voir le reflet à travers chacun de ses actes d'agression. Le faux fou a traqué la vraie folle. Voulait-il, ce faisant, non pas se venger, mais démasquer publiquement la démence de sa jumelle, alerter le corps médical dont elle faisait partie? Peut-être.

Pendant toute la durée de sa thérapie, Carroll m'a donné à voir et à entendre sa souffrance. Au début, il a résisté farouchement. Il craignait que je sois récupéré, utilisé, manipulé par sa jumelle. Et je dois reconnaître que j'ai bien failli succomber. Rayon attirance physique, mon patient est un extra-lucide...

Aujourd'hui, je sais ce que je dois savoir, ce que je ne voulais pas savoir. Depuis le début, c'est Carroll qui est en danger.

Et nous voici parvenus, tous les trois, au dernier chapitre de l'histoire. Ma boussole intérieure ne s'est pas affolée pour rien. Elle me confrontait avec force à ce que je refusais d'envisager: Carina entend se servir de moi pour se débarrasser de son jumeau, tandis que ce dernier réclame mon soutien pour ne pas perdre la vie.

Carina est malade, depuis très longtemps. C'est pour cette raison qu'elle a choisi la psychiatrie comme spécialité. Un choix astucieux qui lui a servi *de rempart. Et moi, pauvre innocent, j'ai succombé non seulement à son charme, mais aussi à sa folie.*

Finalement, elle aussi avait forgé un piège... pour moi!

Le crissement soyeux de la plume sur le papier s'arrête.

— Il est temps d'agir, et vite! s'intime Samuel en rangeant le cahier de notes dans la chemise contenant le dossier de Carroll. Non mais, quelle histoire!

Aimant et cible en mouvement

Samuel s'empare du combiné et compose le numéro de Carina à Québec. Pas de réponse. Il laisse sonner une dizaine de coups, espérant pouvoir laisser un message dans sa boîte vocale. Mais il doit se rendre à l'évidence, le répondeur est débranché. Il compose le numéro de son cellulaire.

«L'abonnée à qui vous voulez parler n'est pas disponible, veuillez rappeler plus tard.»

Elle n'est pas chez elle et son répondeur est débranché. Alors, d'où a-t-elle appelé Carroll? se demande-t-il. D'une cabine téléphonique, pour ne pas être repérée? Serait-elle déjà à Montréal comme il le redoute? Soucieux, il repose le combiné, s'allonge sur son lit, ôte ses chaussures et les lance sur le plancher. Sa main droite s'empare sans réelle conviction du quotidien *Le Devoir*. Il essaie de lire, mais il n'arrive pas à fixer son attention sur les lignes des articles qui dansent la farandole devant ses yeux. Il finit par s'assoupir.

La sonnerie du téléphone le fait sursauter. Il bondit et, dans sa hâte, manque de trébucher sur ses chaussures.

— Oui?

Il reconnaît instantanément la voix de Carina, qui lui fait l'effet d'un morceau de cellophane froissé par des doigts surexcités :

— Hello, tu es seul, Sam?

— Où es-tu? interroge-t-il avec un calme qui le surprend.

— En bas de chez toi, à quelques mètres de tes bras seulement.

— Il est presque deux heures du matin! rétorque-t-il, *recto tono,* en consultant sa montre.

Le cellophane se transforme en velours.

La voix de Carina est tout simplement torride.

— En conduisant, j'ai pensé à toi, Sam, à tes mains sur moi pendant tout le trajet. J'imaginais ce que nous allions faire tous les deux une fois dans les bras l'un de l'autre. Tu es un merveilleux amant, tendre et attentionné, et j'ai quelques petites choses à me faire pardonner. J'ai parfois des sautes d'humeur, mais tu sais ce que je vis, ce n'est guère facile de respirer et de rester *cool* quand on a une épée de Damoclès suspendue au-dessus de la tête. J'ai besoin de sentir tes bras m'envelopper, me réconforter, me protéger, me transporter ailleurs, dans un lieu où ceux qui s'aiment deviennent des dieux, des déesses! Ahhhh Sam!

Samuel frémit. Il a l'impression d'écouter une ligne érotique. Il prend pleinement conscience — comment ne l'a-t-il pas compris plus tôt! — que le pouvoir de la jeune femme sur lui passe en bonne partie par sa voix. Il y a son corps splendide, oui, mais aussi cette voix mélodieuse, enveloppante, un peu sourde, qui évoque le sable chaud, la chair dorée, le satin couleur de miel… Une voix qui reste fascinante et bouleversante même lorsqu'elle verse dans la stridence en une fraction de seconde.

La voix de Carina est un aimant auditif puissant auquel il est impossible de résister. À moins de revoir les lois fondamentales du magnétisme animal ! Il a succombé à l'aimant une fois, mais maintenant qu'il sait…

— Je te répète qu'il est deux heures du matin et que je dois être à Pinel très tôt. Tu aurais pu me prévenir de tes intentions, arriver avant l'heure où les gens qui commencent à travailler tôt se couchent.

La voix se pare d'un halo d'impatience :

— Une heure, deux heures du matin, et alors ! Je commence tôt, moi aussi, et ce soir, j'ai quitté mon service tard, vers vingt et une heures. Il y a près de trois heures de route entre Québec et Montréal, *caro mio,* et bien sûr, il a fallu que je m'arrête pour avaler un café et libérer ma vessie. Et il m'a fallu conduire plus prudemment, à cause de cette satanée petite neige. Fais le compte ! Au lieu de chipoter sur le temps qu'il m'a fallu pour arriver jusqu'à toi, dis-moi plutôt que tu es prêt à m'accueillir comme je le mérite. J'ai tant de choses à t'expliquer…

— Pourquoi ne m'as-tu pas téléphoné avant de partir de Québec ?

— Parce que je voulais te faire la surprise! roucoule l'enjôleuse voix qui a retrouvé son onctuosité et s'est délestée de son acidité.

— Tu voulais me surprendre? Eh bien, c'est réussi. Tu as juste oublié un détail. J'aurais pu ne pas être seul, cette nuit.

— Tu l'es donc! Merci de répondre aussi spontanément à ma question! Ne cours surtout pas au-devant de moi pour m'accueillir, tu pourrais te luxer les doigts de pied en dévalant les escaliers. Je n'ai pas l'habitude de...

— Carina, coupe Samuel, en ralentissant au maximum le débit de sa voix, tu as appelé mon patient, cette nuit, oui ou non? Réponds...

Au bout du fil, la voix s'assombrit, se drape dans un voile de grisaille et se gonfle comme un nuage d'orage:

— Ton patient! ironise Carina. Faut voir, *Docteur-folamour*. Tu parles de mon jumeau, un homme que je connais infiniment mieux que toi et à qui j'ai le droit de parler quand je veux, sans ta permission. Par conséquent, je ne me sens pas obligée de répondre à ta question, que je juge déplacée.

— Déplacée, dis-tu? Tout dépend. Que cherches-tu? Que se passe-t-il exactement entre mon patient et toi? Que lui veux-tu à la fin? Je commence à me poser un certain nombre de questions à ton sujet. Je crois que tu ne m'as pas tout dit. Je parie que tu trames quelque chose.

La voix s'insurge, indignée:

— Je suis vraiment scandalisée, pas tant par tes soupçons injustifiés à mon égard que par ton comportement professionnel, Sam! Tu as joué dans mon dos pour que mon frère soit remis en liberté sans même me demander mon avis. Pourtant, tu es bien placé pour savoir qu'il a besoin plus que jamais de soins et de surveillance.

Indifférent face au reproche, Samuel repose sa question en martelant les mots.

— As-tu téléphoné à Carroll, au cours de la soirée, oui ou non?

— Merde! Qu'est-ce que tu peux être agaçant à la fin! Eh bien oui! j'ai effectivement passé un coup de fil à ton patient, comme tu dis, à titre purement préventif! Je suis très inquiète. Je veux savoir dans quel état il est. Moi aussi, je suis psy, au cas où tu l'aurais oublié! Mon frère me paraît abandonné à lui-même, je le sens à la frontière de la décompensation, du délire, de ce genre de délire dont on se remet rarement et qui fait commettre des crimes! Tu es censé le surveiller, sais-tu qu'il n'est pas chez lui? Je lui ai laissé un message musclé sur son répondeur et je n'ai pas mis de gants blancs pour lui dire ses quatre vérités. Depuis qu'il est né que ça ne tourne pas rond dans sa tête et, au fil des ans, son état a empiré.

Samuel ne peut retenir un rire ironique.

— Tiens, tiens! C'est nouveau, cette opinion clinique. Je le croyais pourtant en bonne santé mentale, ton jumeau... Il jouait la comédie, selon toi. Il voulait te provoquer, te choquer, t'humilier, te nuire, te pousser à bout, salir ta réputation, saboter ta carrière. Tu te souviens de tes déclarations, j'espère?

— Parfaitement. Seulement, avec le temps et probablement grâce à tes bons soins, son état s'est considérablement détérioré. À force de jouer au fou, Carroll est devenu extrêmement dangereux! Et toi, tu n'as rien vu, bien sûr! Je savais qu'il manigancerait un plan pour que tu deviennes mon amant. Il comptait là-dessus, je t'avais prévenu, dès le début de notre rencontre, à ton tour de te souvenir! Tu n'as pas tenu compte de mon avertissement, bien sûr. Et non content de te laisser mettre des œillères et un mors par celui que tu nommes tendrement ton patient, tu as commis un geste insensé, tu l'as fait libérer! Ce faisant, tu l'as littéralement lancé à mes trousses. Résultat, il s'est précipité à Québec et il m'a vandalisée! Encore heureux que je n'aie pas été là! Alors, qu'as-tu à répondre, psy de mes deux? Tu m'accuses de manigancer. Eh bien, tu t'es trompé d'adresse!

— OK. Je vais être clair, Carina. Je ne tiens pas à parler de mon patient avec toi, ni au téléphone ni en face à face. Il est très tard et je voudrais pouvoir dormir, j'ai une grosse journée qui m'attend, alors j'ai besoin de récupérer.

— Dois-je comprendre que je ne suis pas la bienvenue là-haut?

Samuel met quelques secondes avant de répondre. L'instant est critique. S'il laisse monter

Carina et la garde pour la nuit, il sera plus tranquille, sachant qu'elle ne pourra rien tenter contre Carroll au cours des prochaines heures. Le hic, c'est qu'il lui faudra être extrêmement vigilant, s'interdire mentalement et physiquement toute tentative de rapprochement. Et résister à ses avances, ne pas succomber.

— Écoute, Carina, tu veux monter, tu montes. Moi, je me couche. Je précise : je me couche seul ! J'ai un matelas d'air très confortable et je te laisse choisir entre lui et mon lit. Déjeuner à six heures trente. Le programme te convient ?

— Je monte, répond la jeune femme d'une voix trop douce, celle si redoutablement enjôleuse du petit pot de miel. J'ai quelque chose de grave à te révéler. Mais avant, nous ferons l'amour, nous devons nous réconcilier avant d'affronter notre ennemi commun.

La voix réussit à le faire frissonner de la tête aux pieds. Habituellement, c'est le métal qui se colle à l'aimant. Voilà une exception à la règle. L'aimant s'approche, il va le coller, lui faire perdre tous ses moyens. Il faut absolument qu'il résiste.

«Elle n'est qu'une petite crevette grise et toi, tu es un magnifique dauphin qui n'a que faire de cet insignifiant hors-d'œuvre», se sermonne-t-il avec une conviction vacillante qu'il va devoir renforcer s'il ne veut pas être happé par l'aimant.

Il aimerait tellement pouvoir condamner sa porte, se coucher avec deux oreillers par-dessus la tête pour ne pas entendre ce que la voix de son inconscient a encore à lui révéler. Mais ce serait lâche et dangereux.

Mentalement, il endosse une armure, abat la visière, lève son bouclier.

«Carina, fruit défendu. Ne pas toucher! Ne pas se laisser toucher! Sous peine de flamber pour de bon, cette fois.»

✦

Carina franchit le seuil de l'appartement. Elle lui sourit. Elle paraît fraîche et radieuse en dépit de l'heure tardive. Il reste de glace et se contente d'un petit salut muet de la tête. Surprise par la froideur de l'accueil, la jeune femme a les paupières qui frémissent : on dirait deux papillons de nuit effrayés par la clarté des lampes, qui se heurtent, ferment et ouvrent désespérément leurs ailes à la recherche d'une main secourable, pense Samuel.

La Tentation incarnée passe un bout de langue gourmande sur ses lèvres charnues et brillantes, ôte son bonnet, déboutonne son manteau de laine et le laisse tomber par terre, d'un geste nonchalant. Il se penche, ramasse le vêtement et s'efface pour laisser la déesse passer.

Il fait mine d'ignorer la bouche offerte et les mains caressantes qu'elle tend vers lui. Il interdit à ses yeux de lorgner la robe moulante à col chinois bleu nuit qui sert d'ostensoir à ses seins, qui galbe sa taille, ses hanches, ses fesses, ses cuisses. Depuis qu'il a compris le mécanisme de séduction auquel son corps de mâle a cédé, il espère que cet équilibre profond qui le caractérise depuis sa naissance et qu'il a l'impression d'avoir en grande partie retrouvé lui fournira la force nécessaire pour tenir la séductrice à distance jusqu'au matin. À la condition qu'il ne se laisse pas coller, avaler par surprise !

— J'ai déjà connu un accueil plus chaleureux, se plaint langoureusement Carina, la pupille vaguement inquiète.

— Excuse-moi, mais je te répète que je tombe de sommeil, nous causerons demain, en déjeunant.

— Je t'ai dit que j'avais quelque chose de grave à te révéler.

Samuel croise les bras et trouve la force de sourire :

— Laisse-moi deviner... Le pôle Nord va se marier avec le pôle Sud et tu es une de leurs demoiselles d'honneur ? Ne compte pas sur moi pour t'accompagner ! J'ai horreur du froid et je hais les mariages, au point que je compte m'absenter au mien, uniquement par conviction.

— Sam, ton humour ne me trompe pas. Tu as peur. Certainement pas autant que moi. Tu as libéré Carroll sans me demander mon avis, sachant pertinemment qu'il nourrissait des plans pas très «casher» à mon égard. Eh bien ! j'avais raison.

Sais-tu ce qu'on m'a livré hier ? Une boîte ficelée comme un paquet-cadeau. Papier glacé rose tendre, fleur de soie rouge sang, rubans de taffetas et de tulle… Je croyais que le paquet venait de toi. J'étais folle de joie! Je me suis trompée. Dans la boîte, il y avait un cœur de bœuf à moitié pourri avec une fléchette plantée au centre. J'ai tout de suite deviné qui était le Cupidon: Carroll, bien sûr! Décoder le symbole du cadeau était enfantin: «Je vais te crever!»

J'ai donc pris la décision de venir à Montréal et de prendre rendez-vous avec mon jumeau. J'ai la ferme intention de l'examiner. Je suis psychiatre, je te le rappelle. Si j'estime qu'il est suffisamment lucide, ce dont je doute fortement, lui et moi allons régler nos comptes une bonne fois pour toutes! Et je te conseille de ne pas te mettre entre nous deux. Nous allons laver notre linge sale en famille.

Dans le cas contraire… J'avoue sans honte que j'aurais dû agir bien avant. En le tenant à distance, en refusant de m'en occuper, j'ai alimenté sa haine, qui a pris des proportions insensées. Aujourd'hui, je suis devenue une cible, mais je ne vais pas rester passive. Je dois me protéger, crever l'abcès. Ma vie est en jeu.

Carina croise ses bras dans un geste d'auto-protection, mais ses poings posés sur ses épaules et sa mine impassible trahissent la fausse vulnérabilité qu'elle s'efforce d'afficher.

— Que tu le veuilles ou pas, je vais rencontrer Carroll, annonce-t-elle d'une voix basse et résolue. Très honnêtement, j'ignore ce qui va se passer entre nous. Mais je sais une chose: je vais désamorcer la crise et prendre les moyens qui s'imposent pour faire soigner le pauvre Carroll. Je suis déterminée à devenir sa tutrice, s'il le faut. Je suis même prête à aller voir le juge qui s'est laissé fléchir par toi. Je lui montrerai des photos du saccage de ma maison. Elles sont très édifiantes! Je lui remettrai aussi le cœur de bœuf... que j'ai pris soin de mettre au congélateur! Mes preuves sont flagrantes, indiscutables, on ne peut plus convaincantes.

Samuel se tait. Il est tenté de mettre sous le nez de Carina ses preuves, la série de photos prises par Nadim Choqué. Mais il s'abstient, redoutant que ce geste lui attire une riposte, indésirable dans les circonstances, et déclenche une colère qu'il redoute.

D'un geste sobre, il désigne sa chambre à la jeune femme. Froidement, il lui intime:

— Tu entres là-dedans, tu te couches, et tu ne dis plus rien!

— Mais je...

— Tu la fermes, Carina! Plus un mot! Je vais dormir ici, sur le matelas d'air. Fais comme chez toi. Bonne nuit et à demain matin. Ah, oui! ferme la porte de ma chambre, s'il te plaît. Il m'arrive de ronfler.

Interdite, la jeune femme s'exclame:

— Te voilà transformé en congère! Tu as vraiment tiré un trait sur notre idylle? Ou veux-tu me persuader que tu ne te souviens pas de ce qui s'est passé entre nous ? Ce que mes mains et ma bouche t'ont donné, l'hommage vibrant que ton sexe m'a rendu, à trois reprises...

— Tu ne crois pas si bien dire : je traverse une crise d'amnésie salutaire.

— Je peux réveiller ta mémoire, Sam, susurre Carina en tendant les bras dans un geste d'offrande.

— Ne t'approche pas ! riposte-t-il en criant presque.

Vexée, la jeune femme baisse lentement les bras et soupire.

— Je crois que je ferais mieux de m'en aller... j'irai dormir à l'hôtel. Je ne vais tout de même pas demander l'hospitalité à mon frère, qui doit bien être revenu chez lui ! Tu connais un bon hôtel, pas trop loin d'ici ?

Samuel sursaute. Il ne manquerait plus qu'elle tombe sur celui où s'est réfugié Carroll. Il y a parfois des hasards pervers qui semblent magouiller avec le drame. D'une voix cassante qui ne lui ressemble pas, il ordonne :

— Tu es montée de ton plein gré, alors tu t'installes et tu fais ce que je te demande. Rideau, Carina ! Direction ma chambre ! Nous causerons demain, à tête reposée.

La jeune femme, désarmée par l'attitude inattendue de Samuel, ravale son sourire. Elle recule lentement. Elle n'a pas dit son dernier mot. D'une manière ou d'une autre, la nuit sera son alliée. Cet homme qui la défie du regard ne sait pas de quoi elle est capable. Il ignore à quel point il est vulnérable.

Chiasme

En sifflotant pour se donner une contenance, Samuel sort du placard la housse contenant le lit d'air et l'installe de manière à ce que Carina soit contrainte de le contourner si d'aventure l'idée lui venait de jouer à la fille de l'air. Il lui faudra alors, et rapidement, trouver un moyen pour l'en dissuader.

«L'avoir à l'œil et la tenir à bonne distance, c'est le programme de la nuit», s'intime-t-il.

Il vient à peine de se glisser sous les couvertures que la porte de sa chambre s'ouvre. Carina, complètement nue, la masse opulente de ses cheveux d'or dévalant sur ses épaules, apparaît dans un halo de lumière. Déesse de la tentation incarnée. Des fléchettes de désir harcèlent la peau de Samuel. Il détourne les yeux et tire le drap sur sa tête.

«Ce n'est pas le moment de bander, pauvre innocent!» s'ordonne-t-il en plongeant avec force ses ongles dans la chair de son bas-ventre. Le désir, dépité par la riposte imprévue, abandonne peu à peu sa cible.

Carina, devinant le combat que son apparition suscite à la façon dont Samuel se dérobe en s'agitant sous la couverture, marche vers la salle de bains en ondulant des hanches. Au passage, elle lui jette un regard en coulisse chargé de sous-entendus. Samuel l'observe, paupières mi-closes, prêt à bondir comme un fauve si jamais elle s'avise d'approcher ou fait mine de vouloir se glisser dans son lit. Une pensée cocasse lui vient :

«Je suis dans un lit jumeau, que je dois interdire à une jumelle à la recherche de son jumeau. Hé, hé! Jacques Lacan n'aurait pas détesté crever cette bulle et lui faire gicler sa substance intime. Voici le thème du séminaire, monsieur Lacan : une jumelle a décidé d'utiliser le psy de son jumeau pour réifier celui qu'elle veut avaler.»

Une dizaine de minutes plus tard, en sortant de la salle de bains, Carina, tête fléchie, mains pudiquement croisées sur ses seins, se dirige vers la chambre sans un regard à celui qui feint de l'ignorer.

C'est la première fois qu'un homme ne répond pas à son invitation. Peut-être qu'au petit matin, quand il aura la gaule, comme disait l'un de ses anciens amants, français d'origine, il en sera autrement? Mais alors ce sera elle qui se refusera. L'homme qui lui résiste doit être puni et patienter avant qu'elle jette à nouveau un regard sur sa personne. Samuel devra subir l'épreuve de la chair chauffée, taraudée, piquée par ses appas…

✦

Alors que sa montre indique à peine six heures et qu'une aube hésitante distille une faible lumière, Samuel, qui n'a dormi que d'un œil, rejette drap et couvertures et se lève. Il dégonfle le lit d'air et le range dans sa housse.

Comme si Carina attendait qu'il se manifeste, la porte de la chambre s'ouvre doucement. Déjà habillée, la jeune femme le gratifie d'un regard froid et désabusé. Elle a enfilé une veste de laine sur sa robe et l'a boutonnée jusqu'au cou. Le bleu de ses yeux est poudré d'un gris métallique qui n'augure rien de bon.

— Café? demande-t-il, pour rompre le silence pesant qui trône et s'insinue partout.

— Non. Je suis pressée de sortir d'ici. Et pour te dire le fond de ma pensée, j'ai une telle nausée quand je te regarde! Pleurer, vomir à cause de toi, c'est le dernier cadeau que je ne veux pas te faire, docteur *Pasdecouilles*. Seigneur! Comment ai-je pu me tromper à ce point sur toi? Garde-le, ton café, tu risques fort d'en avoir besoin, mon cher. Tu crois la partie finie, je t'annonce qu'elle commence...

Ignorant les propos de la jeune femme, Samuel, toujours en pyjama, réplique:

— Je vais prendre une douche rapide et m'habiller. Après, si ça peut t'arranger, je te déposerai où tu veux. Au cas où tu changerais d'avis, il y a des céréales dans l'armoire, du pain aux raisins et aux pommes dans la huche. Délicieux en rôties avec un soupçon de beurre.

Ah! Au fait! Si tu veux absolument rencontrer ton jumeau pour une évaluation, je ne vais pas m'y opposer, mais j'entends que cet examen se déroule à l'Institut en présence de mon patron. Je te rappelle que Carroll ne doit en aucun cas avoir un quelconque rapport seul à seul avec toi. Ainsi, nous serons deux pour le maîtriser si, comme tu sembles le redouter, l'envie lui prenait de te sauter dessus.

Et, sans transition, il ajoute :

— J'allais oublier. J'ai aussi des brioches du Paltoquet. Je te les recommande. Elles sont délicieuses. Moi, je compte déjeuner à Pinel, alors inutile de préparer du café pour deux.

Sourcils froncés, poings crispés, Carina fulmine en tirant énergiquement sur la courroie de son sac à main :

— Tu es lent à la détente, fils de pute! Je t'ai jeté! Je ne supporterai pas de devoir partager plus longtemps le même air que toi. Ta bouffe, tu peux te la garder!

Samuel ne répond pas. Il devine ce qu'elle veut : l'obliger à riposter afin d'engager une bataille verbale et, qui sait, physique. Pas question. Il entre dans la salle de bains et s'enferme. Une bonne douche chaude-froide lui fera le plus grand bien.

Une oreille aux aguets, il se frictionne avec vigueur. Il croit entendre le bruit familier de portes d'armoires que l'on ouvre et referme.

«Elle doit chercher de quoi manger, suppute-t-il. Mon œil, qu'elle va partir sans grignoter!»

Lorsqu'il sort, après s'être rasé, l'appartement est vide. Carina est partie, sans même claquer la porte. Son regard inspecte sommairement les lieux. Tout paraît normal. Trop normal.

Confession générale

Tout s'est passé à la vitesse d'un éclair, zébrant d'un même élan fou le destin de trois êtres humains.

Nuit noire et glauque pour Carina.

Nuit blanche et accablante pour Samuel.

Ciel au beau neutre pour Carroll.

Retour en arrière.

Une journée après l'arrivée de Carina Leblond à Montréal, Samuel Leduc blafard, tremblant, se sentant incapable de prendre le volant, se fait conduire en taxi à l'Institut Pinel. Une fois franchie la porte principale, il se dirige comme un zombie vers le bureau du docteur Simosa, entre et, sans même prendre la peine de refermer la porte, s'affale dans un fauteuil en gémissant. Ses neurones survoltés lui donnent la sensation d'avoir été transformé en centrale électrique.

Une heure plus tard, l'arrivée du chef de service, étonné de trouver la porte de son bureau ouverte, le fait sursauter. Franchissant le seuil et apercevant Samuel, le médecin s'avance.

— Sam, vous m'avez l'air mal en point. Que se passe-t-il?

Le regard vide, Samuel murmure:

— Mal en point est un euphémisme!

Touché par le désarroi de celui qui occupe, sans même s'en douter, une place de prédilection dans son cœur, le vieux médecin tire un fauteuil et l'approche de celui de Samuel. Avec sollicitude, il pose une main sur un de ses genoux et incline la tête:

— Racontez-moi.

Balayant son front d'une main lasse, Samuel se lance, réconforté par l'attitude d'écoute compatissante de son patron:

— Vous m'avez prié de vous tenir au courant de l'évolution extramuros de Carroll Leblond, articule-t-il en jetant un regard désespéré au docteur Simosa.

— Qu'est-il arrivé, Sam? se contente de demander d'une voix douce le vieux médecin, inquiet, mais tâchant de ne pas le laisser voir.

— Des événements majeurs sont survenus, dans sa vie et dans la mienne. Je ne sais pas trop par où commencer...

— Tenez-vous-en à la vérité des mots. Laissez-les sortir comme ils veulent. Je me charge de leur ordonnance. J'ai l'habitude, vous savez. Je suis un vieux confesseur qui a recueilli tant de secrets que son crâne devrait avoir les proportions d'une citrouille!

Samuel redresse la tête.

— Avant de vous raconter ce qui s'est passé cette nuit, je tiens à confirmer mon diagnostic à propos de Carroll.

Imperturbable, le docteur Simosa fixe Samuel en tâchant de mettre dans son regard toute la sollicitude dont il est capable.

— Faites…

— Carroll ne souffre d'aucune maladie mentale chronique.

— Ça, vous me l'avez déjà dit.

— Au début, il a consciemment utilisé, et par la suite inconsciemment, le masque de la folie pour survivre et se protéger. Le désespoir distille parfois une forme étonnante d'énergie et Carroll pourrait écrire un traité éloquent là-dessus.

— Oui, j'imagine sans peine. Poursuivez…

— J'ai mis du temps à saisir un élément capital : la jumelle de Carroll, Carina, projetait de le tuer. Ce désir inconscient qu'elle portait en elle depuis longtemps est devenu conscient et elle… elle a essayé d'empoisonner son jumeau tout en se servant de moi comme marionnette.

— Bigre ! Comment avez-vous découvert ce qu'elle projetait ?

— Au cours des nombreux entretiens que j'ai eus avec Carroll et des quelques conversations avec sa jumelle, j'ai recueilli de précieux renseignements. C'était mon rôle.

— Tout à fait. Vous connaissant, je suis persuadé que vous les avez consignés avec soin. Continuez.

— En collant ensemble ceux que l'un et l'autre m'ont fournis, j'ai découvert un stupéfiant et double piège à fou, si complexe, si raffiné, que j'ai bien failli m'y laisser prendre.

— La faute à Éros, sans doute, murmure sentencieusement le docteur Simosa.

Samuel grimace, car il sent trop profondément la blessure de la flèche faite par le petit dieu facétieux.

— J'ai pris conscience de qui était Carroll en écoutant les confidences de Carina. Et j'ai saisi qui était la jumelle en analysant et en validant les renseignements fournis par son jumeau... et par un détective que j'ai jugé indispensable d'engager. Mais ce qui a été le fil conducteur de toute ma démarche d'enquête, ça a été la souffrance de Carroll.

— Je saisis. Comme sur la scène d'un théâtre, les images se sont donné la réplique, se dissimulant derrière des masques au besoin, souscrit le docteur Simosa, attentif à tous les mots proférés par le jeune médecin.

— Oui, j'ai fini par décoder le drame qui se jouait, que l'un et l'autre m'offraient, derrière les miroirs déformants de la réalité.

Le vieux médecin se lève et fait quelques pas pour dégourdir ses jambes et pour ordonner les pensées qui affluent dans son cerveau :

— Une parenthèse s'impose ici, Sam. Vous avez succombé aux charmes de Carina, de manière...

foudroyante. Avec le recul, si vous faites abstraction de sa remarquable beauté, savez-vous pourquoi?

Après un silence, Samuel répond, d'une voix rauque:

— Je pense que oui. C'est parce qu'elle est l'envers de Carroll avec qui j'ai eu une relation thérapeutique intense. Cette image inversée m'a profondément perturbé. J'en ai perdu momentanément ma boussole intérieure, ma stabilité émotive. Carina a utilisé son corps et sa voix pour m'attirer dans ses filets, pour me faire tomber dans le piège à fou, le sien. Carroll aussi en avait un, mais lui m'avait bien prévenu qu'il ferait tout pour m'y faire tomber.

Le docteur Simosa revient sur ses pas et fait à nouveau face à Samuel:

— En devenant successivement le thérapeute de Carroll et l'amant de Carina, vous vous êtes aventuré au cœur d'une histoire gémellaire particulièrement complexe. C'était risqué, très risqué.

— C'est vrai. Je flairais l'odeur du danger, et je reconnais que ça m'a excité. Énormément! J'ai foncé, persuadé que je saurais me protéger une fois franchie l'entrée du piège de Carroll et que je serais capable d'en sortir quand je le voudrais. J'y suis parvenu, seulement je n'avais pas prévu l'autre piège…

Le docteur Simosa se gratte consciencieusement l'occiput et hoche plusieurs fois la tête:

— J'aimerais que vous reveniez au psychodrame qui s'est déroulé cette nuit, et à sa chronologie.

Mais avant, je propose que nous prenions un bon café, suggère le directeur en se frottant les mains pour masquer son émotion.

Sans attendre la réponse de Samuel, il se dirige vers le fond de la pièce où se trouve une desserte. Avec des gestes vifs, il remplit le porte-filtre d'une cafetière expresso. Il ne peut s'empêcher de humer la fine et odorante mouture au passage. Le filtre en place, il appuie sur le bouton ON.

En attendant que le café passe, le docteur Simosa dispose deux tasses sur un plateau, un pot contenant des carrés de sucre brun et deux cuillères. Bientôt, le sifflement caractéristique de l'eau bouillante se frayant un passage à travers la mouture se fait entendre. Une fois les deux tasses remplies, le médecin ouvre une boîte de dattes algériennes et en dispose une douzaine sur une assiette. Le plateau entre les mains, il revient s'installer en face de Samuel qui se laisse servir avec un sourire las.

Après quelques minutes, le vieux médecin demande avec un bon sourire :

— Vous sentez-vous maintenant capable de reprendre votre… confession générale, mon fils ?

— Oui. Vous avez le don pour me sortir des limbes et soigner mes neurones grillés ! reconnaît Samuel en plongeant son regard dans celui de son patron. Voici ce qui s'est passé au cours des dernières heures.

Avant hier, pendant la soirée, j'ai reçu un coup de fil de Carroll. Sa jumelle venait de laisser un

Le Piège à fou

message pas très rassurant dans sa boîte vocale. Je me suis aussitôt rendu à son appartement, j'ai écouté le message et j'ai instantanément éprouvé une sensation de danger imminent. C'est à cet instant que l'idée m'est venue de recommander à Carroll de quitter son appartement, car Carina n'allait pas tarder à se manifester, c'était pour moi une évidence criante.

Il m'a obéi. Une fois que je l'ai vu monter dans un taxi, je suis retourné chez moi et j'ai téléphoné à Carina. Elle n'était pas chez elle. Sachant son jumeau en sécurité, je me suis couché.

Un autre coup de fil m'a tiré du lit. Carina était à quelques minutes de chez moi et voulait que nous parlions. Elle est montée et a passé la nuit dans mon appartement. Cette fois, j'ai résisté au chant de la sirène et croyez-moi, le spectacle était... Bon, peu importe la puissance du numéro de séduction auquel elle m'a soumis, l'essentiel est que je n'ai pas succombé.

Carina est repartie tôt le matin, pendant que je prenais ma douche, pressentant que la conversation que je souhaitais avoir avec elle l'obligerait à reconnaître sa culpabilité, ses mensonges, ses fourberies.

Je me doutais bien qu'elle allait rôder autour de l'immeuble où habitait Carroll. Voilà pourquoi je devais m'assurer que ce dernier mette une grande distance entre elle et lui. À neuf heures, comme prévu, il m'a appelé au bureau. Je lui ai demandé de venir me rejoindre. Nous avons discuté de ce qui se tramait et je lui ai proposé de quitter Montréal, d'aller en Europe et d'y séjourner jusqu'à ce que j'aie résolu la crise. Il a accepté ma proposition sans discuter, en fait avec un certain soulagement, et il a opté pour Nice, qu'il connaît bien pour y avoir vécu plusieurs mois. Tout comme moi, il a compris que son salut était dans la fuite immédiate.

J'ai pensé que ce départ précipité, ce changement brutal de trajectoire allait donner à Carroll la chance de reprendre sa vie là où il l'avait laissée et d'accélérer le processus de sa guérison psychique. Car c'est en Europe qu'il a permis à sa vraie personnalité d'éclore, de s'épanouir, qu'il a réussi à anesthésier sa fameuse armée imaginaire. C'est loin des siens qu'il s'est accompli, à sa manière. Bon sang! J'ai l'impression de vous tenir un discours décousu, sans queue ni tête! Je...

— Tut, tut! Contentez-vous de raconter et laissez-moi le soin d'ordonner la chronologie du fil entre la tête et la queue, ordonne le docteur Simosa en plissant les yeux devant l'image involontaire qu'il vient d'esquisser et qui traduit admirablement le désir furieux qu'il éprouve à l'endroit de Samuel. Il désire cet homme, de sa tête à sa queue.

— Carroll et moi avons quitté Pinel et sommes allés à son appartement. Pendant que je téléphonais à des agences pour trouver un départ le jour même, il a réuni le strict nécessaire: passeport, vêtements, articles de toilette.

Avant de se rendre à l'aéroport, il m'a donné quelques consignes à transmettre à un ami qui lui sert plus ou moins d'homme d'affaires. Cette personne allait se charger de l'aspect financier de sa transplantation : sous-location du condo qu'il tient à garder, transfert de fonds, etc. Sur le plan financier, Carroll estimait avoir assez de ressources pour au moins quelques mois.

Lui et moi avons quitté les lieux en avertissant au passage le concierge que nous allions rendre visite à un ami hospitalisé d'urgence afin de lui remettre quelques vêtements en prévision du jour où il sortirait. Carroll serait de retour dans deux ou trois heures. Il valait mieux fausser la piste, car il n'y avait aucun doute dans mon esprit : Carina allait bientôt surgir. Quand ? avec quel plan en tête ? et dans quel état ? je l'ignorais.

Carroll a pris un taxi pour l'aéroport. J'ai suivi le véhicule des yeux, en espérant que Carina ne soit pas en train d'épier ce départ. Une fois le taxi hors de ma vue, je suis entré au café du Ritz et j'ai commandé une tisane tilleul menthe. Je l'ai bue en tâchant de me calmer. Peine perdue. J'avais la désagréable sensation d'être un ressort comprimé sur le point de céder.

J'avais garé ma voiture pas très loin de l'entrée. Je m'y suis réfugié et j'ai attendu la suite.

J'avais vu juste. Au bout d'une petite heure, je l'ai vue arriver. Elle marchait d'un pas rapide tout en balançant énergiquement un grand sac à main.

Elle avait la démarche saccadée d'une femme très en colère. Elle est entrée dans l'immeuble. J'ai continué à faire le guet, soulagé de constater que Carroll était parti juste à temps. J'allais donc attendre qu'elle sorte et l'intercepter, tenter d'avoir une sérieuse explication avec elle.

Au bout d'une vingtaine de minutes, ne la voyant pas ressortir, poussé par je ne sais quel pressentiment, je suis entré à mon tour et j'ai interrogé le concierge. Il avait bel et bien vu la jolie dame blonde et son ravissant sourire.

«Elle a sorti des papiers d'identité de son sac. Elle m'a expliqué qu'elle était la sœur de monsieur Carroll et médecin spécialiste dans un hôpital de Québec. Il lui avait offert de séjourner chez elle lorsqu'elle serait de passage à Montréal. Je lui ai répondu que j'avais vu partir son frère avec un bagage à main contenant des vêtements destinés à une connaissance hospitalisée. J'ai ajouté qu'il était accompagné d'un ami. Elle m'a demandé à quoi il ressemblait. Quand je lui ai décrit votre silhouette, elle s'est exclamée, ravie, qu'elle savait qui vous étiez, un copain de Carroll et un collègue à elle. Elle m'a gentiment demandé si je ne pouvais pas lui ouvrir afin qu'elle puisse se reposer. Elle avait l'air très fatiguée… J'ai hésité, puis je me suis dit qu'étant donné que Carroll n'allait pas tarder à revenir… Je suis donc monté avec elle. J'ai eu droit à un petit baiser sur la joue!»

D'après le concierge, Carina n'était pas redescendue. Donc, elle était toujours là-haut. Je suis monté à mon tour après avoir rassuré le concierge. Il avait bien fait, je connaissais la dame et j'allais attendre le retour de Carroll avec elle.

La porte n'était pas verrouillée. Je suis entré. L'appartement ressemblait à un champ de bataille. Elle avait tout saccagé! Accroupie au milieu du salon, elle tentait de mettre le feu à des feuilles de livres déchirées.

J'ai aussitôt attrapé un coussin et je suis parvenu à éteindre le début d'incendie. Je me suis penché vers elle et je lui ai parlé doucement. Elle n'a pas réagi, elle ne m'a même pas regardé. Elle semblait en transe, absorbée par un feu intérieur dévorant. Celui-là, je n'allais pas pouvoir l'éteindre, c'était évident.

Je l'ai relevée et l'ai fait s'allonger sur le divan. J'ai encore une fois tenté de lui parler. On aurait dit qu'elle ne me reconnaissait pas. Décompensation totale.

Le docteur Simosa hoche gravement la tête tout en joignant le bout de ses doigts :

— Carina était partie ailleurs, elle aussi, n'est-ce pas? Le piège à fou, le sien, s'était finalement refermé sur elle.

— Oui… J'ai appelé Urgence Santé et je suis allé à la cuisine pour préparer du café. Sur le comptoir, il y avait une bouteille de porto entamée et deux verres remplis à mi-bord. J'ai tout de suite reconnu la bouteille. Elle avait sûrement fouillé dans ma réserve et sélectionné un grand cru. C'était ça, les bruits que j'avais entendus pendant que je me séchais. Tout à côté des verres, il y avait un flacon. Je l'ai ouvert, humé. Aucune odeur suspecte. Pourtant, j'étais presque sûr qu'il s'agissait d'un poison ou d'un puissant narcoleptique. Une personne endormie n'est pas en mesure de fuir s'il y a le feu...

À cet instant précis, Carina m'a attaqué par-derrière. Je ne l'avais pas entendue venir. Elle a tenté de m'arracher le flacon. Nous avons lutté et elle a fini par s'effondrer en râlant. Avait-elle décidé d'avaler le poison pour en finir? Les secouristes sont arrivés juste à ce moment, avec le concierge dans tous ses états. J'ai demandé, après m'être identifié, qu'elle soit transportée à l'Institut Albert-Prévost.

Après son départ, j'ai remis un peu d'ordre, nettoyé le tapis, ramassé les miettes des bibelots cassés. Pendant que mes mains besognaient, mon esprit travaillait. Le plan ébauché par Carina avait bien failli marcher. Pour amadouer Carroll, elle aurait fait son numéro de petit pot de miel et lui aurait offert de trinquer. C'est sûrement dans son verre de porto qu'elle comptait verser le poison.

Ça m'a donné des sueurs froides! J'en ai déduit que j'aurais pu me retrouver en fâcheuse posture si jamais on avait découvert que la bouteille venait de ma réserve personnelle. Qui sait? On aurait pu m'accuser d'avoir assassiné mon patient, mis le feu pour effacer les preuves, et le témoignage éploré de la docteure en médecine et en dramaturgie m'aurait certainement condamné !

— Possible, très possible, opine le docteur Simosa. Elle aurait alors réussi à capturer deux personnes dans son piège. Et maintenant, qu'arrivera-t-il à Carina, d'après vous ?

— Répondre que je m'en fiche serait mentir. J'ignore si elle sera capable de revenir dans le présent. D'affronter le vide laissé par son double disparu, d'accepter le fait que Carroll, qu'elle voulait tout à elle, lui ait définitivement échappé. Elle entendait pouvoir respirer par la bouche de son jumeau. Elle voulait être elle et lui tout à la fois. Et elle m'avait choisi pour être l'instrument de sa transmutation !

Samuel jette un regard éploré à son directeur. Un sentiment de peur mêlé de culpabilité l'étreint.

— Je vais vous dire ce que je pense de votre dernière réflexion, Sam. La vie fœtale est un continent mystérieux où se déroulent parfois de drôles de guerres. Je me souviens d'avoir été stupéfié, lors de mon stage en gynécologie obstétrique, par une échographie montrant deux fœtus enlacés. J'en avais été très ému.

— Mais dans le ventre de la mère de Carroll et Carina, il ne pouvait pas y avoir de place pour les deux. Peut-être ont-ils passé neuf mois à se repousser, à se donner des coups de pied, de coude ?

Parfois, nous le savons, c'est la nature qui décide, dès les premières semaines. L'un des jumeaux disparaît, aspiré par on ne sait trop quel trou noir. Mais dans le cas de Carroll et de Carina, la nature a laissé faire «la nature». Ni l'un ni l'autre ne voulaient abdiquer. Les fœtus se sont développés dans un farouche esprit de compétition. À la naissance, elle était plus grosse que lui. Elle avait remporté la première manche.

— Mais elle vient de perdre la dernière. Votre patient était très fort. Il a résisté au non-amour de ses parents tandis que sa sœur en a été gavée.

— Exact. Elle était la petite fille que tout couple rêve d'avoir. Mais Carroll était du voyage, résolu à venir au monde, lui aussi. Une fois né, il ne s'est pas laissé évincer, ni par sa jumelle ni par ses parents. Pour se protéger, il s'est réfugié dans une profonde solitude qui a paru suspecte à sa famille. Et plus il s'enferrait dans une vie où son imaginaire le nourrissait, lui-même nourrissant Spoc, Toc et Foc, symboles de sa haine et de sa rébellion, plus Carina enviait ce qu'il y avait sous l'enveloppe charnelle de son jumeau.

Après un long silence, Samuel ajoute:

— Je me demande ce qui se serait passé si Carroll n'était pas revenu d'Europe. Carina aurait-elle fini par se libérer de son désir d'être à la fois elle et lui?

— On ne le saura jamais. L'histoire est terminée. Je vous sais gré de m'avoir tout raconté, conclut le docteur Simosa en frottant ses mains pour masquer son émotion. En dépit de toutes ces péripéties, ces jeux de masques et de miroirs, ces chants de louve déguisée en sirène, de grand blessé déguisé en fou, vous êtes toujours en vie.

— Je n'en suis pas sûr…

— Disons que vous avez vacillé sans tomber ?

— Non. Je suis tombé ! Je me sens amoché, salement amoché. Il y a quelque chose de brisé, là, souffle-t-il en posant une main sur son sternum.

Samuel fond soudain en larmes. Ses mains tremblantes cherchent à capturer le liquide qui mouille ses joues.

— Je… Je ne me suis jamais senti aussi mal de toute ma vie !

— Oui… vous êtes tombé, en effet. Je suis soulagé de constater que vous le reconnaissez. Vous êtes en état de choc, Sam. Le piège ne s'est pas refermé sur vous, mais il vous a sérieusement amoché. À partir de maintenant, je prends les choses en main, déclare le vieux médecin. Je vais d'abord m'occuper de vous. Vous avez, de toute évidence, un urgent besoin de repos, dans un lieu apaisant avec, pour vous soutenir, une personne expérimentée et habituée à secourir les thérapeutes qui traversent des zones de turbulence extrême et de tourments, qu'il s'agisse de regrets ou de remords.

Machinalement, le vieux médecin attrape la cuillère dont Samuel s'est servi pour brasser son café, il tourne le manche entre ses doigts, songeur. Après quelques secondes de réflexion, un grand sourire illumine son visage tavelé d'éphélides. Il s'exclame :

— J'ai trouvé ! J'ai un vieil ami qui acceptera, j'en suis certain, de vous accueillir chez lui. Il s'agit d'un médecin avec qui j'ai travaillé pendant ma résidence. Depuis, nous correspondons régulièrement et nous nous rendons mutuellement visite, quand l'occasion se présente.

— J'accepte votre suggestion, soupire Samuel. Où habite votre ami ?

— En Bretagne.

Samuel tique :

— Vous m'expédiez en Europe, loin de Pinel et de vous ? Pourquoi tenez-vous à m'éloigner ?

— Parce que c'est exactement ce dont vous avez besoin pour récupérer. Le dépaysement et l'éloignement sont absolument essentiels, dans les circonstances. Je vous prescris aussi une bonne dose d'air marin et d'eau. Mon ami s'occupera du reste.

— Mais… et Carina ?

— Tut ! Plus un mot ! Je vais aussi m'occuper d'elle. Je vais contacter le psychiatre chargé de son évaluation. Et aussi informer le travailleur social de Carroll et le tribunal de ce qui est arrivé… dans les grandes lignes, précise le vieux médecin en se levant.

— Je ne sais pas comment vous remercier, docteur Simosa. Vous êtes un père pour moi.

— Contentez-vous de me revenir en pleine forme… mon cher fils ! Maintenant, allez préparer vos bagages et tâchez de dormir un peu. La secrétaire du service va se charger de vous réserver un billet d'avion. Pour vos collègues, il va sans dire que votre absence s'expliquera par un stage à l'étranger.

— Vous pensez à tout, hein ?

— C'est mon rôle et j'essaie de ne pas échapper de ficelle !

Samuel se lève à son tour en grimaçant et se frotte la nuque :

— J'ai l'impression d'être un robot rouillé ! Avant que je ne parte, souhaitez-vous que je vous remette l'enregistrement du message de Carina et aussi le flacon trouvé dans la cuisine ?

— D'accord, mais je ne vais pas m'en servir. Du moins, pas dans l'immédiat. Pas avant de connaître le pronostic et le diagnostic des psychiatres de l'Institut Prévost.

Pour le poison, l'analyse démontrera qu'il s'agit probablement de Rohypnol. Une drogue parfaite pour plonger son frère dans un état comateux… avant de foutre le feu. Je ferai analyser le produit, ne serait-ce que pour satisfaire ma curiosité. Quant aux résultats, je verrai ce qu'il conviendra d'en faire.

Spontanément, Samuel s'approche et donne une accolade au docteur Simosa, qui frémit au contact du corps de celui pour qui il éprouve un désir profond, qui ne sera jamais assouvi, comme tous ses autres désirs, se dit-il résigné. Doucement, il repousse le jeune médecin qui confesse :

— Vous êtes le seul à qui je peux tout dire sans me censurer, docteur Simosa. Je suis obsédé par un troublant fantasme. Je voudrais pouvoir fusionner le corps de Carina avec l'esprit de Carroll. Je crois que je suis devenu fou...

— Stop, Sam ! Dérapage de thérapeute, contre-transfert, réaction vicariante, accès de délire ! Choc post-traumatique ! Mon ami veillera sur vous. Je compte sur sa poigne solide et sa sagesse pour vous ramener à la raison si jamais vous vous attardiez trop longtemps au pays du rêve impossible. Allez, dégagez maintenant. Allez vous reposer. Si je vous trouve en train de rôder dans les couloirs, je vous mettrai en cure de sommeil ! Vous me connaissez suffisamment pour savoir que je ne rigole pas ! Ouste !

Samuel sorti, le docteur Simosa ne se retient plus. Il laisse ses larmes dévaler sur ses joues. Dieu qu'il aime cet homme et comme il voudrait être son thérapeute. L'accompagner en Bretagne...

« Tu as fait ce qu'il fallait, bougre de vieux fou. Tu l'as confié à une personne expérimentée. Lorsqu'il te reviendra, il faudra peut-être que tu lui avoues ce que tu ressens. Pour qu'il se méfie, pour qu'il ait peur de moi ? Pour qu'il décide d'aller pratiquer dans un autre hôpital ? Jamais ! »

Robert Simosa se laisse choir lourdement dans le fauteuil occupé par Samuel il y a quelques minutes à peine et il ferme les yeux. Il a un autre scellé à poser dans les méandres de sa mémoire.

Chambre donnant sur mer

Dans une vieille maison bretonne de Quiberon, accroupie au bord de l'Atlantique, juste en face de Belle-Île-en-mer, un homme écrit une lettre.

La chambre qu'il occupe n'est pas très grande, mais la vue qu'elle offre sur l'eau est exceptionnelle. La fenêtre, grande ouverte comme une bouche affamée, se gave de l'air iodé et vivifiant qui enveloppe la ville.

Une grosse veste sur les épaules, l'homme est assis, dos contre le mur, au pied d'un petit lit recouvert d'une couverture grise ourlée d'une bande de satin élimée. Une barbe de plusieurs jours assombrit ses joues et son menton. Sa peau est bronzée, mais ses yeux, enfoncés dans leur orbite, révèlent une souffrance cachée, une blessure profonde. Paupières closes, l'homme s'abandonne à ses pensées. Des images surgissent, qu'il n'arrive pas à déchiffrer. Il se laisse aller dans les bras du temps et permet à sa conscience de sortir de son corps et de flotter, d'aller à la rencontre de la mer, de la «mer-mère».

Le bâtiment de trois étages où l'homme réside est flanqué d'une petite annexe toute blanche, en crépi fraîchement nettoyé. Elle abrite une clinique qui appartient à Joseph Taché, un vieux médecin français spécialisé dans le sauvetage d'âmes de thérapeutes en détresse.

Le docteur Taché, fils et petit-fils de paysan, est un fameux gaillard à la stature imposante et au verbe coloré. On le reconnaît de loin, à cause des éternelles bretelles bleu-blanc-rouge qui retiennent ses pantalons.

Chaque année, Jos, c'est ainsi qu'on l'appelle, accueille une vingtaine d'éclopés venus d'un peu partout. Le vieux médecin se perçoit comme un rechargeur de piles à plat. Il s'est donné pour mission de recueillir avec compassion et discrétion des hommes et des femmes en train de sombrer au large de leur vie, des créatures affaiblies, gravement blessées pour avoir trop bien ou trop mal fait leur métier, pour avoir trop donné ou pas assez, pour avoir risqué leur peau sans même s'en être aperçues.

Il les aide à exorciser leurs démons, à panser leurs blessures qu'ils s'imaginent parfois mortelles, à effacer les mauvais souvenirs qu'ils estiment indélébiles, pour se réconcilier avec la vie et surtout avec eux-mêmes.

Le docteur Taché a un faible pour les infirmières et les médecins québécois paumés, pour leur éton-nante capacité à rebondir quand il parvient à toucher au bon ressort de leur psyché. Il sait d'instinct comment traiter les Québécois et son âme de paysan vibre, chaque fois qu'il en débarque un.

Le dernier locataire du docteur Taché s'appelle Samuel Leduc.

✦

Assis sur un rocher de granit, Samuel écrit une lettre. Au fil des mots, il laisse son regard errer sur l'eau, libre de plonger dans la mer, de nager, de jouer au voilier en vacances, attendant avec patience la caresse douce ou virile du vent du large.

Samuel écrit une lettre. Il en est à la troisième page.

Mais il ne sait pas encore à qui il la destine.

À Carroll, à Carina, au docteur Simosa, ou peut-être bien à lui?

Désormais, il est sûr d'une chose. D'une seule. Il ne quittera pas Quiberon avant de le savoir.

Table des matières

Je tiens à remercier Lise Harou, Rita Zizka, Pierre Faucher et Jean Frenette, pour la lecture attentive, amicale et rigoureuse qu'ils ont bien voulu faire de cette folle histoire. Leurs commentaires judicieux m'ont permis de secouer les principaux personnages jusqu'à ce qu'ils passent aux aveux. Et de voir clair dans les reflets trompeurs des miroirs. Un mot sur le lieu où se déroule l'essentiel de l'intrigue, l'Institut Philippe-Pinel. Si ce dernier existe, tout comme la médecine psychosomatique, les façons de faire et les modes de traitements évoqués dans ce roman ne reflètent pas nécessairement, on l'aura compris, ce qui a cours dans la réalité.

am*E*rica

MALKA Francis, *Le Violoncelliste sourd*, 2008.

MARCOUX Bernard, *Ève ou l'art d'aimer*, roman, 2004.

MARCOUX Bernard, *L'Arrière-petite-fille de madame Bovary*, roman, 2006.

RAIMBAULT Alain, *Roman et Anna*, roman, 2006.

RAIMBAULT Alain, *Confidence à l'aveugle*, roman, 2008.

ST-AMAND Patrick, *L'Amour obscène*, roman, 2003.

TREMBLAY Louis, *Une vie normale*, roman, 2007.

VILLENEUVE Johanne, *Mémoires du chien*, roman, 2002.

PROTÉGEONS
NOS FORÊTS

Imprimé en août 2008
sur les presses de l'imprimerie Gauvin,
Gatineau, Québec.